Gecko Keck

Sajana

Das Erbe des Elfenkönigs

Kieselsteiner Verlag

© Kieselsteiner Verlag

Zuckerleweg 9
70374 Stuttgart

www.geckokeck.de
info@kieselsteiner.de

Illustrationen: Gecko Keck
Layout: Christian U. Weis, Gecko Keck

Dieses Werk ist urheberrechtlich geschützt.
Verwertungen außerhalb der Grenzen des
Urheberrechtsgesetzes sind ohne Zustimmung
des Verlags unzulässig und strafbar. Die Nennung
der Quellen und Urheber erfolgt nach
bestem Wissen und Gewissen.

Erstauflage 2011

ISBN: 978-3-9811447-0-3

Dies ist eine Geschichte aus dem Reich
der Fantasie. Sämtliche Figuren, Schauplätze
und Handlungen sind frei erfunden.
Ähnlichkeiten mit lebenden oder verstorbenen
Personen sind rein zufällig.

Inhalt

Der Besuch der Mondelfe	7
Sajana	14
Die Töchter Baromons	19
Die Insel der Stille	27
Ein fröhlicher Abschied	37
Der See der Tränen	46
Die kleine Feder	55
Leandra und Yuro	64
An Freudenfluss und Tränenbach	73
Der verlorene Palast	82
Der Traum von Glück und Macht	91
Das Seenland	102
Das Bild des Glücks	112
Abschied aus dem Seenland	124
Tränentropfen	136
Grimm, der Wolfself	146
Ilaria	156
Der Farnfalter	167
Das Erbe des Elfenkönigs	175
Der Tag der Krönung	183
Die Sonne Sajanas	193
Am Steinmeer	202
Die Gräben der Gewitterlinde	212
Neues Leben	220
Im Schatten des Eismondes	229
Die Wendeltreppe im Leuchtturm	239
Ein Wiedersehen am Lavafluss	248
Frieden	258
Sternennacht	266
Moorkönig	278

Für euch.

Vorwort

Der Besuch der Mondelfe

Es war schon spät. Ich lag in meinem Bett und las noch ein wenig vor dem Einschlafen. Das Buch war spannend, aber die Augen fielen mir immer wieder zu und ich spürte, wie Arme und Beine vor Müdigkeit langsam schwer wurden. Gerade wollte ich das Licht ausmachen, als ich plötzlich ein leises Geräusch hörte. War da jemand an meiner Tür? Oder hatte ich mich getäuscht und es war nur das Geräusch eines kleinen Tieres vor dem Balkonfenster? Nein, da war es wieder!

Die Zimmertür ging langsam auf. Meine Nachttischlampe fing an zu flackern und erlosch. Dafür schien durch den Türspalt ein feines Licht zu mir herein.
Seltsamerweise verspürte ich trotz der geheimnisvollen Erscheinung keine Angst, setzte mich in meinem Bett auf und beobachtete, wie ein zartes Ärmchen die Tür weit öffnete.

„Nanu, wer bist du denn?", fragte ich verwundert, als das Wesen die Tür geöffnet hatte und in voller Gestalt in meinem Zimmer stand. Es strahlte in einem feenhaften Glanz, so dass ich die Umrisse und das Gesicht nur schemenhaft erkennen konnte.
„Hihihi, das müsstest du doch am besten wissen", hörte ich eine zwitschernde Stimme.

Sternenland

Langsam gewöhnten sich meine Augen an das Feenlicht und ich erkannte eine kleine, bläulich schimmernde Elfe in einem hellen Kleidchen, die vor mir stand und mich anlächelte.
„Das gibt es nicht!", rief ich. „Du bist eine *Mondelfe!*"
„Sehr schlau, hihihi", entgegnete sie und schien sich über mich lustig zu machen.
„Bist du es etwa, *Sternen.....?*" Ich wollte den Namen zu Ende sprechen, aber die Mondelfe unterbrach mich:
„Sprich den Namen nicht aus!", rief sie. „Du weißt doch, dass wir Mondelfen keinen bestimmten Namen tragen, sondern immer so heißen, wie man uns eben nennt. Und das Wort, das du sagen wolltest, ist der Name, den mir die bösen Trolle und Dämonen gegeben haben."
„Nein, da irrst du dich", widersprach ich. „Den Namen habe ich selbst einmal erfunden, als ich eine Elfengeschichte geschrieben habe. Aber wenn er dir nicht gefällt, dann nenne ich dich einfach Sternen... land."
Die Elfe war bei den beiden Anfangssilben *Ster-nen* wieder zusammengezuckt, doch beim Klang des ganzen Namens schien sie beruhigt.
„Ich weiß, dass du eine Elfengeschichte geschrieben hast, hihi", erwi-

derte Sternenland mit einem spitzbübischen Lächeln. „Wir Mondelfen haben es dir schließlich aufgetragen. Doch du hast dich von den bösen Trollen und Geistern irreführen lassen und alle Namen und Orte falsch geschrieben."
Ich schaute die Elfe ratlos an.
„Hihihi, erinnerst du dich nicht mehr an die finsteren Träume, die dich in dunklen Nächten verfolgt haben, noch bevor du angefangen hast zu schreiben?", fuhr Sternenland fort. „Erinnerst du dich gar nicht mehr an Trolle und Dämonen und an einen merkwürdigen Ort?"
Seltsam. Jetzt, da die Mondelfe es erwähnte, spürte ich tatsächlich die Erinnerungen an einen immer wiederkehrenden Albtraum in mir aufsteigen.
Ich sah mich durch dunkle Höhlen mit kargen schroffen Steinwänden laufen – immer tiefer ging es hinein und ich verirrte mich, bis ich zu guter Letzt in eine riesige Halle kam, deren Ausmaß man in der Dunkelheit des Traumes kaum erahnen konnte.
„Schönes Trollfeld" las ich eine Schrift, die ungelenk und scharfkantig in eine Steinplatte gemeißelt war.
‚Schönes Trollfeld', dachte ich, ‚das kann nur ein Irrtum sein.'
In der Halle, die sich so nannte, herrschte nur Dunkelheit und Ödnis.

Plötzlich hörte ich eine Stimme. Sie kam aus einem der vielen Höhlengänge, welche in die Halle führten. Sie klang rau und wüst. Ich wollte weglaufen, jedoch konnte ich meine Beine nicht mehr bewegen. Sie waren wie angewachsen.
Bald kamen merkwürdige Gestalten aus den Höhlen in die Halle. Es waren grünäugige borstige Trolle, die wirr durch das Schöne Trollfeld schlichen. Nur zwei von ihnen waren nicht am Schleichen, sondern liefen direkt auf mich zu. Der Kleinere von beiden – ein wabbeliger Troll mit borstigen Haaren und schiefen Zähnen – baute sich vor mir auf. Er kratzte sich unterhalb des Bauchnabels und meinte dann:
„Langer, mit den weißen Haaren, wen haben wir denn da?"
Mit dem *Weißhaarigen* meinte er zweifellos seinen garstigen Freund, der mit ihm gekommen war – ein großgewachsener alter Elf, mit ver-

kümmerten Flügeln, einfältigem Blick und geisterhafter Erscheinung. Das Auffallende an ihm waren jedoch seine fast bis zum Boden gewachsenen vergilbten Haare.

„Ich glaube, das ist der Mensch, der Elfengeschichten schreibt, *Urkrautiger*, mein Meister", erwiderte er. „Schau, wie er vor uns zittert! Mein Zauber hat gewirkt und er ist hierhergekommen."

Der Urkrautige, den der Lange „*Meister*" nannte, kratzte sich erneut, lachte boshaft und meinte dann:

„Ja, Weißhaariger, ich glaube du hast Recht. Die Elfen des *Sommerlandes* und die Mondelfen haben ihn auserwählt, um ihre Geschichte über das Elfenland in die Welt der Menschen zu tragen. Aber sie haben die Rechnung ohne uns gemacht, denn nun steht er hier."

Trolle

Die anderen Trolle lachten nun ebenfalls boshaft und schlichen im Kreis um den Urkrautigen, den Langen mit den weißen Haaren und mich herum.

„Was sie nur damit bezwecken, diese widerlich schönen Elfen?", fragte der Urkrautige.

„Das Buch der Elfen – sie wollen, dass ihre Geschichte weitergeschrieben wird", sagte der Lange mit schneidender Stimme. „Es heißt, dass nur ein Wesen jenseits des Elfenlandes dies tun kann, da es bei der *Stimme der Wahrheit* für Elfen verboten ist, ihre eigene Geschichte zu schreiben."

„Hua, hua, hua!", lachte der Meister laut. „Du bist einmalig, Langer.

Jetzt steht das Menschlein hier und wir können mit ihm machen, was wir wollen. Nein, du Wurm wirst die Geschichte *Sajanas* nicht erzählen – die Abenteuer von *Aela, Norah, Falomon, Sarah* und den anderen Elfen. Unsere Worte werden dich auf Irrwege führen, aus denen du dich nicht mehr befreien kannst. *Sajana, Sajana...* vergiss das Land. Ab jetzt heißt es *Baya*..."

Der Weißhaarige hielt ihm den Mund zu.

„Meister, sprich es besser nicht laut aus", flüsterte er. „Wer weiß, von wem wir beobachtet oder belauscht werden!"

Die beiden liefen nun langsam um mich herum und zischten mir immer wieder Worte in die Ohren, die sich in meinem Gedächnis festsetzten.

„*Fala..., Nur..., Uha..., Sur...*"

Die Wortfetzen schwirrten nur so in meinem Kopf herum und langsam fing ich an zu vergessen – *Sajana, Suyala, Bajana...* alles schien sich zu vermischen. Ich schloss meine Augen, da sie anfingen zu schmerzen. Eine Weile blieb ich so stehen, bis die Stimmen um mich herum leiser wurden und irgendwann ganz verstummten.

Ich kehrte langsam aus den Erinnerungen an die Albträume zurück und sah auf. Sternenland, die Mondelfe, stand immer noch vor meinem Bett und lächelte. Meine Hände waren feucht und ich atmete schwer. Wie hatte ich diesen und viele ähnliche Albträume der letzten Monate nur vergessen können?

Sternenland schien meine Gedanken zu erraten.

„Du hast die beiden gesehen: Urkrautiger, den Meistertroll und den Langen mit den weißen Haaren. Noch sind die Unholde nicht aus Sajana verschwunden, obwohl die *Sommerelfen* nichts von der Gefahr ahnen. Aber wir Mondelfen und Elfengeister wissen, wo sie sind. Sie leben in den tiefen Höhlen unter den Bergen. Ihre Macht der Dunkelheit und Boshaftigkeit ist noch nicht erloschen."

„Einen Augenblick bitte, das Land heißt doch nicht *Sajana*", sagte ich bestimmt. „Das Elfenland heißt *Bay*..."

Sternenland hob energisch die Hand und ich verstummte sofort.

Behutsam setzte sie sich neben mich aufs Bett und ganz plötzlich hielt sie ein Buch in der Hand. Wo war es nur hergekommen? Ich vermutete einen Zauber der Mondelfe, der es herbeigebracht hatte.

Das Buch der Elfen

Das Buch der Elfen stand auf dem Einband. Ich staunte und war zugleich verwirrt, denn nie hätte ich zu träumen gewagt, das echte Buch der Elfen jemals zu Gesicht zu bekommen.
Die Mondelfe blickte mich ernst an.
Ihr Lachen war verstummt. Vorsichtig reichte sie mir das Buch. Ich fing mit schwitzenden Händen an, darin zu blättern. Texte in silberfarbener Schrift wechselten sich mit wundervoll gestalteten Bildern ab: Elfenkönige, Elfenfürsten, geheimnisvolle und hoheitsvolle Drachen waren zu sehen. Merkwürdigerweise konnte ich lesen, was in dem Buch geschrieben stand, obwohl ich der Elfensprache nicht mächtig war. Es handelte sich um Geschichten von der Entstehung des Elfenlandes, seinen Bewohnern und den Fabelwesen. Ich erfuhr alles über den *Pakt mit den Drachen*, den die Elfen einst geschlossen

hatten und wie es zu dem Bruch zwischen ihnen gekommen war. Und immer wieder las ich Namen, die mit Ornamenten verziert waren: *Naramon, Baromon, Uriana, Aela, Ilaria, Yuro, Leandra, Norah* und noch viele weitere Namen.

„Aber, das sind doch nicht die richtigen Namen!", protestierte ich. „Sie heißen... "

Abermals gebat mir die Mondelfe zu schweigen und richtete sich nun vor mir auf. Fast schien es mir, als ob sie dabei ein ganzes Stück gewachsen sei.

„Du warst ein Diener der Trolle, du Narr!", rief sie und ihre Stimme klang mächtig und stark. „Sie haben dich für ihre Zwecke benutzt. So wird die Wahrheit über das Schicksal Sajanas niemals geschrieben werden. Längst kritzelt ein anderer *kresslicher** Troll daran herum und du lässt es geschehen."

„Aber, ich wusste ja nichts davon!", versuchte ich mich zu verteidigen. „Sonst hätte ich mich schon längst gewehrt."

Mit einem Mal wurde es stockfinster, so dass ich die Hand vor dem Gesicht nicht mehr sehen konnte. Ich tastete nach dem Lichtschalter und nachdem ich ihn endlich gefunden hatte, knipste ich das Licht an. Um mich herum schien sich nichts verändert zu haben. Das Buch, welches ich vor dem Erscheinen der Mondelfe gelesen hatte, lag noch immer auf der Bettdecke.

War alles nur ein Traum gewesen? Die Namen kamen mir wieder in den Sinn, welche ich im Buch der Elfen gelesen hatte und auch der dicke Troll Urkrautiger und sein einfältiger weißhaariger Helfer.

Nun wusste ich, was ich zu tun hatte. Ich musste mich aus den Fängen der schleichenden Trolle und Dämonen befreien und die Geschichte so weiterschreiben, wie sie wirklich war. Die Namen, so schien es mir, waren der Schlüssel zum Schicksal ... SAJANAS... und ich durfte sie nie wieder verwechseln.

*Elfisch für grob und einfältig

Vorgeschichte, erster Teil

Sajana

Keinem Wesen aus dem Reich der Menschen war es jemals vergönnt, die Grenzen Sajanas zu überschreiten, denn das zauberhafte Elfenland liegt fern ab jeder menschlichen Fantasie und Vorstellungskraft.
Der Name Sajana bedeutet in der Elfensprache soviel wie *die Erde der tausend Geschichten.*
Reist man von Norden durch das Land, vorbei am *Drachenfels* und dem mächtigen *Berg der Wahrheit*, wandelt sich die Landschaft auf eindrucksvolle Weise.
Im Norden, dem Reich der dunklen *Bergelfen*, bestimmen gewaltige Felsmassive mit unerreichbaren verschneiten Gipfeln die Natur. In den tiefen Tälern und Schluchten, welche die gewaltigen Bergketten umsäumen, fließen breite Flüsse oder feine kristallklare Gebirgsbäche.

Je weiter man Richtung Süden kommt, umso flacher und lieblicher wird die Landschaft. Aus hohen Bergen werden sanft geschwungene Hügel und aus kahlen Gebirgshängen üppig bewaldete Hochebenen. Diese Landschaft, mit ihren wunderschönen Blumenwiesen und Blütensträuchern, wird von den *Sommerelfen* bewohnt.
Doch nicht nur die Landschaft ändert sich, sondern auch deren Bewohner. Elfen aus dem Sommerland unterscheiden sich durch ihre feinen, fast schmetterlingsartigen Flügel, die helle Haut und die Far-

benpracht ihrer Gewänder deutlich von den Bergelfen des Nordens. Dort sind die Gewänder meist dunkel, die Haut der Elfen blass und die Flügel gefiedert, wie die eines Raubvogels.

Eines eint jedoch die Elfen des gesamten Elfenreiches: Die Liebe zu Pferden und Einhörnern. Jede Elfe besitzt mindestens eines davon und pflegt es mit großer Hingabe. Die Nähe zu den Vierbeinern hat jedoch auch einen ganz praktischen Nutzen, denn sobald die Sonne untergeht, verlieren die Elfen ihre magische Fähigkeit zu fliegen. Dann brauchen sie Pferde, Einhörner oder auch Drachen, um rasch von einem Ort zum anderen zu gelangen. Erst wenn es erneut Tag wird, kehrt der Zauber zurück und die Elfen werden wieder von ihren Flügeln getragen.

Sajana-Einhorn

Sajana existiert schon seit Elfengedenken und die Geschichten gehen zurück bis in jene Zeit, als das gesamte Reich noch in Frieden lebte. Doch Uriana, die dunkle und mächtige Fürstin der Bergelfen schmiedete einen Plan, der alles verändern sollte.

Uriana

Damals herrschte in Sajana noch der Elfenkönig Baromon.
Dieser hatte drei Töchter – die Zwillingsschwestern Sarah und Sinia, sowie seine älteste Tochter Aela.
Die Elfenvölker liebten ihren König, doch Uriana neidete ihm seine Macht und die Zuneigung, welche alle Wesen Sajanas ihm entgegenbrachten. Getrieben von dem krankhaften Verlangen, Baromon zu stürzen und statt seiner über das Elfenland zu herrschen, tat sie

Die kleine Sarah

etwas, das ihr später zum Verhängnis werden sollte. Sie bat *die mächtige Stimme am Berg der Wahrheit* um Rat für ihre finsteren Pläne. Sie sollte ihr helfen, die Macht über das ganze Elfenreich zu erlangen. Die Stimme antwortete Uriana und die Fürstin glaubte, sie richtig verstanden zu haben und folgte den Worten. Der Neid trieb Uriana zu Baromons Königspalast, wo sie seine Tochter Sarah entführte, als diese noch ein Baby war.

Uriana selbst hatte ebenfalls eine Tochter. Ihr Name war Norah und sie wurde noch dunkler und geheimnisvoller als ihre Mutter.

Sarah wuchs heran und glaubte, sie sei Norahs Schwester, denn die Königstochter aus dem Sommerland wusste nichts über ihre wahre Herkunft und ihre echte Familie.
Die Elfenfürstinnen Uriana und Norah hofften, in ihr eine mächtige Waffe zu besitzen, welche ihnen schon bald die Herrschaft über das ganze Elfenreich bescheren sollte.

Das Verschwinden der kleinen Sarah brach König Baromon das Herz. Jahrelang ließ er nach ihr suchen, ritt oft selbst aus, verirrte sich dabei in den endlosen Wäldern und rief voller Verzweiflung nach seiner Tochter. Da er sie nicht finden konnte, zerbrach er an dem Schmerz und starb vor Gram und Trauer. Sein Königreich geriet in Vergessenheit und sein Palast versank im Nebel.

Auch im Norden war inzwischen Finsternis eingekehrt. Uriana hatte die Worte der Stimme am Berg der Wahrheit falsch und nach ihrem neiderfüllten Machtstreben gedeutet. Somit hatte sie eine der größten Sünden begangen, die eine Elfe begehen konnte und die Stimme verfluchte sie. Große Landstriche, sowohl im Norden, als auch im Herzen des Landes, waren deshalb dem Nebel zum Opfer gefallen, was ein Durchqueren nach Süden unmöglich machte.
Als die Fürstin erkannte, dass ihr die Macht über das Sommerland für immer verwehrt bleiben würde, stieß sie einen fürchterlichen Fluch aus und verspottete die Stimme am Berg der Wahrheit. Ihr Schrei schallte bis hoch in die eisigen Berge des Nordens und hallte im Inneren der Höhlengänge wider. Die Erde begann zu beben und vom steinernen Palast der Fürstin fielen schwere Felsbrocken zu Boden. Uriana versuchte zu fliehen, doch ein großer Stein begrub sie unter sich und sie starb auf der Stelle.

Nun lag es an Norah, das Vermächtnis ihrer Mutter in die Tat umzusetzen, denn sie war die letzte Erbin der Fürsten des Nordens. Sie schwor bei der Stimme am Berg der Wahrheit das zu vollenden, was ihre Mutter begonnen hatte.

Vorgeschichte, zweiter Teil

Die Töchter Baromons

Weit im Süden Sajanas, ganz in der Nähe des *Hauses Sonnenschein*, lebte Prinzessin Aela mit ihrer Schwester Sinia und ihren Freunden. Lange war es her, seit Sarah aus dem Königspalast verschwunden war und kaum jemand sprach noch von König Baromon und der Zeit, als seine Herrschaft das Glück und das Geschick des ganzen Elfenlandes bestimmt hatte. Nur Aela pflegte hin und wieder noch die alten Bräuche der Könige. Sie spürte, wie das Verschwinden Sarahs immer noch an ihr zehrte und mochte sich mit dem Untergang des Königsreiches ihres Vaters nicht abfinden. Häufig dachte sie an ihre verschwundene Schwester und was ihr wohl widerfahren war. Die Erinnerung an frühere Zeiten bereitete Aela oft großes Leid und ihr Herz war voller Trauer.

Eines Tages geschah etwas Sonderbares. Aela flog mit ihrer Freundin Fee, einem jungen, lustigen und hübschen Elfenmädchen an einen kleinen Teich nahe des großen *Ahnenwaldes* – dem geheimnisvoll dunklen Ort aller verstorbenen Vorfahren der Sommerelfen.
Aela setzte sich ans Ufer und mit einem Mal spürte sie, wie ihre Gedanken und ihr Körper in den sich dunkel färbenden Teich hinabglitten. Sie glaubte, in dem strömenden Wasser ihren verstorbenen Vater Baromon zu erkennen und rief nach ihm. Dieser schien sehr fern zu sein, sprach nur wenige Worte und die Fluten trennten die beiden

immer wieder. Im letzten Moment gelang es ihm jedoch, seiner Tochter einen kleinen Gegenstand zu überlassen, den Aela fest in ihrer rechten Hand verbarg. Dann verschwand das Bild ihres Vaters wieder in den dunklen Fluten.

Aela erwachte. Die Begegnung am Teich schien nur ein Traum gewesen zu sein, denn die Prinzessin lag im Fieber und fantasierte. Fee versicherte ihr, dass sie nicht gemeinsam am Wasser gewesen waren und auch Sinia war davon überzeugt, dass ihre Schwester nur einen unheimlichen Traum gehabt hatte.
Wenig später, als Aela wieder alleine war, entdeckte sie jedoch, dass sie tatsächlich einen kleinen Gegenstand in ihrer Hand hielt: eine kleine silberne Drachenpfote mit feinen Ornamenten und Verzierungen.

Wenige Tage und Monde später nahte der Abend des großen Ahnenwaldfestes. Viele Sommerwesen aus dem ganzen Süden des Landes kamen in dieser Nacht zusammen, um fröhlich zu feiern und den verstorbenen Vorfahren zu gedenken. Der Himmel, die Bäume und die Wiesen strahlten im Elfenglanz.

Die Drachenpfote

Aelas war jedoch nicht nach Feiern zumute. Ihre Gedanken schweiften immer wieder zu Baromon und ihrer verschwundenen Schwester Sarah ab.

Während des Festes ging sie am Wald entlang spazieren, um dort die Ruhe zu genießen und nachzudenken. Dabei begegnete sie Falomon, einem jungen, gutaussehenden Elfen, der ihr heimlich gefolgt war. Aelas Misstrauen war groß, doch als Falomon ihr von seiner Herkunft erzählte, gewann die Prinzessin Vertrauen zu ihm. Er ermutigte sie, ihrem Schicksal als Thronfolgerin Baromons gerecht zu werden und das Königreich Sajana neu erstehen zu lassen.

Falomon versuchte Aela davon zu überzeugen, denn nach seinem Empfinden war das Elfenland schon viel zu lange durch den undurchdringlichen Nebel gespalten.

Während die beiden miteinander redeten, geschah plötzlich etwas Unerwartetes und Gefährliches. Die kleine Drachenpfote in Aelas Tasche fing an zu glühen und entzündete ihr edles Gewand. Nur mit Mühe und unter Lebensgefahr konnte Falomon die Elfenprinzessin vor den Flammen retten und sie wohlbehalten zu den anderen Elfen zurückbringen.

Die Tage vergingen und die merkwürdigen und bedrohlichen Zwischenfälle häuften sich. Aela beschloss, sich mit ihren Freunden Fee und Falomon, sowie ihrer Schwester Sinia zu beraten. Die innere Unruhe der Elfenprinzessin wuchs mit jedem Tag und der Gedanke verfestigte sich in ihr, dass die verschollene Sarah vielleicht doch noch am Leben war. Auch Sinia konnte es nicht mehr ertragen, nichts über das Schicksal ihrer Zwillingsschwester zu wissen.

Die Freunde beschlossen, sich auf die Suche nach der Vermissten zu machen, wenngleich sie das Ziel ihrer Reise nicht kannten.

An einem wunderschönen sonnigen Vormittag verließen sie ihre Heimat und machten sich auf den Weg ins Ungewisse.

Norah, die dunkle Fürstin der Bergelfen, spürte ebenfalls eine große Unruhe. Die geheimnisvollen Male auf ihrer Haut brannten oft wie

Feuer, was nach alten Überlieferungen schicksalhafte Veränderungen ankündigte. Norah war nun entschlossener als jemals zuvor, das Vermächtnis ihrer Mutter zu erfüllen. Die Macht über das gesamte Elfenreich sollte endlich ihr gehören! Mit dem Heerführer ihres Zinnenpalastes, Torak, ihrer Tante Uvira und der mächtigen Elfenzauberin Ilaria glaubte sie, die richtigen Gefährten für ihr finsteres Vorhaben an ihrer Seite zu haben. Mit Hilfe der drei Bergelfen wollte sie die bösen Träume ihrer verstorbenen Mutter wahr werden lassen.

Argwöhnisch beobachtete Norah schon seit einiger Zeit ihre Ziehschwester Sarah, denn diese schien sich zu verändern. Oft schlich Sarah heimlich durch die Hallen des Zinnenpalastes oder stöberte in der alten Bibliothek. Sarah war verzweifelt, denn sie spürte, dass irgendetwas in ihrem Leben nicht stimmte und tief in ihrem Innersten ahnte sie, wer sie tatsächlich war. Sarah bediente sich der Magie geheimnisvoller Drachenfiguren, welche sie aus den tiefen Gewölbekellern unterhalb des Zinnenpalastes entwendet hatte, um etwas über ihre wahre Herkunft zu erfahren. In diesen Gewölbehallen wurde das gesamte Erbe aller verstorbenen Herrscher des Nordens verwahrt und für Elfen nichtköniglicher Abstammung war das Vordringen in diese Räume äußerst gefährlich.
Wenn Sarah eine der Drachenfiguren aus den unterirdischen Hallen öffnete, verströmte diese einen geheimnisvollen Nebel. Dieser verwandelte Sarah selbst in Luft und Nebel, so dass sie der Wind für kurze Zeit an fremde Orte tragen konnte. Im Nebelreich hoffte sie mehr über ihre wahre Herkunft zu erfahren.
Sarah ertrug ihr Leben im Zinnenpalast bald nicht mehr. Sie fasste den Entschluss zu fliehen, hinaus in die dunkle Kälte des Nordens, um sich auf die Suche nach ihrem wahren Leben zu machen.
Ein kleiner *Smaragdvogel*, der ihr zugeflogen war, sollte ihr dabei helfen. Er begleitete Sarah, wohin auch immer sie ging und spendete ihr Wärme und Geborgenheit. Was Sarah nicht wusste: Der Smaragdvogel war ein heimlicher Bote Sinias und aus einer brennenden Haarlocke ihrer Zwillingsschwester am Berg der Wahrheit entstanden.

Der Smaragdvogel

Auch Norah, Uvira, Torak und Ilaria machten sich auf den Weg. Sie fürchteten, dass Sarah ihnen gefährlich werden konnte, doch waren Sarahs Aussichten, in der Kälte des Nordens zu überleben, sehr gering. Norahs Ziel war der Berg der Wahrheit, wo sie hoffte, endlich die Macht ergreifen zu können, nach der sie strebte. Doch Ilaria, die Elfenzauberin, verleitete sie dazu, die Reise zum Berg abzubrechen und stattdessen zum Drachenfels zu reiten. Der Drachenfels war ein sagenumwobener Ort, an dem die Feuerwesen einst das Schicksal Sajanas bestimmt hatten.

Während Sarah auf der Flucht aus dem Zinnenpalast von *Yuro*, dem kindlichen Wolfsreiter und Boten der Elfengeister geleitet wurde, führte Ilaria die Gruppe der Bergelfen über den großen unterirdischen Feuerfluss zum Drachenfels.

Doch was war in der Zwischenzeit aus Aela, Falomon, Fee und Sinia auf ihrer Suche nach der vermissten Sarah geworden? Ihre Reise erwies sich als gefährlich und immer wieder mussten die Freunde neue Abenteuer bestehen.

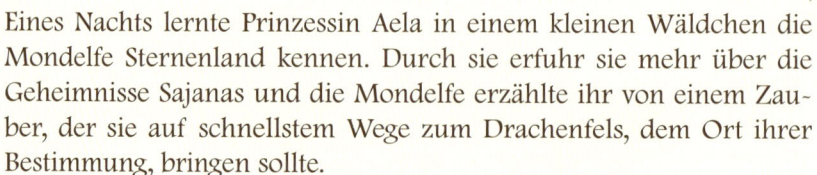

Eines Nachts lernte Prinzessin Aela in einem kleinen Wäldchen die Mondelfe Sternenland kennen. Durch sie erfuhr sie mehr über die Geheimnisse Sajanas und die Mondelfe erzählte ihr von einem Zauber, der sie auf schnellstem Wege zum Drachenfels, dem Ort ihrer Bestimmung, bringen sollte.

Norahs Weg zum Drachenfels führte sie ins Innere eines Kraters. Die dunkle Fürstin hatte sich auf die Hilfe ihrer Begleiter verlassen, doch sie wurde von Ilaria und Uvira verraten. Torak, ihr Heerführer, den sie für einen treuen Diener gehalten hatte, war in Wahrheit der verstoßene Bruder Urianas und somit ihr Onkel. Er strebte nun ebenfalls nach Rache und Macht und in der Elfenzauberin Ilaria hatte er eine mächtige Gefährtin.
Am unterirdischen Feuerfluss, durch den die Reise der Bergelfen führte, gab Ilaria das finstere Geheimnis von Toraks Herkunft preis und Norah wurde von den beiden in einem Boot aus Elfenglas zurück in den Feuerstrom gestoßen und ihrem Schicksal überlassen.

Sarahs Flucht aus dem Palast des Nordens führte sie mit Yuros Hilfe ebenfalls zum Drachenfels. Dort stand sie bald am vordersten Rand der hohen Klippe, wo es kein Weiterkommen mehr gab. Als sie in die Tiefe blickte, erkannte sie vier Elfen, die zu ihr aufschauten.
Aela, die inzwischen mit ihren Gefährten dort angekommen war, rief ihr vom Fuße der Klippe zu und sie erkannte an Sarahs Worten, dass es sich bei ihr nur um die vermisste Schwester handeln konnte.
Sinias Herz war voller Freude, als sie sah, dass sie ihre verlorene Zwillingsschwester wiedergefunden hatte. Endlich war das Rätsel um Sarahs Verschwinden gelöst und sie fühlte, wie sich die eisigen Klammern um ihr Herz lösten.
Torak, Ilaria und Uvira waren der Elfe bis an den Rand des Drachenfelsens gefolgt und der schwarze Heerführer verspottete Sarah. Sie erkannte ihre Ausweglosigkeit und stürzte sich von der Klippe, genau in dem Moment, als die Sonne am Horizont unterging und sie nicht mehr fliegen konnte.

Der Drachenfels

Ein letzter Sonnenstrahl fiel auf den magischen Spiegel am Einband des Buches der Elfen, welches sie aus der Bibliothek des Zinnenpalastes genommen hatte. Der Widerschein traf den kleinen Smaragdvogel und das Wunder geschah: Sarahs gefiederter Freund verwandelte sich durch den Lichtstrahl in einen großen, silbernen Drachen. Er rettete ihr das Leben, indem er sie packte, kurz bevor sie auf dem Boden aufschlug. Sein Zorn gegenüber den Bergelfen war groß und das Feuer des Drachens verwandelte Torak, Ilaria und Uvira am Rande des Felsens zu ewigem Stein.

Die Zwillingsschwestern Sinia und Sarah waren überglücklich, sich wiedergefunden zu haben. Gemeinsam mit Aela und ihren Freunden traten sie die Reise zurück ins Land der Sommerelfen an.

Doch auch Norah, die dunkle Fürstin der Bergelfen, hatte Glück im Unglück. Mit letzter Kraft gelang es ihr, dem Feuerstrom zu entkommen und sich durch die Dunkelheit der unterirdischen Höhlengänge ans Tageslicht zu graben.
Sie kniete an einem stillen Gewässer im Wald und weinte. Die Stimme eines geheimnisvollen Spiegelbildes, das sie an ihre verstorbene Mutter erinnerte, wies ihr den Weg zurück zum Palast des Nordens.
Es war der Tag, an dem die Vergangenheit besiegelt wurde und das große Abenteuer begann...

Norahs Tränen

Kapitel 1

Die Insel der Stille

Der Drachenfels lag hinter ihnen wie ein böser Traum. Zwei Tage waren sie nach Süden geritten, doch nun hatten Prinzessin Aela, Sarah und Sinia, sowie ihre Freunde Fee und Falomon das Ziel erreicht: *Die Insel der Stille* war eine kleine Anhöhe, von der aus man einen atemberaubenden Blick über die sanften Hügel in diesem Teil des Landes hatte. Von hier konnte man bei guter Sicht bis weit in den Süden blicken oder auf der anderen Seite die hohen Berge des Nordens am Horizont erspähen. Nur ganz selten wehte auf der Anhöhe ein Wind, und das einzige Geräusch, das man gelegentlich hörte, war das Zwitschern der Vögel am Himmel. So trug die Insel der Stille ihren Namen zu Recht und war für Reisende ein vollkommener Ort, um eine kleine Pause zu machen oder ein Lager für die Nacht aufzuschlagen.

Seit sich die Zwillingsschwestern Sinia und Sarah wiedergefunden hatten, waren sie unzertrennlich. Aela, Falomon und Fee staunten, wie gut die beiden sich vom ersten Augenblick an verstanden, und das, obwohl die Schwestern von klein auf getrennt gewesen waren.

„Man könnte meinen, die beiden werden sich mit jedem Tag ähnlicher", meinte Aela mit einem Blick auf Falomon. „Sarahs Gesicht ist in den wenigen Stunden, seit wir sie gefunden haben, viel anmutiger geworden. Licht und Farbe scheinen durch sie hindurchzuströmen und ihr Äußeres zu verändern."

„Kein Wunder", pflichtete ihr Falomon bei. „Sie ist eine Sommerelfe, die nur durch die finsteren Einflüsse des Nordens so geworden war, wie wir sie am Drachenfels angetroffen haben."

Die fünf Elfen waren inzwischen auf der Anhöhe angekommen und Fee breitete ein Tuch aus, auf das sich die Elfen setzen konnten.
„Seht her!", rief sie. „Dort ist eine kleine Quelle mit frischem Wasser und es wachsen auch *Seidenpilze* und *Sonnenkräuter*, so dass wir uns etwas zu essen machen können."
Seidenpilze waren sehr seltene, violett glänzende Pilze und gehörten zu den feinsten Gewächsen des Elfenreiches, ebenso wie die schmackhaften Sonnenkräuter.

Die Wiedersehensfreude hatte die Anstrengungen der letzten Tage vergessen gemacht, doch jetzt verspürten die Elfen Müdigkeit und Hunger. Falomon suchte etwas Holz und machte ein Feuer, während Sinia Seidenpilze sammelte und feine Sonnenkräuter pflückte. Die Elfen hatten nur das Notwendigste auf ihre Reise mitgenommen, doch es reichte aus, um mit den Pilzen und den frischen Kräutern ein duftendes Mahl zuzubereiten.

Seidenpilze

Die Freunde blickten beim Essen schweigend von der Höhe aus über die sanften Hügel in die weitläufigen Täler ringsum.

„Wie schön es hier ist", seufzte Sarah. „Ich hätte es nie für möglich gehalten, dass es in Sajana so warm und wunderbar grün sein kann."

Die anderen blickten sie verwundert an.

„Hast du den Norden niemals verlassen?", fragte Fee neugierig.

Sarah schüttelte den Kopf.

„Norah und Uriana nahmen mich zwar häufig mit, wenn sie ausritten, aber wir kamen nie weiter als zu den hohen Glasbergen, einen halben Tagesritt vom Zinnenpalast entfernt. Manchmal habe ich sie gefragt, wie das Land hinter den hohen eisigen Bergen aussieht. Doch Uriana, die ich für meine Mutter hielt, antwortete mir dann nur, dass dort eine unendliche Wüste mit dürren Bäumen, steinigem Boden und wenig Wasser sei. Was hätte ich anderes tun können, als ihr zu glauben? Alleine hätte ich es ohne den Schutz des Smaragdvogels niemals geschafft, den Norden zu verlassen. Ich wäre nach wenigen Tagen erfroren."

Sinia blickte betroffen zu Boden, denn die Geschichte ihrer Zwillingsschwester ging ihr sehr zu Herzen.

„Diese Gegend hier war auch nicht immer so schön, wie sie jetzt ist", gab Aela zu bedenken. „Vor wenigen Tagen lag hier der Nebel noch so dicht in den Tälern, dass ein Durchkommen fast unmöglich war." Sie lächelte Sarah an und fuhr dann fort: „Mit deiner Befreiung scheint dieser Fluch nun gebrochen zu sein. Die Sonne wird wieder stärker und die Wärme kehrt zurück."

Falomon blickte sich um und spähte in die Richtung, aus der sie gekommen waren. Ganz weit hinten im Dunst glaubte er noch den Drachenfels zu erkennen. Es schauderte ihn bei dem Gedanken, dass die drei Bergelfen Torak, Uvira und Ilaria dort versteinert am Rande des Abgrundes standen. Er wollte etwas sagen, als sein Blick auf die Tasche fiel, welche Sarah immer bei sich trug. Sie war an einer Seite etwas offen und Falomon konnte den Rücken eines alten Buches erkennen.

Falomon

„Was ist das für ein Buch, das du bei dir trägst?", fragte er. „Es muss dir sehr wichtig sein, da du es schon seit deiner Flucht in der Tasche hast."
Sarah nahm das Buch in die Hände und blätterte vorsichtig darin. „Es ist wahr", gab sie zu. „Dieses Buch und mein kleiner Smaragdvogel waren das Einzige, was mir wichtig genug erschien, um es auf diese gefährliche Reise mitzunehmen."
Abermals seufzte Sarah, denn der Verlust ihres gefiederten Freundes in der Stunde der Befreiung machte sie trotz aller Wiedersehensfreude traurig.
Aela blickte nachdenklich auf das Buch. Sie spürte, dass eine geheimnisvolle Macht von dem Werk ausging.
Das Buch der Elfen, las sie leise den Titel.
„Ich glaube, mein Vater hat mir schon davon erzählt, als ich noch ein Kind war", meinte Aela. „Darf ich es mir ansehen?"
Sarah gab es ihr etwas zögernd.
„Sei vorsichtig", erwiderte sie warnend. „Auf der Rückseite ist ein kleiner Spiegel. Wenn du hineinblickst, kann es gefährlich werden. Er zieht einen geradezu in seinen Bann und zeigt Bilder, die aus geheimnisvollen Welten stammen. Ich musste es selbst erfahren, als ich das Buch in der Palastbibliothek gefunden habe."

Aela blätterte langsam eine Seite nach der anderen um. Den Text konnte sie nicht entziffern, da es sich um sehr alte Schriftzeichen handelte, doch die Bilder sprachen für sich. In wundervoll ausgearbeiteten Zeichnungen sah man Geschichten aus alten Zeiten. Könige und magische Fabelwesen, die Elfenkinder heute nur noch aus Geschichten kannten, wurden in den Bildern lebendig. Und immer wieder waren auf ganzen Seiten mächtige Drachen zu sehen.

Sajana-Drache

Plötzlich stockte Aela der Atem. Diesen Drachen, auf der Zeichnung, welche die Prinzessin gerade betrachtete, kannte sie.
„Seht nur!", rief Aela erstaunt und wandte sich ihren Freunden zu. „Die Pfote dieses gezeichneten Drachens sieht genauso aus wie das

Schmuckstück aus Silber, das ich von meinem Vater bekommen habe." Vorsichtig griff sie in einen bestickten Beutel, in dem sie die silberne Drachenpfote aufbewahrte. Falomon, Fee, Sarah und Sinia staunten, denn tatsächlich zeigte das Bild im Buch genau das Abbild des Schmuckstückes.

Im selben Moment spürte die Prinzessin, wie die Pfote sich zu erwärmen begann. Aels wollte sie gleich wieder in den Beutel zurücklegen, denn sie befürchtete, dass die Pfote zu glühen anfangen könnte – so, wie es schon des Öfteren auf ihrer Reise passiert war.
Aber etwas anderes geschah: Die mit Ornamenten geschmückte Oberfläche der Drachenpfote begann silbrig zu glänzen. Dann schien es Aela so, als ob sich die Krallen plötzlich auflösten. Teile der Pfote begannen ineinander zu fließen, bis sich mit einem Mal das ganze Schmuckstück in flüssiges Silber verwandelte.
Das Silber rann Aela durch die Finger. Erschrocken zog sie ihre Hand zurück, doch es war bereits auf die Seiten des Buches getropft und ins Papier gesickert. Aela wischte über das Papier, aber die Spuren der Tropfen waren auch ohne ihre Hilfe gleich wieder verschwunden.
‚Ein seltsamer Zauber', dachte Aela verwundert und verunsichert.
Nun begann das Bild des Drachens auf der Buchseite ebenfalls zu glänzen. Die Linien der Zeichnung vibrierten und fast im selben Augenblick lösten sich die feinen Konturen des gezeichneten Feuerwesens vom Papier. Sie schlängelten sich blitzartig an Aelas Arm empor zu ihrem Kopf und umspannten mit einem dichten Geflecht die Ohren der Prinzessin.
Aela wollte sich an den Kopf fassen, um ihre Ohren von dem seltsamen Zauber zu befreien, doch sie konnte ihre Arme und Beine nicht mehr bewegen. Dafür hörte sie ein lautes Rauschen, sowie eine dunkle Stimme, die sich dröhnend aus dem Lärm erhob.

„AELA!", rief die Stimme. „Aela, Tochter König Baromons. Die Drachen rufen nach dir." Das Rauschen wurde stärker und die Stimme dabei etwas schwächer.

„Wer bist du?", hörte sich Aela nun selbst rufen, obwohl sie das Gefühl hatte, als würden sich ihre Lippen nicht bewegen. „Was ist das für ein Zauber, der mich hier umfängt?"
„Ich bin die Stimme aller Drachen Sajanas", hörte sie erneut Worte, die sich aus dem Lärm zu bilden schienen. „Was du hörst, ist das Rauschen unserer Schwingen, das Klopfen unserer Herzen und die Stimme unserer alten Seelen."

Aela und die
Stimme der Drachen

„Unmöglich!", rief Aela. „Keiner Elfe ist es möglich, die Sprache der Drachen zu verstehen. Sag mir, wer du wirklich bist."
„Ich spreche die Wahrheit", hörte die Prinzessin die tiefe Stimme. „Die Spuren der Vergangenheit, gesponnen aus dem Abbild einer Drachenpfote aus reinstem Elfensilber, haben dein Gehör geschärft. Du bist dazu bestimmt, das Schicksal unseres Landes zu wandeln, denn du bist die älteste Tochter des letzten Königs aller Elfen. Darum höre, was wir dir zu sagen haben."
Aela hielt den Atem an. Ähnliche Worte hatte auch Falomon einst zu ihr gesprochen, als sie sich in der Nacht des Ahnenwaldfestes kennengelernt hatten. Sie versuchte, ihr pochendes Herz zu beruhigen.
„Der Verrat an den Drachen, begangen vor langer Zeit im Reich der Bergelfen, lastet schwer auf dem Schicksal Sajanas", fuhr die Drachenstimme fort. „Das Land verfiel dem undurchdringlichen Nebel. Es war Urianas Betrug am Berg der Wahrheit, der diesen Nebel über das ganze Elfenreich gebracht hatte. Urianas Taten sind gesühnt, denn das Band der Zwillingsschwestern wurde erneuert. Sajana wird jedoch erst dann in neuem Glanz erstrahlen, wenn auch das Zeitalter der Drachen und der Könige neu erblüht. Schicke deine Schwestern zurück ins Land der Sommerelfen, denn sie werden dort gebraucht. Dann gehe deinen Weg alleine, denn nur du besitzt die Kraft, das zu erreichen, was unmöglich erscheint."

Aela bebte. Das Dröhnen in ihren Ohren wurde unerträglich, und die Worte der Drachen hallten in ihrem ganzen Leib wider. Endlich spürte die Prinzessin, wie sie ihre Arme wieder heben konnte. Aela riss sie nach oben und griff schnell an ihre Ohren, um sich von dem Geflecht zu befreien. Zu ihrem großen Erstaunen war jedoch nichts zu ertasten, was auch nur im Geringsten an Silberfäden erinnerte.

Dann wurde es still um die Prinzessin und Aela blickte sich verwirrt um.
„Was ist geschehen?", fragte sie mit zitternder Stimme, aber ihre Freunde sahen sie nur verwundert an.

„Das wollten wir dich auch gerade fragen", meinte Sinia verunsichert. „Das Silber der Drachenpfote ist ins Buch geflossen. Dann hast du es fallen gelassen und die Hände an deine Ohren gepresst."

Aela konnte kaum glauben, was ihre Schwester sagte.

„Aber habt ihr denn nicht den Lärm gehört und die Stimme, die zu mir sprach?"

Die Elfen schüttelten verwundert den Kopf.

„Dieser Ort heißt Insel der Stille", meinte Fee sanft, „und kein Name passt besser zu der Anhöhe, auf der wir uns gerade befinden. Seit wir hier sind, ist es ruhig."

Aela senkte den Kopf. In der Vergangenheit waren schon viele merkwürdige Dinge geschehen, aber an ihrem Verstand zweifelte sie nie. Es musste für alles eine Erklärung geben.

„Erzähl uns, was du gehört hast", bat Sarah leise, denn sie spürte, dass sich ein Schatten auf das Herz ihrer Schwester gelegt hatte. Aela lächelte sie dankbar an. Die Prinzessin war sich nicht sicher, ob es richtig war, davon zu berichten, was die Drachenstimme ihr aufgetragen hatte. Doch wie sollte sie vor ihren Schwestern und Freunden verbergen, was ohnehin bald geschehen musste?

„Gut, ich will es euch erzählen", sagte Aela nach kurzem Zögern. „Aber was ich gehört habe, kann unser aller Leben verändern, denn es ist an der Zeit, sich auf die Suche nach den verlorenen Werten Sajanas zu machen. Sie haben einst das Glück für alle Elfen in unserem Reich bedeutet und sind auf so schöne Art und Weise im Buch der Elfen dargestellt. Das Buch verfügt über das Wissen und die Macht der Jahrhunderte."

Aela erzählte weiter, was sie erlebt hatte. Sie war froh, dass die Freunde ihr zuhörten und Glauben schenkten, obwohl das Bild des Drachens im Buch nahezu unverändert war. Einzig ein feiner Schimmer, den die Silbertropfen der Drachenpfote auf der Seite hinterlassen hatten, ließ sich noch erahnen.

Als Aela mit ihrer Erzählung am Ende war, schwiegen alle und jeder versuchte zu begreifen, was die Worte der Drachenstimme zu

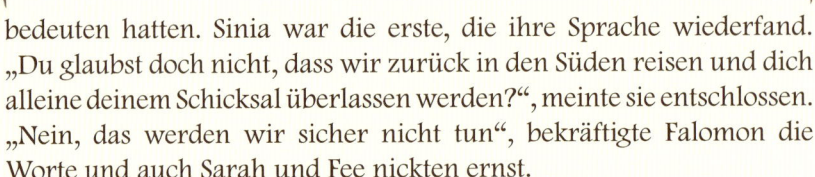

bedeuten hatten. Sinia war die erste, die ihre Sprache wiederfand. „Du glaubst doch nicht, dass wir zurück in den Süden reisen und dich alleine deinem Schicksal überlassen werden?", meinte sie entschlossen. „Nein, das werden wir sicher nicht tun", bekräftigte Falomon die Worte und auch Sarah und Fee nickten ernst.
Die Prinzessin schwieg.
Sie fühlte sich unsicher, denn die Drachen hatten ihr zwar gesagt, *was* ihre Aufgabe war, jedoch nicht, *wie* sie ihr Ziel erreichen konnte. Wohin sollte sie nur gehen? Wer konnte ihr dabei helfen, wenn nicht ihre Freunde?

„Ich bin müde", sagte sie nach einer Weile, da sie keine Antwort auf die Fragen wusste. „Lasst uns eine Nacht darüber schlafen. Morgen, wenn wir wieder ausgeruhter sind, fällt uns bestimmt etwas ein."

Die Elfen nickten zustimmend. Die Sonne stand inzwischen tief über dem Horizont und alle waren müde.
Sarah und Sinia halfen sich gegenseitig, um aus den wenigen Decken und Tüchern ein gemütliches Nachtlager zu machen und die anderen waren ihnen dankbar dafür. Dann legten sich die Elfen zur Ruhe und blickten noch eine ganze Weile schweigend in den prächtigen Sternenhimmel über der Insel der Stille, bis sie schließlich einschliefen.

Kapitel 2

Ein fröhlicher Abschied

Aela schreckte hoch. Was war das für ein Laut, den sie gerade vernommen hatte? Sie blickte sich um. Nichts Verdächtiges war zu sehen und ihre Freunde schliefen tief und fest. Nach wie vor war es windstill und die Sterne am Himmel funkelten in ihrer ganzen Pracht.

Doch nun hörte Aela ganz deutlich ein Knistern und Rascheln. Durch die Ereignisse der vergangenen Tage war die Prinzessin sehr empfindlich geworden und schon die leisesten Geräusche reichten aus, um ihren Schlaf zu stören. Vorsichtig, um die anderen nicht zu wecken, erhob sie sich und spähte in alle Richtungen. Die ganze Landschaft war in einen unwirklich schönen Glanz getaucht und Aelas Herz füllte sich bei dem Anblick mit Glück.

‚Sajana, du wunderschönes Land', dachte sie bei sich. ‚Hier, an diesem Ort, zeigst du dich in deiner ganzen Pracht.'

Aela fühlte, wie sie bei dem Gedanken ganz klein wurde und auf einmal hallten auch die Worte der Drachen in ihrem Innersten wider. Sie seufzte leise. Wie nur sollte sie der Aufgabe gerecht werden, das Elfenreich zu vereinen und das Königreich neu zu erschaffen? Aela zuckte zusammen. Ihre Gefühle hatten sie abgelenkt, doch da war es wieder, das leise Geräusch. Sie richtete sich auf und spähte hangabwärts in die Richtung, aus der sie die Laute vernommen hatte.

Etwas unterhalb der Anhöhe standen die ersten Bäume eines kleinen

Wäldchens und für einen Moment meinte die Prinzessin, dort ein Funkeln zwischen den Bäumen gesehen zu haben. Sie wartete einen Augenblick. Tatsächlich! Da war es wieder. Gleichzeitig hörte sie erneut das feine Knistern.
Jetzt löste sich das Funkeln aus dem Wäldchen und schien auf sie zuzukommen.
‚Das müssen Augen sein, kleine leuchtende Augen', dachte Aela und spürte, wie sie unruhig wurde. ‚Es wird doch nicht ein gefährliches Tier sein, das uns hier auflauert?'
Die Prinzessin glaubte nun die Umrisse des Wesens zu erkennen.
„Ein kleiner Kopf, eine schmale Statur... und zwei feine Flügel", sprach Aela leise zu sich selbst und versuchte noch angestrengter hinzusehen. Das Wesen zeichnete sich immer deutlicher ab.

Die Insel der Stille

Aela glaubte mit einem Mal zu erkennen, was es war. Sie musste lächeln. Sie erhob sich und lief dem funkelnden Augenpaar entgegen. Gleich darauf stand sie dem kleinen Wesen gegenüber.

„Was sehe ich da? Eine kleine, blau schimmernde Elfe mit einem hellen Kleidchen und zwei feinen Flügeln... bist du es Sternenland?", fragte Aela ungläubig. Sie konnte sich kaum vorstellen, dass sie hier, an diesem Ort, die geheimnisvolle Mondelfe wiedertraf, die ihr schon geholfen hatte, Sarah am Drachenfels zu finden.

„Hihihi... ja, ich bin es", entgegnete die Mondelfe mit heller Zwitscherstimme. Aela freute sich sehr und nahm die Mondelfe in die Arme. Sternenland schüttelte sich aber nur und wischte ihr Kleidchen ab. Die Prinzessin erinnerte sich, dass das Äußere der Mondelfe täuschte und sich hinter der kindlichen Gestalt ein uraltes Wesen verbarg, dem man Respekt zollen musste.

„Entschuldige", sagte sie deshalb schnell. „Ich freue mich eben sehr, dich wiederzusehen. All deine guten Ratschläge haben uns geholfen, Sarah zu erlösen und zu befreien."

„Hihi, ich weiß", entgegnete Sternenland und lächelte verschmitzt. Sie blinzelte die Prinzessin an.

„Woher weißt du das?", fragte Aela erstaunt. Es waren gerade einmal zwei Tage vergangen, seit die Freunde Sarah am Drachenfels getroffen hatten. Diese Nachricht konnte sich unmöglich schon verbreitet haben, denn die Elfen waren auf ihrer bisherigen Reise zurück ins Sommerland kaum jemandem begegnet.

„Du vergisst, dass wir Mondelfen ein uraltes Volk sind", sagte Sternenland und wurde auf einmal ernst. „Wir verfügen über Mächte, von denen du noch nie gehört hast. Nichts bleibt uns verborgen. Unsere Freunde sind Elfengeister und Fabelwesen. Hihihi."

Ein leichtes Lächeln huschte der Mondelfe über die Lippen.

„Mit Elfengeistern habe ich inzwischen auch meine Erfahrungen gemacht", meinte Aela und dachte an die vielen Begegnungen mit Schattenwesen und magischen Drachen auf ihrer bisherigen Reise. „Aber was führt dich zur Insel der Stille? Wolltest du zu uns?"

Sternenland blickte sich nun hastig um und meinte dann:

„Ich habe mich selbst hierher geschickt, um dich fortzuschicken." Aela war es von der ersten Begegnung her schon gewohnt, dass die Mondelfe oftmals in Rätseln sprach.

„Was meinst du damit genau?", fragte sie deshalb geduldig nach.

„Wir Mondelfen, Drachenwesen, hihihi... und auch der Wolfsreiter und die Blumenelfe", erwiderte Sternenland. „Sie haben mich zu dir geschickt, damit ich dich zu ihnen schicke."

Aela erinnerte sich an Sarahs Erzählung von Yuro, dem Wolfsreiter, der Sarah dabei geholfen hatte, zum Drachenfels zu gelangen.

„Hat dich ein Wolfsreiter namens Yuro zu mir geschickt?", fragte Aela deshalb, denn ihre Neugier war geweckt.

„Yuro, ja, Yuro hat mich auch geschickt – wie ich selbst. Er ist ein netter Elfenjunge. Schon sehr alt, aber mit Engelsgesicht", sprach Sternenland weiter. „Er ist der Bote, der dir zur Seite steht, damit du alle Orte Sajanas besuchen kannst, auch das Seenland."

„Das Seenland?", rief Aela erstaunt. „Aber das kommt doch nur in Märchen für kleine Elfenkinder vor. Dieses Traumland gibt es doch nicht wirklich."

„Hihihi...", lachte die Mondelfe belustigt. „Wirklich oder unwirklich – echt oder nicht echt – verlasse dich nie auf das, was du hörst, sondern nur auf das, was du erlebst." Sternenland schaute sich erneut nervös um und fuhr dann mit ernster Stimme fort:

„Ich muss rasch zurück zu den Bäumen. Es ist nicht gut für uns Mondelfen, wenn wir zu lange außerhalb eines Waldes verweilen. Also höre, was ich dir noch zu sagen habe: Morgen reitest du alleine weiter, immer der Sonne entgegen. Sag *auf Wiedersehen* zu deinen Freunden und schicke sie zurück ins Land der Sommerelfen. So haben es dir schon die Drachen gesagt, wenn ich mich nicht täusche... hihihi... Dorthin, wo dein Weg führt, kannst nur du gehen. Reite bis du an zwei Flüsse kommst, die genau nebeneinander fließen... hihi. Dort wartet der Wolfsjunge auf dich."

„Ich werde dort Yuro treffen?", freute sich Aela.

Sternenland lächelte.

„Ja, du wirst den Jungen treffen, aber, hihi, nicht alleine. Man sollte

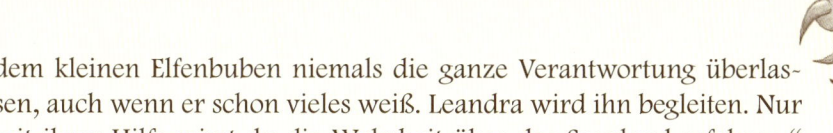

dem kleinen Elfenbuben niemals die ganze Verantwortung überlassen, auch wenn er schon vieles weiß. Leandra wird ihn begleiten. Nur mit ihrer Hilfe wirst du die Wahrheit über das Seenland erfahren."

Leandra.

Es war nur ein Name, doch er wirkte auf Aela wie eine zauberhafte Melodie.
Sie wollte Sternenland noch fragen, wer diese Leandra war, aber die Mondelfe hatte sich schon abgewandt und lief leichten Schrittes zurück zu dem kleinen Wäldchen.
„Ich muss nun rasch gehen", rief Sternenland noch. „Ich sollte von hier fort, bevor mich die Schatten der Monde verlieren und ich selbst verloren bin."
Aela blieb nichts anderes übrig, als zum Abschied zu winken und sich wieder einmal über die Mondelfe zu wundern. Dann ging sie nachdenklich zurück zum Ruheplatz auf der Anhöhe, wo ihre Freunde immer noch friedlich schliefen.

Aela selbst konnte in dieser Nacht nicht mehr schlafen.
Sie ahnte, dass sich ihr Leben verändern würde, ob sie es wollte oder nicht. Sie erinnerte sich an ihre erste Begegnung mit Falomon und wie sie sich in der Nacht des Ahnenwaldfestes kennengelernt hatten. Für wenige Tage hatte sie damals auf ein einfaches Leben mit dem netten jungen Elfenmann gehofft. Sie liebte ihre Freundin Fee sehr. Aber wenn sie das junge Mädchen so ruhig schlafend neben Falomon liegen sah, spürte sie dennoch einen leichten Stich in ihrem Herzen, denn sie fühlte, wie gerne sich Fee und Falamon mochten.
Für einen Moment dachte sie daran, einfach mit ihren Freunden nach Hause zu reiten. Konnten nicht auch andere das Schicksal Sajanas in die Hände nehmen? Doch der Gedanke zerbrach in ihr so schnell, wie er gekommen war. Tief in ihrem Innersten wusste die Prinzessin, dass sie versuchen würde, das Unmögliche möglich zu machen, denn es war ihre Bestimmung.

Sarah erwachte am nächsten Morgen als Erste. Sie reckte ihre Arme und atmete tief die nach Blütentau duftende Luft ein. Sie blickte sich um. Noch immer konnte sie nicht glauben, wie sehr sich ihr Leben verändert hatte. Manchmal fürchtete sie sich davor zu erwachen und zu merken, dass alles nur ein Traum gewesen war.

Falomon wachte nun ebenfalls auf und nach ihm Fee und Sinia. Schon bald saßen die Freunde gemeinsam beim Frühstück, lachten und aßen das Wenige, was sie noch bei sich hatten. Sinia hatte noch einige Sträucher mit *Honigbeeren* entdeckt, die an einem schönen Morgen wie diesem ganz vorzüglich zu *Elfenbrot* schmeckten.

Falomon war nicht entgangen, dass Aela nicht viel sprach und auch sonst sehr ernst war.

„Geht es dir gut, Aela?", fragte er deshalb besorgt. „Dir scheint etwas auf der Seele zu lasten."

Auch die anderen wurden nun aufmerksam und blickten die Prinzessin fragend an.

Wie am Tag zuvor, bei dem Erlebnis mit der Drachenstimme, wusste Aela auch dieses Mal nicht, wie sie anfangen sollte. Heute fiel ihr das Erzählen noch schwerer, denn sie spürte, dass der Abschied nahte. Langsam fing sie an zu berichten, was ihr Sternenland gesagt hatte.

„Warum hast du uns nicht geweckt?", wollte Sinia wissen. „Ich hätte die Mondelfe auch gerne wiedergesehen."

Sinia blickte ihre Schwester ein wenig vorwurfsvoll an.

„Es blieb mir keine Zeit", entschuldigte sich Aela. „Sternenland war kaum da, dann war sie auch schon wieder weg. Aber lass mich zu Ende erzählen, was die Mondelfe gesagt hat."

Als Aela alles berichtet hatte, was in der vergangenen Nacht geschehen war, blickten ihre Freunde betroffen zu Boden. Falomon wollte ihrem Wunsch alleine Weiterzureisen laut widersprechen, doch als er der Prinzessin in die Augen sah, erkannte er, wie entschlossen sie war. Die Sonne strahlte schon am Himmel und die Vögel stimmten ihr Lied an, um den Tag zu begrüßen.

‚Wie sonderbar', dachte Fee, ‚warum sind Tage wie dieser nicht grau, regnerisch und trüb?'

Eine Gewissheit überkam sie – die Gewissheit, dass alles gut war, so wie es geschehen würde. Sie sah auf, lächelte die Prinzessin an und sagte dann:
„Aela, warum solltest du diese Aufgabe nicht meistern? Ich kenne dich schon so lange. Du bist stark. So wie Sarah Yuro in ihren Erzählungen beschrieben hat, wird er dir eine große Hilfe sein."

Fee

Ehe jemand etwas sagen konnte, stand Fee auf und flog etwas in die Höhe.
„Hört auf traurig zu sein!", rief sie dann. „Seht nur, was für ein wunderschöner Tag heute ist. Der Himmel lacht, und wir weinen."
Überrascht blickten die anderen Elfen zu Fee hinauf.
„Seht ihr denn nicht, was wir schon erreicht haben?", fuhr Fee dann fort. „Sarah kehrt zurück nach Hause und auch wir dürfen schon bald wieder zum Haus Sonnenschein. Wir sollten dort nach dem Rechten sehen, so wie es Sternenland aufgetragen hat. Aela ist meine liebe

Freundin und ich hätte sie gerne immer bei mir. Aber wenn es ihre Bestimmung ist, das Königreich wieder neu zu erschaffen, so sollten wir sie dabei unterstützen, indem wir sie ziehen lassen. Liebe, Frohsinn und Heiterkeit sind es, die uns Sommerelfen stark gemacht haben. Und genau diese Gefühle geben wir ihr mit auf den Weg."

Aela blickte Fee mit Tränen in den Augen an. Doch es waren keine Tränen der Trauer. Es hätte ihr das Herz gebrochen, ihre Freunde betrübt zurückzulassen. Nun fühlte sie sich erleichtert, denn ausgerechnet Fee, die oft noch wie ein Kind war, verstand, was sie so dringend brauchte. Auch bei den anderen Sommerelfen zeigten die Worte ihre Wirkung. Ein Lächeln huschte über Sinias Gesicht. Sie flog hoch zu Fee und nahm sie bei der Hand.

„So soll es geschehen!", rief sie. „Unsere fröhlichen Gedanken werden dich auf deinem Weg begleiten und unser Lachen in deinem Herzen erschallen, wenn alles grau um dich wird."

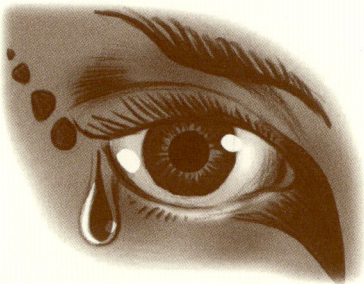

Tränen der Freude

Die Freunde saßen noch eine Weile beieinander. Dann nahm Sarah Aela kurz beiseite und flüsterte:

„Hier, nimm das bitte noch mit." Sie gab ihrer Schwester ein Päckchen in die Hand.

„Was ist das?", wollte Aela wissen.

„Es ist das Buch der Elfen", entgegnete Sarah und sah ihr in die Augen.

„Es soll dich beschützen, wann immer du es brauchst. Mir hat es schon einmal das Leben gerettet. Warum soll es dir nicht auch helfen?"
Gerührt nahm Aela Sarah in die Arme. Mit einem Mal spürte sie das starke Band ihrer Familie: Sarah, Sinia und Aela – die Töchter König Baromons. Es war fast so, als ob ihre Seelen ineinanderflossen und sich die Jahre der Trennung im Licht der Sonne auflösten. Sie waren wieder vereint, auch wenn sie nun wieder getrennte Wege gehen mussten – die Königsfamilie war so stark wie nie zuvor seit das Reich Baromons untergegangen war.
Mit diesem Gedanken setzte sich Aela auf ihr Pferd. Sie lächelte jedem zum Abschied noch einmal zu. Dann ritt sie los, der Sonne entgegen.

Kapitel 3

Der See der Tränen

Auch Norah, die dunkle Fürstin der Bergelfen, ritt auf ihrer schwarzen Stute. Doch während Prinzessin Aela frohen Mutes der Sonne entgegenritt, führte Norahs Weg zurück in den eisigen Norden.

Vier Tage war sie nun schon unterwegs, seit sie von ihren Gefährten Torak, Uvira und der mächtigen Elfenzauberin Ilaria verraten worden war. Nur knapp war sie am unterirdischen Lavafluss dem Tode entkommen. Ihr Körper schmerzte und die Elfenfürstin dachte oft an das Gesicht, welches ihr im See erschienen war und ihr den Weg zurück nach Hause gewiesen hatte.

Am Horizont erkannte Norah die hohen Berge ihrer Heimat, die sich mächtig über der kargen Landschaft erhoben. Nachts war der Wind besonders eisig. Die Fürstin musste im Freien, unter Bäumen oder einfachen Felsvorsprüngen, schlafen. Sie überlebte die Kälte nur durch die Wärme, die der Körper ihrer Stute ausstrahlte. Notdürftige Decken, die sie aus Moos und Schilfgras gefertigt hatte, schützen sie ein wenig vor dem Wind.

Norah wunderte sich, denn der Nebel, der sonst immer in dichten Schwaden über das Land gezogen war, schien deutlich zurückgegangen zu sein. Sie fragte sich, wo sich Torak und Ilaria, die beiden

Verräter, gerade aufhielten und ob es ihnen gelungen war, die Macht über Sajana an sich zu reißen. Die Ungewissheit über die Ereignisse seit dem Zeitpunkt des Verrates, machte Norah fast wahnsinnig. Die Zeichen und Ornamente auf ihrer Haut brannten wie Feuer und wenn sie ihrer Tante Uvira nach all den Begebenheiten noch glauben konnte, dann bedeutete dies, dass erneut schicksalhafte Ereignisse bevorstanden.

Norah blickte zum Himmel. Der Nebel und die Wolken waren lichter geworden und dennoch schien die Sonne nur ganz schwach. Ihr blasses Antlitz spendete kaum Wärme. Noch ein halber Tagesritt war zu überstehen, dann hoffte die Fürstin, die ersten Kraterhügel unweit des Zinnenpalastes zu erreichen. Dort, bei den großen Vulkanen, war es wärmer, und es gab die Möglichkeit, der Kälte zu entfliehen.

Die junge Fürstin beugte sich über ihr Pferd. Je weiter sie nach Norden kam, umso mehr machte ihr der Wind zu schaffen. Die eisige Luft drang durch ihren Umhang und Norah befürchtete, dass sie es nicht mehr bis nach Hause schaffen würde.

Eine kleine Gruppe karger Bäume zeichnete sich zwischen den Wolkenfetzen ab, die tief in den Tälern hingen. Sie ritt etwas näher heran und blickte sich vorsichtig um. Nichts schien auf eine Gefahr hinzudeuten. Norah stieg von ihrem Pferd und beschloss, eine kurze Rast zu machen, um sich zu erholen.
Sie saß zusammengekauert und an einen Baumstamm gelehnt auf dem steinigen Boden. Sie spürte, wie ihr Körper nicht mehr ihrem Willen gehorchte. Ihre Finger wurden blau vor Kälte.

Obwohl der eisige Wind ihre Wahrnehmung stark minderte, bemerkte sie, dass irgendetwas an diesem Ort sonderbar war. Zuerst glaubte die Fürstin, die Bäume würden sich bewegen. Dann schien es ihr, als ob etwas hinter ihren schwarzgefiederten Flügeln vorbeihuschte. Sie erhob sich mühsam und blickte sich verängstigt um.

Tatsächlich: Da waren Schatten hinter den Bäumen! Immer deutlicher erkannte die Fürstin Wesen, die sich unscharf vom Grau der Stämme und dem Braun der dürren Ästen abhoben. Ganze Sträucher schienen lebendig zu werden. Langsam kamen die Gestalten näher. Norah glaubte schon, den Atem eines der Wesen im Nacken zu spüren, und ehe sie sich versah, war sie umringt. Ein ganzes Rudel grauer Wölfe, deren Fell sich der fahlen Farbe der Baumrinde anpasste, starrte sie mit funkelnden Augen an. Der heiße Atem dampfte aus ihren Mäulern. Norah erstarrte – aber nur für einen Moment. Dann sprang sie auf, so schnell, wie es ihr müder Körper noch erlaubte und schwang sich auf den Rücken ihres Pferdes. Die schwarze Stute stieg in die Höhe und das Rudel wich zurück. Das Pferd sprang mit Norah über die Wölfe hinweg und preschte davon.

Die Wölfe ließen sich nicht so leicht abschütteln und nahmen die Jagd auf. Die Fürstin klammerte sich am Hals ihres galoppierenden Pferdes fest, um nicht abgeworfen zu werden.
Bald lag der graue Wald hinter ihnen und der Wind peitschte ihr wieder ins Gesicht. Doch die Wölfe blieben den beiden auf den Fersen und zwei von ihnen kamen schon gefährlich nah.

Norahs Flucht

Es konnte nicht mehr lange dauern, bis die wilden Jäger die Hinterläufe des Pferdes erreichen würden. Norahs Kräfte schwanden. Sie spürte, dass sie sich nur noch für kurze Zeit festhalten konnte, denn die Kälte ließ ihre Hände weiter erstarren. Sie blinzelte, denn ihre Augen tränten vom eisigen Wind. Die Berge am Horizont sah sie nur noch verschwommen, doch unmittelbar vor sich entdeckte die Fürstin einen Torbogen aus Stein, der den Eingang in eine dunkle Höhle bildete. Von links und rechts wurde das Pferd weiter von den Wölfen bedrängt. ‚Seltsam', dachte Norah. Sie war der Ohnmacht schon sehr nah. ‚Warum packen sie nicht zu? Sie haben uns doch längst erreicht.'
Allem Anschein nach hatten die Wölfe jedoch anderes im Sinn, denn sie hetzten die beiden genau auf den Torbogen zu. Dem Pferd blieb nichts anderes übrig, als sich dem Treiben der Wölfe zu beugen und durch das Steintor ins Dunkel zu galoppieren.

Mit einem Mal war der eisige Wind verschwunden. Norahs Stute galoppierte weiter, immer dorthin, wo sie von den Wölfen gescheucht wurde. Die Dunkelheit wich einem schwachen roten Licht und zu Norahs Erstaunen wurde es etwas wärmer. Plötzlich verringerten die Wölfe ihr Tempo und liefen nur noch gemächlichen Schrittes hinter den beiden her. Erschöpft verlangsamte auch das Pferd seinen Lauf. Während das Wolfsrudel Norah weiter ins Innere leitete, wurde das rote Licht immer intensiver. Norah spürte, wie die eisige Kälte langsam aus ihrem Körper wich und die Lebensgeister zurückkehrten. Sie blickte sich um und musterte die Wölfe, die ihr unerbittlich folgten. Solange der Höhlengang so schmal war, gab es für sie kein Entkommen. Also fügte sich Norah mit Unbehagen ihrem Schicksal, ritt weiter und überlegte, was diese merkwürdige Hetzjagd zu bedeuten hatte.

Der Höhlengang wurde noch enger. So sehr Norah vor kurzer Zeit noch unter der Kälte gelitten hatte, so beklemmend war nun die Hitze an diesem Ort. Stickiger Dunst drang aus den Gesteinsporen und machte ihr das Atmen schwer.
Unvermittelt hielten die Wölfe inne. Norah sah, dass der Pfad vor

ihr in eine kleine Halle mündete, an deren groben, steinigen Wänden drei eiserne Türen eingelassen waren. Sie wartete ab, was nun geschehen würde, doch die Wölfe machten keine Anstalten, etwas zu unternehmen. Also entschloss sich Norah, von ihrem Pferd abzusteigen.

Die Wölfe harrten weiter aus, als ob sie auf jemanden warteten und tatsächlich geschah etwas, was die Fürstin sehr verwirrte: Ihre Stute trabte furchtlos hinüber zu den Wölfen und gesellte sich zu ihnen.
„Auch du willst mich also verlassen, Treulose!", rief Norah erbost. „Wie soll ich dann von diesem Ort wieder fortkommen?"
Die Tiere rührten sich nicht.
„Nun gut", sagte die Fürstin leise zu sich selbst. „Ich kann hier nicht ewig bleiben. Die Wölfe scheinen es nicht auf mein Leben abgesehen zu haben, aber die Luft hier drinnen nimmt mir den Atem. Ich muss versuchen, einen Ausweg zu finden."

Langsam ging sie auf die drei Eisenpforten zu. Auf der linken waren Tiere abgebildet: Drachen, Einhörner, Wölfe, aber auch kleine Flatterlinge. Die mittlere der Türen zeigte Augenpaare in allen Formen und Größen und mit durchdringendem Blick. Die dritte wiederum war nur mit feinen geheimnisvollen Ornamenten geschmückt, die Norah noch nirgendwo zuvor gesehen hatte. Sie überlegte eine Weile, was die Symbole und Bilder bedeuten konnten, doch der Sinn ließ sich nicht erschließen.
‚Augen sind das Symbol für *sehen*', dachte Norah, ‚und ich möchte diese Tür öffnen, um zu erfahren, was sich dahinter befindet', entschied sie nach einigem Überlegen.
‚Vielleicht habe ich Glück und der Weg führt mich ins Freie.'
Noch einmal blickte sie sich um. Die Tiere folgten geduldig jeder ihrer Bewegungen, rührten sich jedoch nicht. Vorsichtig legte Norah die Hand auf den Riegel, der die Eisentür verschlossen hielt. Kaum hatte sie den Riegel berührt, begannen die Augenpaare an der Pforte zu glänzen. Norah spürte eine leise Angst in sich aufsteigen, denn je weiter sie die Tür öffnete, umso mehr sammelten sich schwarze

Das Eisentor

Tropfen in den Augen der Pforte. Schließlich perlten sie zu Boden, geradeso als ob die Tür weinte.

Als die Öffnung groß genug war, schlüpfte Norah hindurch. Sie erkannte zunächst nur einen blauen Schimmer, der vom Boden herrührte, aber das schwache Licht reichte nicht aus, um den Raum zu erhellen. Vorsichtig machte sie einen Schritt nach vorne. Nichts geschah. Norah wurde etwas mutiger und ging langsam weiter – Schritt für Schritt. Doch plötzlich gab der Boden unter ihren Füßen nach. Die Fürstin fiel und ihre Hände griffen ins Leere. Entsetzt schrie sie auf, dann spürte sie kaltes Wasser an ihren Beinen. Nichts hielt sie mehr und sie merkte, wie sie in dem sumpfigen Wasser versank. Hastig griff sie nach oben, um irgendwie Halt zu finden. Im letzten Moment, bevor sie endgültig von dem dunklen Wasser verschluckt werden konnte, bekam Norah einen kantigen Stein zu fassen und klammerte sich fest. Ganz langsam gelang es ihr, sich wieder nach oben zu ziehen.

Die Fürstin blickte sich erschöpft und schwer atmend um. Dort, wo sich vor kurzem das eiserne Tor befunden hatte, war nun nur noch eine schroffe Felswand zu sehen. Dafür wurde das blaue Licht intensiver und Norah erkannte, dass sie am Ufer eines großen unterirdischen Sees stand. Je stärker das Licht aus dem Wasser strahlte, umso deutlicher sah sie die Einzelheiten der Umgebung: Der See war zur Mitte hin klar und blau und nur am Rande dunkel und sumpfig. Immer wieder wurde er von grauen Schleiern durchzogen.

‚Hoffentlich sind das keine Wassergeister', dachte die Fürstin voller Furcht.

Wie groß der See genau war, konnte Norah nicht erkennen, denn an vielen Stellen versperrte Nebel die Sicht.

„Sei gegrüßt, Fürstin der Dunkelheit!", erklang plötzlich eine laute Stimme. Ein vielfaches Echo schlug Norah entgegen. Erschrocken drehte sie ihren Kopf in die Richtung, aus der sie die Stimme vermutete. „Wer... wer seid ihr?", stammelte sie und versuchte ihre Angst zu verbergen. „Und wo bin ich hier?"

„Ich bin der *Trauernebel*", sagte die Stimme, „und du befindest dich am *See der Tränen*."

Norah glaubte, eine große Gestalt zu erkennen – ein riesiges Wesen, dessen Körper aus weißgrauem Wasserdampf geformt zu sein schien. Es befand sich in einiger Entfernung, mitten auf dem See, und veränderte ständig seine Gestalt. Besonders die vielen Gesichter der Erscheinung wandelten ihr Aussehen mit jedem Augenblick neu. Manchmal ähnelten sie eher einem Drachen, dann wieder einem alten Mann mit langem Bart, um sich dann gleich wieder in eine Elfe mit feinen spitzen Ohren zu verformen. Gelegentlich hatten die Gesichter sogar einen kindlichen Ausdruck. Doch im nächsten Moment verzog sich das ganze Gebilde wieder zu einer hässlichen Fratze.

Norahs Stimme stockte, als sie fragte:

„Den See der Tränen... kenne ich nicht. Warum bin ich hier?"

Die Nebelgestalt schwieg für einen Moment und Norah dachte schon, dass sie keine Antwort mehr bekäme. Dann hörte sie die Stimme erneut:

„Traurige Geschichten gab es in der Vergangenheit. Die Drachen

Der Trauernebel

wurden verraten und edle Könige mussten sterben. Die Tränen von Generationen – sie sind nicht versiegt, denn sie vereinen sich hier an diesem Ort. Schlimmes geschah, als die Zwillingsschwestern auseinandergerissen wurden und Worte reichen nicht aus, um die Trauer zu beschreiben. Dort, wo früher blühendes Land war, wurde aus Tränen und feuriger Lava undurchdringlicher Nebel. Weite Teile Sajanas fielen der Trauer zum Opfer."

Norah schwieg. Sie hatte verstanden, was das Wesen ihr sagen wollte. Hier an diesem Ort befand sich der See der Tränen, der aus den Missetaten der Vergangenheit entstanden war. Das Feuer der Krater hatte das Wasser in Nebel verwandelt, der durch die Höhlen nach außen gedrungen war.

„Aber, der Nebel ist lichter geworden", gab die Fürstin mit erstickter Stimme zu bedenken. Wieder dauerte es eine Weile, bis das Wesen erneut sprach:

„Das Band der Schwestern wurde erneuert, der Verrat am Berg der Wahrheit gesühnt. Doch die Schuld sitzt viel tiefer. Die Drachen kehren zurück. Gehe nach Hause und du wirst sehen, was geschehen ist. Auch der Norden war einst ein blühendes Land, kalt aber voller Erhabenheit."

Norah schwankte. Diese Worte trafen sie mitten ins Herz. Sie musste an ihre Mutter denken. Sarah kam ihr in den Sinn und auf einmal begriff Norah, was sie ihrer Ziehschwester angetan hatten. Nun war Sarah bei ihrer wahren Familie. Dies hatte die Fürstin den Worten entnommen. Wie sollte es nun aber mit ihr weitergehen? Alles schien für sie verloren. Einsamkeit und Verzweiflung, die so tief waren, wie kein anderes Gefühl, das sie bisher kannte, überkamen sie.

Norah fiel auf die Knie, bedeckte die Augen mit ihren Händen und begann zu weinen. Als ihre Tränen in den See fielen, bäumte sich eine gewaltige Welle auf und stürzte über Norah zusammen.

„Deine Tränen im See – sie tragen dich nach Hause", vernahm sie die Stimme in weiter Ferne. Dann hörte sie nur noch das Rauschen des Wassers und im nächsten Augenblick wurde Norah ohnmächtig.

Kapitel 4

Die kleine Feder

Norah erwachte. Sie spürte ein Kitzeln an der Nase und einen warmen, feuchten Hauch, der ihre Wangen streichelte. Die Fürstin schlug die Augen auf und erschrak. Ein großer schwarzer Schatten bewegte sich direkt vor ihrem Gesicht. Einen Herzschlag später erkannte sie die Schnauze und die samtweichen Nüstern ihrer schwarzen Stute. Norah erhob sich und streichelte sanft über das glänzende Fell des Pferdes. Die Fürstin war noch schwach und lehnte sich gegen den festen, warmen Körper des Tieres. Ihre Gedanken schweiften ab: Der Ritt durch die Kälte, der graue Wald und die Flucht vor den Wölfen – alles zog noch einmal vor ihrem inneren Auge vorbei. Sie konnte sich zwar an alle Geschehnisse erinnern, doch sie war sich nicht sicher, ob es nur ein Traum oder Wirklichkeit gewesen war. Sie gab ihrer Stute einen kräftigen Stoß.

„Warum hast du mich verlassen und bist zu den Wölfen gegangen?", brach es aus ihr heraus. Wie zur Antwort schmiegte sich die Stute sanft an ihre Herrin und Norahs ganzer Zorn verflog so schnell, wie er gekommen war.

Sie blickte sich um. Diese Gegend kannte sie gut, denn sie waren inzwischen fast zu Hause. Der Krater, in dem die Elfenzauberin Ilaria lange Zeit gelebt hatte, befand sich ganz in der Nähe. Wut stieg in Norah auf – Wut über den Verrat, den die Zauberin und Torak an ihr verübt hatten. Doch der Ärger wich rasch einem unbehaglichen

Gefühl der Ohnmacht, als sich Norah der Worte besann, die der Trauernebel zu ihr gesprochen hatte. Schwer lastete die Einsicht auf ihr, dass ihre Mutter und sie aus reinem Machtstreben, Schuld auf sich geladen hatten. Gerne hätte Norah das bedrückende Gefühl, das sie nun überkam, wieder verloren, aber es wollte ihr nicht gelingen. Die Erlebnisse der vergangenen Tage zeigten ihre Wirkung und sie fragte sich, ob das, was ihr widerfahren war, die gerechte Strafe für alle Missetaten war. Norah seufzte tief, denn sie dachte auch an das, was der Trauernebel noch mit mächtiger Stimme gesagt hatte. Der Pakt mit den Drachen lag schon lange zurück, doch nun sollte der Verrat an den magischen Wesen und der Bruch des Paktes sein Opfer fordern. Norah fing an zu verstehen, dass mit ihrer Herrschaft auch die Schuld dieses Verrates auf sie übergegangen war. Tiefe Betroffenheit machte sich in ihrem Herzen breit und ein Schmerz durchzog ihre Glieder.
Norah besann sich auf das, was der Trauernebel ihr geraten hatte: Sie sollte sich selbst ein Bild von dem machen, was aus ihrer Heimat und dem Zinnenpalast geworden war.

‚Vielleicht', so dachte Norah, ‚ist das der Weg, um aus dieser Ohnmacht zu erwachen.'

Die Fürstin bemerkte einen kleinen Bach, der in unmittelbarer Nähe floss. Obwohl sie schon oft in dieser Gegend gewesen war, hatte sie ihn noch nie zuvor gesehen.

„Bin ich wirklich durch das Wasser hierher zurückgekommen?", fragte sie sich zweifelnd. Das Letzte, an was sich Norah noch erinnern konnte, war eine Welle, die über ihr zusammengebrochen war, und ein Strudel, der sie in die Tiefe gezogen hatte. Seltsamerweise schienen die Tränen des Sees jedoch versiegt zu sein, denn ihr Gewand war trocken.

Norah spürte, wie sich die eisige Kälte des Nordens ihrer wieder bemächtigte. Schnell setzte sie sich auf das Pferd und ritt entschlossen in Richtung des Zinnenpalastes. Auch in diesem Teil des Landes war der Nebel etwas lichter geworden und die junge Fürstin konnte schon die hohen Türme des beeindruckenden Bauwerks in der Ferne erkennen und trotz aller Sorgen spürte sie beim Anblick ihrer Heimat ein Gefühl der Freude in sich aufsteigen.

Plötzlich stoppte sie ihr Pferd, denn irgendetwas stimmte nicht mit dem Palast. Sie sah weder Lichter in den hohen schmalen Fenstern der Türme, noch hörte sie Geräusche, die aus der Ferne zu ihr herüber schallten. Was war hier nur geschehen?

Da machte sie eine Entdeckung, die ihr Herz für einen Schlag aussetzten ließ: Hoch über den Zinnen des Palastes kreisten Drachen.

Die Fürstin spürte erneut ein heftiges Brennen an ihren Schultern. Noch nie hatte sie den Schmerz so intensiv wahrgenommen wie jetzt. Sie beschloss, vorsichtiger zu sein. Langsam, immer hinter großen Felsbrocken Schutz suchend, ließ sie ihre Stute weitergehen. Sie wollte auf keinen Fall entdeckt werden, denn wer wusste schon, wie die Drachen auf ihre Ankunft reagieren würden.

Einige Zeit später hatte sie die Grundmauern des Palastes erreicht. Es war immer noch merkwürdig still. Norah sah, dass das Haupttor – eine große, mit Eisen beschlagene Holzpforte – offenstand. Sie stieg ab, nahm ihr Pferd an den Zügeln und ging vorsichtig ins Innere des Palastes. Der Hof war leer. Alles schien verlassen. Keine Elfe, kein Pferd, nicht einmal eine der kleinen *Felsmäuse*, die sich oft in den Vorhallen tummelten, war zu sehen.

Die Fürstin führte ihr Pferd in einen Stall, sattelte es ab und gab ihm rasch Wasser und Futter. Dann überquerte sie hastig den großen Innenhof und lief in die unteren Hallen des Palastes. Hier standen die Fenster offen, und der kräftige Wind, der durch die Räume zog, hatte die Einrichtung durcheinandergewirbelt.

Norah schloss alle Fenster bis auf eines. Durch dieses stieg sie ins Freie und flog zu den etwas weiter entfernten Seitenflügeln des Palastes. Doch auch hier zeigte sich ihr dasselbe trostlose Bild: Verlassene Räume, sowie offene Fenster und Türen. Viele Dinge lagen achtlos hingeworfen auf dem Boden, Schränke standen schief oder waren durchwühlt. Alles deutete darauf hin, dass die Bergelfen den Palast in Eile verlassen hatten.

Norah öffnete eine große gläserne Tür in einem der obersten Stockwerke und betrat die Hochebene, die zwischen dem Palast und dem Schattenfels lag. Der Schattenfels war einer der heiligsten Orte des Reiches und bildete deshalb das Herz des Palastes. Augenblicklich wich Norah wieder zurück, denn dort oben, auf dem Schattenfels, hielten sich mehrere mächtige Drachen auf.

Der Schattenfels

Es mochten mindestens fünf oder sechs der riesigen Feuerwesen sein. Der Mächtigste der Gruppe, ein gewaltiger Drache mit dunkelviolett geschuppter Haut und kräftigen Flügeln, hatte sich mit seinen starken Pranken an der obersten Zinne festgeklammert.

Nun reckte er auf einmal seinen mit einem klauenartigen Kranz geschmückten Kopf in die Höhe und stieß laute Schreie aus. Norah fuhren die Schreie durch Mark und Bein. Der Drache drehte seinen Kopf in alle Richtungen und schob die Schnauze nach vorne, geradeso als ob er etwas witterte. Sofort reagierten auch die Drachen, die am Himmel kreisten, auf sein Rufen und senkten sich tiefer herab.

Norah hatte genug gesehen. Dieser Ort war zu gefährlich, um zu verweilen. Wer wusste, ob es nicht sie war, deren Witterung der Drache aufgenommen hatte? Schnell und vorsichtig schloss sie die Tür und schlich durch den Raum, durch den sie gekommen war, zurück ins Innere des Palastes. Als sie von draußen nicht mehr gesehen werden konnte, begann sie zu laufen. Sie erreichte die Treppen und hastete die Stufen hinab. Sie begriff, dass die Drachen sich ihres Palastes bemächtigt hatten und offensichtlich waren alle ihre Freunde und Gefolgsleute aus Angst vor dem Zorn der Drachen geflohen. Norah fragte sich, weshalb die Drachen nicht schon viel früher zurückgekehrt waren, doch sie vermutete, dass es irgendetwas mit ihrer Abwesenheit und Sarahs Verschwinden zu tun haben musste.

Außer Atem erreichte sie den zentralen Raum des Palastes. Dieser war der wichtigste Ort des Gebäudes, denn dort befand sich ein kleiner Krater, dessen Lava den ganzen Palast mit seiner Wärme versorgte.

Norah war so erschöpft, dass sie auf die Knie fiel.

„Mutter!", rief sie. „Mutter, warum hast du mir das angetan. Unser Leben ist zerstört und der Norden dem Untergang geweiht."

Sie schluchzte und große Verzweiflung überkam sie. Doch während sie weinte, fiel ihr Blick durch die Tränen auf den Boden und sie erblickte verschwommen etwas kleines Grünes, das vor ihren Knien lag. Sie griff danach und staunte, als sie es in ihren Händen hielt, denn es war eine Feder – vermutlich die Feder des kleinen grünen Vogels, den Sarah immer bei sich gehabt hatte.

Die kleine Feder

Der feine Flaum lag angenehm warm in Norahs linker Hand und ein wohliges Gefühl der Erleichterung und Geborgenheit machte sich in ihrem Körper breit. Norah spürte, wie der eisige Gürtel, der ihr Herz gefangen hielt, anfing zu schmelzen und Tränen der Erleichterung aus ihren Augen flossen. Sie fühlte, wie sie innerlich wieder zum Kind wurde, unschuldig und wach gegenüber dem, was das Leben noch bringen würde. Gedanken kamen ihr in den Sinn, Worte, die sich in ihrem Herzen entwickelten und sich in ihrem Kopf entfalteten wie kleine bunte Blüten:

Norah, Tochter der Berge, Elfenmädchen und Fürstin.

Fasse deinen Mut und gehe neue Wege. Dein Leben scheint zu Ende. Doch jedes Ende ist auch ein neuer Anfang. Es ist an dir, die Taten deiner Vorväter vergessen zu machen. Friede soll nach Sajana zurückkehren und dein Herz Ruhe finden. Wo Sonne ist, ist auch Schatten. Es ist an dir, den Schatten mit neuem Licht zu füllen. Nimm die Schuld fort von diesem Ort und gehe dorthin, wo gemeinsam neue Bande geknüpft werden können. Der Norden ist verloren, doch eines Tages wird auch hier neues Leben entstehen.

*Gehe vorbei an deiner eigenen Geschichte, an den Taten
und dem Hab und Gut vergangener Generationen. Gehe hinab
bis zu dem Ort, an dem du schon einmal warst. Dort findest du die
Antworten auf alle Fragen und der Weg wird sich dir weisen.*

Zauberhafte Melodien erklangen in Norahs Seele, und sie glaubte das Lachen von Elfenkindern zu hören, die fröhlich über Wiesen flogen und miteinander spielten. Die Fürstin sah sich selbst auf einem Berg stehen. Sie hielt die Hand einer Elfe, deren Gesicht sie nicht kannte, und blickte weit über das wunderschöne Land. Doch was war das? Ein finsterer Schatten breitete sich aus und verdeckte Teile der Sonne. Ein kalter Luftzug kam auf...

Schnell öffnete sie die Hand und ließ die Feder fallen. Doch die Wärme und die Worte verließen sie nicht mehr. Norah fühlte sich frei und rein. Sie stand inmitten der Trümmer ihrer Vergangenheit, und spürte nun eine Kraft in sich, die ihr bisher verborgen geblieben war.

Jedes Ende ist auch ein neuer Anfang,

kam es ihr erneut in den Sinn. Doch was sollte sie tun? Womit konnte sie beginnen?

*Gehe vorbei an deiner eigenen Geschichte, an den Taten
und dem Hab und Gut vergangener Generationen. Gehe hinab,
bis zu dem Ort, an dem du schon einmal warst.*

In diesen Worten musste der Schlüssel für ihr weiteres Schicksal verborgen sein. Norah überlegte, was damit gemeint war. Sie nahm die Feder in die Hand und hoffte, dass ihr erneut etwas in den Sinn käme, das ihr weiterhelfen würde. Doch außer der vertrauten Wärme, die von der Feder ausging, konnte sie nichts fühlen.
Sie steckte die kleine Feder in eine Tasche ihres Rockes. Dann schlich sie vorsichtig zu ihrem Gemach. Im Palast konnte sie unmöglich blei-

ben, denn es war nur noch eine Frage der Zeit, bis die Drachen sie entdecken würden. Sie wusch sich, zog sich um, nahm dann ihre Tasche und verließ das Zimmer wieder.
Inzwischen meinte Norah zu wissen, wohin sie gehen sollte. Tief unten, in den Ahnenhallen unter dem Kraterpalast, war sie mit Uvira schon einmal gewesen. Um an diesen Ort zu gelangen, musste sie vorbei am ganzen Erbe der vergangenen Generationen. Der Weg war gefährlich, zumal Norah wusste, dass sie keinen der Schlangenarmreife bei sich hatte, die sie in den Gewölbehallen vor bösen Dämonen und Geistern schützen konnten. Dennoch war sie fest entschlossen, den Weg in den Kraterberg zu wagen.

So leise wie möglich lief sie zum Stall und öffnete das Tor. Zärtlich streichelte sie ihrer Stute den Hals.
„Laufe weg von hier", sagte sie voll Wehmut. „Dort, wo ich hingehe, kann ich dich leider nicht mitnehmen. Aber hab keine Angst. Drachen sind nicht die Feinde der Pferde. Laufe Richtung Süden, denn dort findest du Wasser und Weideflächen. Aber vergiss mich nicht, denn eines Tages werden wir uns hoffentlich wiedersehen."
Norah wandte sich ab und trieb die Stute mit einem Klaps aus dem Stall und schon bald verhallte der Klang ihrer Hufe.

In der Eingangshalle des Zinnenpalastes befand sich eine große Falltür, die den Eingang zu den Gewölbehallen bildete. Norah öffnete sie und stieg hinab. Der erste Raum, der auf dem Weg lag, war die Halle von Torak. Norah wusste nun, weshalb sie nicht ganz leer war. Ihr Onkel lebte noch, als Uriana ihm zum Angedenken vor langer Zeit den Raum eingerichtet hatte. Es war eine List gewesen, um alle Bergelfen Glauben zu machen, dass ihr Bruder Torak schon früh verstorben sei. Dann folgte die Halle von Uriana selbst. Norah hielt inne, denn sie spürte einen großen Schmerz in ihrer Brust. Sie betrachtete die Dinge, die sie seit ihrer Kindheit kannte: Kostbare, mit Elfensilber veredelte Kleider, die ihre Mutter zu festlichen Anlässen getragen hatte, Schmuck aus wertvollen Bergkristallen und wunderschön verzierte Möbel.

„Was nur", so fragte sich Norah, „hat das Herz meiner Mutter einst so vergiftet, dass sie sich zu solch schlimmen Taten verleiten ließ?" Doch sie mochte nicht so schlecht über sie denken. Schließlich war sie selbst den Versuchungen erlegen und ebenfalls dem Bösen verfallen, bevor ihr die Worte des Trauernebels die Augen geöffnet hatten.

Vorsichtig verschloss Norah die Tür zur Halle ihrer Mutter. Sie spürte, dass dies ein endgültiger Abschied war, denn die Fürstin wollte das Gefühl der Unschuld auf keinen Fall mehr verlieren, das ihr gerade erst zurückgegeben worden war. Sie griff in die Tasche und spürte die Wärme der kleinen Feder.

Norah atmete tief durch.

Bis hierhin war der Weg noch sicher, doch von nun an verliefen die Höhlengänge immer weiter in den Kraterberg und die Fürstin erinnerte sich nur ungern an die Gefahr, der sie und Uvira ausgesetzt gewesen waren, als sie beim letzten Mal diesen Ort besucht hatten. Sie fasste ihren ganzen Mut zusammen und lief immer weiter ins Innere des Berges.

Kapitel 5

Leandra und Yuro

Aela war aus dem Sattel ihres Pferdes in die Höhe geflogen, um die leichte Brise und den Sonnenschein noch intensiver zu genießen. Der Duft von zarten Blüten und Gräsern wehte ihr sanft ins Gesicht und sie freute sich über den sonnig warmen Tag. Sie war nun schon einige Zeit unterwegs, seit sie sich an jenem Morgen von ihren Freunden getrennt und die Reise zu den Flüssen angetreten hatte.

Aela sah sich aufmerksam um, denn von hier oben hatte sie einen traumhaften Ausblick. Der Drachenfels und der Berg der Wahrheit waren schon längst am Horizont verschwunden. Die Elfen nannten diese Gegend westlich der Insel der Stille das *Grüne Paradies* und auch diese Landschaft trug ihren Namen zu Recht: Die sanften Hügel schimmerten in den unterschiedlichsten Grüntönen. Das Wasser der vielen kleinen Seen und Bäche, welche die Blumenwiesen der Hügel durchzogen, leuchtete smaragd- und türkisfarben.

Aela dachte an ihre Freunde Fee und Falomon und auch an ihre Schwestern Sinia und Sarah. Sie fragte sich, wie es ihnen seit ihrer Trennung ergangen war und hoffte, dass die vier Reisenden das Land der Sommerelfen ohne größere Gefahr erreichen würden.
Die Schönheit des Tages ließ Aela die bevorstehenden Aufgaben für

einige Momente vergessen und die Prinzessin stimmte leise ein Lied an, welches sie einst als Kind von ihrem Vater gelernt hatte.

*Eine kleine Prinzessin, die konnte nicht fliegen,
doch sie liebte es sehr, in der Sonne zu liegen.
Sie lag oft im Gras, um die Wolken zu sehn
und wünschte sich dabei, der Wind möge wehn.
Sie träumte, Sajana von oben zu sehn,
doch alles half nichts, denn sie konnte nur gehn.*

*Doch eines Nachts, da geschah es, das Wunder.
Es fielen die Sterne vom Himmel herunter.
Der goldene Staub unendlicher Jahre,
fiel der Prinzessin auf Flügel und Haare.
Sie spürte den Wind, der leis zu ihr sprach:
„Komm mit, liebes Kind und folge mir nach."*

*Sie schlug mit den Flügeln und fühlte dabei
wie ihr Herz sich öffnete, ganz einfach und frei.
Mit einem Mal, sie spürte den Boden nicht mehr,
zog es sie hoch hinauf in das himmlische Meer.
Den Wolken ganz nah, den Blick in die Tiefe,
sah sie Sajana, als ob es grad schliefe.*

Das Lied erheiterte Aela so sehr, dass sie die vielen bunten Flatterlinge zunächst gar nicht bemerkte, die um sie herumflogen. Doch es wurden immer mehr. Fast meinte Aela das leise Summen der Flügelchen wäre die Musik zu ihrem Lied und sie musste lächeln.
Aber dann verstummte sie plötzlich, denn die Prinzessin erinnerte sich, wie sie schon einmal in einer undurchdringlichen Wolke aus

Flatterlingen fast erstickt wäre. Ein ungutes Gefühl überkam sie bei der Erinnerung an diesen Tag.

Ein besonders großes Exemplar flog an ihr vorbei und setzte sich an die Spitze der Gruppe.

‚Na warte', dachte die Prinzessin, ‚dir werde ich schon zeigen, wer schneller ist.'

Sie streckte die Arme nach vorne und wollte an dem Wesen vorbeiziehen. Durch den Wind, den die Flügel der Elfenprinzessin entfachten, geriet der Flatterling etwas ins Taumeln, doch er fing sich schnell wieder. Bald flog er wieder neben Aela, während die anderen Falter langsam zurückfielen.

Die Prinzessin war überrascht, denn noch nie hatte sie einen Flatterling gesehen, der so schnell fliegen konnte. Sie drehte etwas von ihrer Richtung ab, um das Wesen aus der Ferne zu betrachten.

Plötzlich spürte Aela ein brennendes Stechen am rechten Unterarm. „Aua!", rief sie erbost und rieb sich die Stelle. Die Prinzessin konnte kaum glauben, was geschehen war: Der Flatterling war zu ihr geflogen und hatte eine winzige Flamme gespuckt. Der Feuerstrahl war nur sehr schwach gewesen, jedoch kräftig genug, um der Prinzessin Schmerzen zuzufügen.

„Hey, was fällt dir ein, mich zu verbrennen!", rief sie verärgert und zugleich verwundert. „Flatterlinge können kein Feuer spucken." Dessen war sich Aela eigentlich sicher. Sie wollte das Tierchen noch genauer betrachten, denn es hatte sie inzwischen bereits zum zweiten Mal eingeholt. Der Flatterling war jedoch so schnell, dass sie ihn kaum erkennen konnte. Was Aela aber sah, verwunderte sie sehr, denn das Tier schien mit jedem Flügelschlag größer und größer zu werden.

Wieder spuckte es eine kleine Flamme in ihre Richtung. Aela konnte gerade noch ausweichen, sonst hätte das Feuer ihr Gesicht getroffen. Die Elfe fand das Spielchen inzwischen nicht mehr lustig. Sie schlug zwei Haken, um das lästige kleine Biest abzuschütteln, doch vergebens. Aela flog immer schneller, aber der Flatterling folgte ihr mühelos und blieb dicht hinter ihr. Inzwischen hatte er schon die Größe eines

Greifvogels und die Flammen, die er spuckte, wurden gefährlich. Aela flog hinab zu ihrem Pferd und ließ sich in den Sattel fallen. Sie flüsterte der Stute etwas ins Ohr und das Pferd fiel sofort in einen schnellen Galopp. Wie der Wind jagten die beiden über die Wiesen, doch der Riesenfalter ließ sich so nicht abschütteln.

Aela blickte sich um und erschrak. Im Flug brach die äußere Haut des Tieres auf und schwarze Schuppen kamen darunter zum Vorschein. Die bunten Flügel verfärbten sich dunkel und veränderten ihre Form. Sie glichen nun mindestens ebenso sehr den Schwingen eines Drachens wie den Flügeln eines Flatterlings. Die Flammen, die das Tier spuckte, hatten inzwischen eine beachtliche Größe erreicht

Das kleine Drachenungeheuer

und zischten heiß. Die Prinzessin musste immer wieder blitzschnell ausweichen, um nicht verbrannt zu werden.

„Lange kann ich nicht mehr vor diesem schwarzen Ungeheuer fliehen", gestand sie sich ein. „Wenn das kleine Biest weiter so wächst, übersteigt es bald meine Kräfte und ich bin verloren."

Abermals flüsterte sie ihrem Pferd einige Worte ins Ohr und der Hengst galoppierte noch schneller voran. Doch plötzlich stoppte er mitten im Galopp und Aela klammerte sich geistesgegenwärtig fest, um nicht zu fallen. Vor ihnen lag ein Fluss, der so breit war, dass ein Pferd nicht darüberspringen konnte.

Schon war das schwarze Biest herangekommen und begann erneut Feuer zu spucken. Inzwischen hatte es jede Ähnlichkeit mit einem Flatterling verloren. Es war ganz offensichtlich ein kleiner schwarzer Drache mit auffallend großen Flügeln. Die langen Krallen und die rot glühenden Augen, aus denen er die Prinzessin grimmig anfunkelte, betonte sein böses Äußeres.

„Halt!", hörte Aela plötzlich eine Stimme rufen. „Scher dich fort, Dämon der Dunkelheit."

Sie blickte sich um, erkannte aber nur eine dunkle Schattenwand, die sich wie aus dem Nichts hinter ihr auftürmte. Das Biest schien verunsichert, doch es griff Aela erneut an. In diesem Augenblick schlugen Blitze hernieder und krachender Donner war zu hören. Aelas Pferd scheute und es kostete sie Mühe, es wieder zu zähmen. Der schwarze Drache hatte zum Glück genug. Er spuckte noch ein paar wirkungslose Flammen in Richtung der Prinzessin, dann drehte er ab und flog davon.

Nur einen kurzen Moment später waren die Schatten verschwunden und die Sonne strahlte wieder, als ob nichts geschehen wäre.

„Hahaha", hörte Aela eine jungenhafte Stimme lachen, „dem haben wir es aber gezeigt."

Sie blickte sich verwundert um. Über ihr am Himmel sah sie zwei Elfen – ein blondes langhaariges Elfenmädchen und einen Elfenjungen. Beide schienen noch nicht ganz erwachsen zu sein.

„Ja, hahaha... Hast du seine Augen gesehen, als die Blitze einschlugen?", lachte das Mädchen nun auch.

„Ich glaube, mein dunkler Geisterzauber hätte schon genügt, um den *Zwergdrachen* in die Flucht zu schlagen", rief der Junge übermütig und flog im Bogen um das Mädchen herum.

Aela war inzwischen von ihrem Pferd abgestiegen und rieb sich die kleinen Wunden.

„Wer seid ihr?", fragte sie die beiden. „Wollt ihr euch nicht vorstellen?" Das Mädchen und der Junge flogen tiefer und standen kurze Zeit später vor der Elfenprinzessin. Aela staunte, denn sie konnte nun erkennen, wie schön die Flügel des Mädchens waren. Sie schimmerten in allen Regenbogenfarben und waren mit zauberhaften Blütenornamenten verziert. Trotz ihrer Jugend strahlte die Elfe eine Erhabenheit aus, wie Aela sie noch nie zuvor bei einer Elfe ihres Alters gesehen hatte. Auch der Junge schien schon erwachsener zu sein, als sie zunächst vermutet hatte. Zwar waren seine Kleidung und die Flügel nicht so auffallend bunt, doch gefielen sie Aela ebenso in ihrer Schlichtheit.

Leandra und Yuro

„Ich bin Yuro", stellte sich der Junge vor. „Und das vorwitzige Mädchen hier heißt Leandra."

Leandra stieß den Jungen mit dem Ellenbogen in die Rippen und warf ihm einen frechen Blick zu.

„Wir warten hier schon seit einer ganzen Weile auf dich", fuhr Yuro fort. „Wenn mich nicht alles täuscht, bist du Prinzessin Aela, die älteste Tochter König Baromons."

Das Gesicht des Jungen wurde mit einem Mal etwas ernster und sein Blick veränderte sich. Auch Leandra machte nun keine Späße mehr, sondern deutete einen leichten Knicks an und stellte sich vor:

„Ich bin Leandra, die Blumenelfe, und freue mich, dass wir uns hier am Fluss gefunden haben."

Aela staunte, denn sie hatte sich die beiden ganz anders vorgestellt. Vor ihr standen zwei Elfen, die fast noch Kinder waren. Dennoch spürte sie, dass die beiden etwas ganz Besonderes sein mussten, denn in ihren Blicken lagen Weisheit und Güte.

„Ich bin Aela, Baromons Tochter", entgegnete die Prinzessin und verbeugte sich nun ebenfalls höflich. „Meine Schwester Sarah hat mir schon viel von dir erzählt, Yuro, und ich freue mich, dass wir uns nun an diesem Ort treffen."

Die Prinzessin entdeckte nun auch einen grauen Wolf und ein kleines weißes Pony, die sich etwas unterhalb des Flusslaufes aufhielten und die Köpfe zusammensteckten. Yuro, der Wolfsreiter, blinzelte Aela schelmisch an, als er Sarahs Namen hörte.

„Ich hoffe, deine Schwester hat nicht schlecht über mich gesprochen. Wie ich hörte, hat die ganze Geschichte mit Sarah am Drachenfels ein gutes Ende genommen."

„Meine Schwester ist dir sehr dankbar für das, was du für sie getan hast", sagte Aela. „Und auch ich bin dir zu großem Dank verpflichtet, denn du hast unsere Familie wieder vereint."

Yuro blickte verlegen zu Boden und murmelte etwas Unverständliches, was wohl so viel heißen sollte wie *nicht der Rede wert*. Leandra unterbrach die beiden und blickte die Prinzessin ernst an.

„Seit wann hat dich dieser schwarze Zwergdrache verfolgt?", fragte sie besorgt. „Sie können sehr gefährlich werden, wenn sie eine bestimmte Größe erreichen."

„Noch nicht sehr lange...", überlegte Aela, denn sie wusste nicht genau, wann die Flatterlinge zu ihr geflogen waren. „Aber auch hierfür danke ich euch, denn ich war in großer Gefahr."

„Einen Zwergdrachen schlägt man leicht in die Flucht", meinte Yuro. „Ein wenig Geisterzauber und Naturgewalten genügen schon. Aber wenn es mehr davon sind, dann kommt oft jede Hilfe zu spät."

„Woher kommen diese Biester nur?", wollte Aela wissen. „Ich habe sie noch nie zuvor gesehen."

„Keiner weiß es ganz genau", entgegnete Leandra. „Es heißt, sie werden von Zauberhand gezüchtet und wachsen tief unten in den Kratern des Nordens auf. Lange Zeit galten sie als ausgestorben, doch eine mächtige Zauberin hat sie weiter vermehrt, ohne dass es jemand bemerkt hat."

„Ilaria ist ihr Name", fuhr Yuro weiter fort. „Du kennst sie, denn sie ist euch am Drachenfels begegnet."

Der Name der Elfenzauberin ließ einen Schauer über Aelas Rücken laufen.

„Sie steht dort am Drachenfels für alle Ewigkeit, denn sie wurde vom Feuer eines mächtigen Drachens versteinert", erzählte die Prinzessin kurz, was sich ereignet hatte, und schloss daraus:

„Sie wird niemandem mehr etwas zuleide tun können."

Yuro und Leandra blickten sich vielsagend an.

„Wir können es nur hoffen. Doch unterschätzen sollten wir die Macht der Zauberin Ilaria nicht. Wenn es ihr gelungen ist, auch nur einen kleinen Teil ihres Herzens vor der Versteinerung zu bewahren, dann ist es möglich, dass sie wiederkehrt. Ich hoffe nicht, dass der Zwergdrache ein Bote dessen war, was uns noch erwartet."

Yuro war ernst, doch Leandra lächelte ein wenig.

„Lasst uns diese trüben Gedanken vergessen, solange sie nicht Wirklichkeit sind", meinte sie. „Andere Abenteuer stehen uns bevor und es wurde uns aufgetragen, dir bei der Erfüllung deiner Aufgaben zur Seite zu stehen." Yuro nickte und lächelte nun ebenfalls wieder.

„Du hast Recht", pflichtete er der Blumenelfe bei. „Kommt, wir gehen ein wenig flussabwärts. Dort, wo sich die beiden Bäche fast berühren, ist der beste Ort, um uns zu beraten."

Aela, Yuro und Leandra ergriffen die Zügel ihrer Reittiere und spazierten am Ufer entlang. Aela staunte über die vielen Blumen, Farne und Sträucher, die hier wuchsen und über ihre strahlenden Farben. Das Wasser des Baches glitzerte kristallklar. Die Sonne spiegelte sich darin wider und Tausende kleine Lichtlein warfen ihren Schein zurück ans Ufer.

Kurze Zeit später kamen die Drei an einen kleinen Felsen, der ein wenig ins Wasser ragte. Er war mit weichem Moos bewachsen und lud dazu ein, sich bequem in seinen Schatten zu setzen und auszuruhen. „Hier bleiben wir", schlug Yuro vor. Er nahm ein Tuch aus seiner Tasche und breitete es auf dem Boden aus. Dann setzten sich die Drei nieder und ließen ihre Füße vergnügt in das klare kalte Wasser baumeln.

Kapitel 6

An Freudenfluss und Tränenbach

Der Platz im Schatten des Felsens war angenehm kühl und das leise Rauschen des Baches wirkte beruhigend. Die Prinzessin, Yuro und Leandra hatten sich einiges zu berichten. Aela erzählte ihre ganze Geschichte, auch wenn Yuro und Leandra vieles davon schon wussten. Sie spürte, dass es ihr gut tat, über die Vergangenheit zu reden – über den Tod ihres Vaters und Sarahs Verschwinden, bis hin zum glücklichen Wiedersehen mit ihrer Schwester am Drachenfels. Aber auch Aela wollte mehr über die beiden jungen Elfen erfahren, und so begann Yuro, seine Geschichte zu erzählen:

„Das Erste, an was ich mich in meinem Leben erinnern kann, ist der süße Geschmack von Wolfsmilch", berichtete der Elfenjunge mit sanfter Stimme und sein Blick richtete sich in die Ferne.
„Meine Eltern starben, als ich noch ein Baby war, und ich wäre wohl auch gestorben, wenn mich die Wölfe nicht gefunden und bei sich aufgenommen hätten. Ich weiß leider nicht, wer meine Eltern waren, noch woher sie kamen. Doch das Blut, das in meinen Adern fließt, muss eine besondere Mischung sein, denn ich spüre sowohl den kalten Wind des Nordens, als auch die Sonne des Südens in mir.
Ich wuchs in dem großen Wald etwas nördlich des Berges der Wahrheit auf, den man „Grimmforst" nennt. Ich lernte die Sprache und die

Gedanken der Wölfe zu verstehen, denn ich lebte mit ihnen, bis ich größer wurde. Vom Leben der Elfen außerhalb des Waldes war mir lange Zeit nichts bekannt.

Eines Tages entdeckte ich tiefe Höhlengänge, die sich vom Berg ausgehend durch das ganze Land erstreckten. Von diesem Augenblick an zog es mich in die Ferne und immer begleitete mich mein Wolfsrudel. Es war ein gefährliches Spiel für einen kleinen Jungen wie mich, sich durch die uralten Höhlen Sajanas zu bewegen, doch das wusste ich damals noch nicht.

Auf einer dieser Reisen entdeckte ich eines Tages eine kleine unterirdische Halle, die mein Leben von diesem Moment an bestimmen sollte. Sie befand sich tief unter dem Kraterberg des Zinnenpalastes, hoch oben im Norden. Dort suchten die Elfengeister vergangener Zeiten ebenso Zuflucht wie arme Kreaturen, die verstoßen waren und nicht mehr an die Oberfläche durften.

Als die Geister und Kreaturen mich entdeckten, hielten sie mich gefangen und wollten mich nicht mehr gehen lassen. Doch als sie meine Geschichte hörten, wussten sie, dass auch ich ein Wesen ohne Heimat war. Sie führten mich in die Welt der Elfengeister ein und ich lernte, ihre verlorenen Seelen zu lieben. Vielen von ihnen habe ich geholfen, Ruhe zu finden, und sie dankten es mir, indem sie mir Vertrauen schenkten. Sie machten mich zu ihrem Boten und schickten mich zum Ahnenwald – dem großen undurchdringlichen Geisterwald des Sommerlandes. Auch dort lebte ich einige Zeit und ich fing an zu verstehen, was das Geschick unseres Landes bestimmt.
Das Schicksal meiner Eltern blieb mir jedoch bis heute verborgen. Und fast wurde ich im Ahnenwald selbst zum Geist, denn Raum und Zeit haben an diesem Ort keine Bedeutung.
Meine Wolfsfamilie holte mich wieder zurück in die wahre Welt Sajanas und wann immer ich die Wölfe und Elfengeister heute brauche, sind sie für mich da.

Dann lernte ich auf einer Reise Leandra kennen. Wir verstanden uns auf Anhieb gut, denn auch sie verlor ihre Eltern, als sie noch ein Kind war. Aber sie soll selbst erzählen, was ihr widerfahren ist."

Yuro lächelte und übergab das Wort an seine Freundin. Beeindruckt von dem, was sie gehört hatte, wandte sich Aela dem Elfenmädchen zu und Leandra erzählte ihre Geschichte:

Leandras Kindheit

„Auch ich erinnere mich kaum mehr an meine Eltern. Wir lebten in einem wunderschönen Blütenhaus, etwas abgeschieden, ganz in der Nähe der Mündung des „Freudenflusses" in den „Freudensee". Es war eine unbeschwerte Zeit, doch eines Tages waren meine Eltern verschwunden und ich weiß bis heute nicht, was mit ihnen geschehen ist. Ich war zu klein, um sie zu suchen und wusste mir nicht zu helfen. Doch ich hatte Glück, denn die Vögel und die Natur meiner Heimat halfen mir zu überleben. Jeden Morgen ging ich hinaus ins Freie und trank aus den Blütenkelchen Tauwasser, welches sich in den Morgenstunden gesammelt hatte. Vögel kamen vorbeigeflogen und brachten

mir Beeren und Früchte. Es fehlte mir an nichts, außer, dass ich mich oft sehr einsam fühlte, denn es war niemand da, mit dem ich hätte reden können.
Manchmal spielte ich auf der Wiese vor unserem Blütenhaus mit Flatterlingen. Ich beobachtete, wie sie flogen und als ich ein wenig älter wurde, traute ich mich, es selbst zu versuchen. Ach, ich muss ein wildes Kind gewesen sein, mit zotteligen Haaren und zerrissenen Kleidern.
Irgendwann fasste ich den Mut, etwas weiter fortzufliegen.

Für das, was dann geschah, Aela, finde ich auch heute noch keine Worte, aber du wirst bald verstehen, was ich meine...

... denn ich kam ins Seenland.

Die Elfen dort nahmen mich bei sich auf und lehrten mich, die Natur zu verstehen. Alles, was ich kann, habe ich ihnen zu verdanken.
Ich wurde langsam größer und da ich schon als kleines Kind ganz auf mich alleine gestellt war, zog es mich wieder hinaus in die wahre Welt Sajanas. Es gab so vieles, was ich noch entdecken wollte und ich spürte eine große Unruhe in mir, denn ich wusste nicht, was meinen Eltern widerfahren war.
Yuro lernte ich auf einer Reise am südlichsten Rand des Ahnenwaldes kennen. Ich dachte, er sei in Gefahr, da er von einem ganzen Rudel Wölfe umringt war. Ich schickte einen Blitz vom Himmel, um ihm zu helfen, doch er schimpfte und befahl mir, sofort damit aufzuhören. Ich war neugierig geworden und schon wenig später saßen wir beide im Gras und unterhielten uns.
Wir merkten bald, dass wir vieles gemeinsam hatten. Ich fragte Yuro, ob er etwas über meine Eltern wisse, doch er meinte, dass es auch für ihn unmöglich sei, das Rätsel ihres Verschwindens zu lösen.

Aela hatte aufmerksam zugehört. Was Leandra zu berichten hatte, rührte sie sehr, denn es erinnerte sie an ihr eigenes Leben. Wie schlimm mochte es für das Mädchen sein, nicht zu wissen, was aus ihren Eltern geworden war? Sicher genauso traurig wie für Aela selbst, als ihre Schwester Sarah verschwunden war.

Und noch immer konnte sie nicht glauben, dass es das Seenland wirklich gab. In den Märchen, die man den kleinen Elfenkindern erzählte, hörte sich dieses Land so fantastisch an, dass es jede Vorstellungskraft überstieg.

„Du kennst das Seenland?", fragte sie deshalb ungläubig nach. „Ich würde alles dafür geben, um einmal dort zu sein. Ich kann kaum glauben, dass es diesen Ort wahrhaftig gibt."

Yuro und Leandra lächelten sich vielsagend an.

„Was man glauben kann und was nicht, erfährt man meist erst, wenn man die Gewissheit hat", meinte Yuro. „Deshalb sollten wir auch nicht zu lange an diesem Ort verweilen, denn andere Aufgaben warten auf uns." Leandra nickte und fügte hinzu:

„Wir wurden geschickt, um dich zu holen. Nun, da wir uns gefunden haben, begleiten wir dich und bleiben immer an deiner Seite."

Aela war froh, diese Worte zu hören. Doch viele Fragen brannten noch auf ihrer Seele.

„Wer hat euch geschickt?", wollte sie wissen, denn sie konnte sich immer noch nicht erklären, wer den beiden aufgetragen hatte, sie bei ihrer schweren Aufgabe zu begleiten.

„Du wirst schon bald Antworten auf deine Fragen bekommen", meinte Yuro. „Wir sind nicht dazu bestimmt, sie dir zu geben. Unser Weg führt diesen Bach entlang, solange, bis wir an den Ort kommen, wo du deine Antworten finden wirst."

Plötzlich spürte Aela, wie sich das Moos auf dem Stein an ihrem Rücken bewegte. Erschrocken fuhr sie hoch, doch Yuro lachte nur.

„Keine Sorge", beruhigte er sie. „Es ist alles in Ordnung. Dir kann nichts geschehen."

Die Prinzessin wich dennoch ein Stück zurück, denn der Stein hatte sich wieder bewegt.

„Bleib ganz ruhig", beschwichtigte sie Yuro. „Das ist nur einer der

Am Ufer des Freudenflusses

vielen lebenden Steine, die hier am Ufer liegen. Dieser Bach ist etwas ganz Besonderes, weißt du? Sein Wasser kann selbst einem Felsen Leben einhauchen."

Nun sah sich die Prinzessin ihre Umgebung noch genauer an. Es fiel ihr auf, dass unmittelbar neben dem Wasserlauf die Vegetation sehr üppig war, während auf der anderen Flussseite, dort, wo der parallel verlaufende Bach sich seinen Weg bahnte, die Umgebung karg aussah. Graue Felsen, trockene Erde und dürre Zweige begleiteten den zweiten Bach, obwohl die beiden Gewässer nur ein schmaler grüner Streifen mit niedrigem Gras trennte. Auch war das Wasser dort nicht so rein und sonnendurchflutet wie auf ihrer Seite, sondern eher dunkel und bläulich grau. Schwarze Schwaden zogen immer wieder vorbei und ließen den Bach schmutzig erscheinen. Was Aela jedoch am meisten verwunderte, war, dass die beiden Flüsse jeweils in entgegengesetzte Richtungen flossen. Der klare Fluss sprudelte munter Richtung Süden, dorthin wo man am Horizont hohe Bäume vermuten konnte – das Wasser des gegenüberliegenden Baches wälzte sich nach Norden, wo verschneite Berge und eisige Kälte warteten.

„Wie kann es sein, dass die Flüsse in unterschiedliche Richtungen fließen?", fragte Aela. „Das ist doch unmöglich."

„Diese beiden Bäche sind nicht wie andere", erklärte Leandra. „Sie haben ihre eigenen Gesetze. Unser Fluss hier heißt *Freudenfluss*. Ich hatte ihn schon kurz in meiner Erzählung erwähnt. Der andere dort drüben nennt sich *Tränenbach*. Sie fließen in verschiedene Richtungen, da Ursprung und Ziel ganz entgegengesetzt sind. Sie unterliegen nicht den Gesetzen der Natur, sondern denen der Gefühle. Diese beiden Bäche sind die Adern des Glücks und der Trauer des ganzen Landes."

Die Elfenprinzessin dachte nach.

„Aber hier, an dieser Stelle, sind sie fast vereint", gab sie dann zu bedenken. „Was, wenn eines Tages der eine Bach in den anderen strömt?"

Leandra blickte die Prinzessin besorgt an und meinte dann:

„Früher war der Tränenbach nur ein schmales Rinnsal. Doch der viele Nebel, der Regen und das Eis des Nordens haben ihn anschwellen lassen. Wir müssen verhindern, dass die Bäche sich vereinen, denn sonst gewinnt das dunkle Wasser die Übermacht."

Aela verstand, was das Elfenmädchen ihr sagen wollte. Es war keine Zeit zu verlieren, denn wer wusste schon, welche finstere Macht im Spiel war, um den Tränenbach zu einem reißenden Strom werden zu lassen.

Noch immer bewegte sich der große Stein. Ganz allmählich veränderte er seine Form. Er wurde flacher und länger und glich mittlerweile eher einer Felsplatte, als einem riesigen Findling, in dessen Schutz sie vor kurzem noch gesessen hatten. Yuro beobachtete belustigt das Schauspiel.

„Bald ist es soweit", sagte er. „Unser steinernes Boot findet langsam seine endgültige Form."

„Ein steinernes Boot – was hat es damit auf sich?", wollte Aela wissen.

„Das Reiten am Ufer des Flusses ist fast unmöglich", erklärte der Elfenjunge. „Mit meinem Wolf käme ich noch zwischen den engstehenden Sträuchern und dichten Farnen durch. Aber schon für Leandras Pony ist es zu beschwerlich und mit deinem großen Pferd unmöglich. Wir müssen also auf dem Wasser reisen."

Inzwischen hatte der Fels die Form einer riesigen Steinschale angenommen und Aela fand langsam Gefallen an der Idee, auf dem Fluss zu reisen. So konnte sich ihr Pferd wenigstens von den Strapazen der vergangenen Tage erholen.

„Holt eure Sachen!", rief Yuro. „Es ist alles bereit zur Abfahrt."

Kurz darauf waren die drei Elfen samt ihrem Hab und Gut und den Tieren auf dem Steinboot.

„Gehören diese Steine zu den Elfengeistern?", fragte Aela und blickte Yuro herausfordernd an, denn Geister waren schließlich seine Welt. „Es ist doch eigentlich unmöglich, dass Steine schwimmen."

„Geister? Nein, das sind sie nicht", beantwortete Leandra an Yuros Stelle die Frage. „Sie gehören mehr zu den Naturwundern Sajanas. Auch Steine verändern ihre Form, nur dauert es normalerweise eine Ewigkeit und ein Elfenleben ist zu kurz, um es zu bemerken. Nur hier am Freudenfluss bestimmen die Steine selbst über die Geschwindigkeit ihrer Veränderungen. Dennoch sind sie schwer und der Grund weshalb sie nicht untergehen, ist der Fluss selbst. Nichts geht darin unter. Du kannst es selbst versuchen, doch es wird dir nicht gelingen, etwas zu versenken."

Aela glaubte den beiden. Wenn man ins Wasser blickte, so sah man am Grunde des Freudenflusses tatsächlich nichts, was einmal untergegangen war.

Als hätte der Blick in das Wasser des Freudenbaches die letzten Sorgen vertrieben, spürte die Prinzessin, wie ihre Zuversicht zurückkam. Sie war froh Yuro und Leandra gefunden zu haben. Die Dinge würden ihren Lauf nehmen und schließlich würde sich alles zum Guten wenden. Aela setzte sich auf den von der Sonne gewärmten Steinboden des Felsbootes, lehnte sich zurück und blinzelte gelassen in die Sonne. Die Fahrt ins Seenland hatte begonnen.

Kapitel 7

Der verlorene Palast

Es kam Norah wie eine Ewigkeit vor, in der sie durch die Höhlengänge unter dem Zinnenpalast geirrt war. Immer wieder glaubte sie, an einen Ort zu kommen, den sie kannte. Doch dann verlief sie sich wieder und suchte hilflos nach dem richtigen Weg. Die Hitze des Kraters, die klebrigen Spinnweben und der widerliche Gestank, der aus einigen Höhlen zu ihr drang, bereiteten der Fürstin Unbehagen. Sie wusste auch, dass sie in großer Gefahr war, denn dieses Mal hatte sie keinen Armreif bei sich, der sie beschützte.

Als Norah endlich die Halle gefunden hatte, die sie suchte, fühlte sie sich erschöpft und müde. Wie schon bei ihrem ersten Besuch, war sie wieder den lauten Geräuschen gefolgt, die aus dieser Halle zu ihr drangen. Doch als sie dann am Ziel angekommen war und eintrat, versank alles in Stille. Norah erinnerte sich mit Schaudern an den Tag, an dem sie an diesem Ort die Besinnung verloren und Uvira sie gerettet hatte. Dieses Mal spürte die Fürstin jedoch keine Schmerzen an ihren Malen und ihr Verstand war klar.
Sanft fühlte Norah den Flaum der kleinen Feder in ihrer rechten Hand und legte die Feder behutsam in die Tasche ihres Rockes.
Norah hielt inne und lauschte. Eine seltsam friedliche Stimmung erfüllte den Raum. Die zahlreichen kostbaren Figuren aus Elfensilber, welche in kleinen Wandvertiefungen standen, beleuchteten die Halle

mit ihrem schwachen Licht, so dass Norah erahnen konnte, was sich in dem Raum befand.

Sie blickte sich vorsichtig um. In den Wänden waren außer den Figuren große und kleine Öffnungen, die wohl als Durchschlupf oder Durchgang dienten. Manche davon, besonders die größeren, waren mit Holztafeln verschlossen. Andere wiederum waren so klein und eng, dass man nicht einmal durchkriechen konnte.

Je mehr Norah sich an das schwachen Licht gewöhnte und je deutlicher sie ihre Umgebung erkannte, umso mehr fühlte sie sich beobachtet. Sie glaubte, kleine funkelnde Augen in den Öffnungen zu erkennen, aber wenn sie genauer hinsah, war nichts zu entdecken.

Langsam ging sie ein paar Schritte weiter. Da erblickte sie in einem der hintersten Winkel des Raumes eine schmale Tür. Die Pforte war durch einen Holzschrein und einige zerschlissene Tücher etwas verdeckt, weshalb sie Norah bisher übersehen hatte. Zudem passte die Tür sich so gut den steinernen Wänden der Halle an, dass sie kaum zu erkennen war. Norah sah, dass die Pforte mit einem feinen und mit Ornamenten verzierten Gesicht geschmückt war, dessen dünne Linien sich auf der Oberfläche abzeichneten.

Das steinerne Gesicht schien die Fürstin unentwegt anzublicken und Norah erinnerte sich daran, dass sie erst kürzlich, am See der Tränen, an einer unterirdischen Pforte mit einem geheimnisvollen Augenmuster gestanden hatte. Sie fragte sich, ob es ein Zufall war, oder ob ihre Schritte schicksalhaft durch die Blicke der Pforten gelenkt wurden. Das Antlitz auf der Tür in dieser Halle kam ihr bekannt vor. Die Fürstin war sich sicher, dass sie es irgendwo schon einmal gesehen hatte. Die Gesichtszüge glichen weder einer Elfe, noch hatten sie Ähnlichkeit mit irgendeinem anderen Lebewesen Sajanas. Dennoch waren sie ihr nicht fremd.

Sie fasste ihren Mut zusammen und trat etwas näher. Norah sah, dass sich im weit geöffneten Mund des Gesichtes sonderbare Schriftzeichen befanden. Der äußere Rand des Antlitzes stellte flammenartige Formen dar, in deren Mitte die Augenhöhlen eingearbeitet waren.

Norah verspürte keine Angst, obwohl der Blick des Steingesichtes ihr immer zu folgen schien. Sie vertraute den Worten, die im Palast in ihrem Herzen und ihrer Seele erklungen waren.

Sie trat zu der Tür und betastete ganz vorsichtig die Oberfläche.
Nichts geschah.
Norah konnte auch keinen Riegel entdecken, mit dem man die Pforte hätte öffnen können. Doch die leeren Augenhöhlen starrten sie fortwährend an, als ob sie die Fürstin eindringlich prüften.
Plötzlich hörte die Fürstin ein leises Knirschen. Ganz langsam, wie von Geisterhand, schien sich die Pforte zu öffnen. Bald stand die Tür einen schmalen Spalt offen, jedoch nicht genug, um schon dahinter blicken zu können.
Helles Licht fiel durch den Spalt ins Innere der Halle. Norah wich ein Stück zurück. Die Strahlen trafen auf zwei kleine Steinbrocken am Boden des Raumes und Rauch entwickelte sich. Norah spürte, wie ihr Atem stockte und ihr Herz schneller schlug. Für einen Moment dachte sie daran, fortzulaufen, aber dann überkam sie die Gewissheit, dass sie sich der Gefahr stellen musste.

Der Rauch hatte sich inzwischen zu zwei Lichtgebilden geformt. Das eine davon war in ein zartes Violett getaucht, während das andere Türkis erschien. Sie glaubte darin die Gestalten zweier Elfen zu erkennen, doch konnte es sich ebenso gut um Geisterwesen handeln. Langsam verdichteten sich die Gebilde und Norahs erster Eindruck bestätigte sich: Zwei uralte Elfen wurden sichtbar – transparent, strahlend und voll magischer Energie.
Nun erkannte Norah, wer die beiden Erscheinungen waren. Jeder Bewohner Sajanas kannte sie, denn es handelte sich um die beiden Wächterelfen vom Berg der Wahrheit.
Menefeja, die Alte und *Tuoron, der Weise* waren ihre Namen. Die Aufgabe der beiden war es, den Berg zu bewachen und ihn vor Eindringlingen zu schützen.
„Wie kommen die beiden an diesen Ort, weit ab des heiligen Berges?",

Die magischen Stäbe

fragte sich die Fürstin und ihr Herz schlug immer noch schnell. „Und wodurch ist ihre geheimnisvolle Wandlung zu erklären?"
Voller Ehrfurcht und mit weichen Knien verbeugte sich Norah. Selbst sie, die Fürstin des Nordens, hatte großen Respekt vor Menefeja und Tuoron, den beiden Stammesältesten.

Tuoron besaß einen Stab, an dessen oberstem Ende der Kopf eines Raubvogels geschnitzt war. Er hob ihn langsam in die Höhe und hielt die andere Hand beschwörend nach vorne. Auch Menefeja reckte ihrerseits einen Stab in die Höhe, der ebenfalls mit einer Vogelfigur verziert war. Die Enden der beiden Stäbe berührten sich und mit einem Mal erfüllte das helle Licht der beiden Stäbe den ganzen Raum.

Norah blickte sich erschrocken und zugleich fasziniert um. Gerade noch hatte sie geglaubt, in einer dunklen Halle zu stehen, doch nun glich der Raum eher dem Thronsaal eines Palastes. Die kleinen Figuren aus Elfensilber erstrahlten im Licht der Wächterelfen. Die Wände des Raumes waren überzogen mit unzähligen Edelsteinen und glitzerten in allen Farben. Selbst die schlichte Holztafel in der Mitte der Halle und die einfachen Stühle aus massivem Stein erweckten den Eindruck, als ob sie mit feinen goldenen Adern durchzogen seien.

Der Raum war viel höher, als es Norah vermutet hatte. Beeindruckt blickte sie nach oben, wo sich eine gewaltige Kuppel auftat, deren Innenwände mit großen Bildern geschmückt waren. Das Zentrum dieser Kuppel bildete ein Gemälde, welches eine Drachenfamilie zeigte. Es war ein sehr schönes Bild, denn an der Seite der Drachen war ein alter Elfenkönig zu sehen. Er hielt eine kostbare Schale in seinen Händen, in der ein feines rotes Flämmchen loderte. Er lächelte der Drachenfamilie freundlich zu.

„Willkommen im Palast deiner Urahnen", hörte Norah in diesem Moment eine leise Stimme. Sie blickte die beiden Wächterelfen an, denn es war Menefeja, die das Wort ergriffen hatte.

„Wo... Wo bin ich hier?", flüsterte Norah, denn sie wusste, dass es gefährlich sein konnte, in den Gewölbehallen zu sprechen.

„Du bist an dem Ort, wo alles anfing", antwortete Menefeja und der weiche Klang ihrer Stimme war bis in den letzten Winkel des Raumes zu hören. „Hier lebte vor langer Zeit der erste König der Bergelfen. Alles, was du siehst, errichtete er mit Hilfe der Drachen. Diese Halle ist der Ort, an dem einst der Pakt mit den magischen Feuerwesen geschlossen wurde. Fürsten und Herrscher aus dem ganzen Norden waren da. Doch nach dem Verrat an den Drachen, schien der alte Palast verflucht. Totenhalle um Totenhalle wurde darüber gebaut, immer dann, wenn ein Herrscher starb. Es sollte verborgen werden, welches Unrecht an den Drachen verübt worden war, doch die Dämonen der Vergangenheit lassen sich auch nicht durch das Feuer des Vulkans vertreiben. Der Verrat hatte seinen Preis. Die alten Herrscher zeugten kaum noch Nachkommen oder starben früh. Du, Norah, bist nun die letzte Fürstin des Nordens und trägst als einzige noch die Flammen des Paktes in dir. Stirbst du, so ist dein Volk für immer verloren und das Land fällt zurück an die Drachen."

Nun wusste Norah, weshalb die magischen Feuerwesen ihren Zinnenpalast erobert hatten. Sie ahnten wohl, dass sie, die letzte Fürstin der Bergelfen, selbst dem Tode schon sehr nahe gewesen war und das Drachenfeuer in ihr zu erlöschen drohte.

„Aber höre", vernahm die Fürstin nun die feine Stimme Tuorons. „Wahre Drachen sind keine bösen Dämonen die durch dunklen Elfenzauber erschaffen wurden. Es gab sie schon in einer Zeit, als noch keine Elfen in Sajana lebten und sie kehren nur dorthin zurück, wo sie schon seit Urgedenken waren."

„Ich bin bereit, mich meinem Schicksal zu stellen", sagte Norah leise aber bestimmt zu sich selbst und meinte dann etwas lauter: „Woher kennt ihr diese alten Geschichten? Ihr wisst mehr, als alle anderen Elfen in diesem Reich und es wäre eure Pflicht gewesen, alle Elfen Sajanas zu warnen."

„Vergiss nicht, dass wir nur die Wächter am heiligen Berg sind", antwortete Menefeja. „Das ist unsere Aufgabe. Uns kommen viele Dinge zu Ohren, auch wenn wir nicht immer alles verstehen. Der Berg der Wahrheit birgt viele Geheimnisse und die Stimme ist nur eines davon. Wir wurden gesandt, dir diese Worte mitzuteilen. Ein kleiner grüner Vogel in der Gestalt eines mächtigen silbernen Drachens sprach am heiligen Berg zu uns. Die ersten Strahlen des Morgens wandelten uns zu Licht und mit den letzten Strahlen der untergehenden Sonne müssen wir zurück sein."

Ein Drache...
der grüne Vogel...
der feine Federflaum und die Botschaft...

Gedankenfetzen schossen Norah durch den Kopf. Sie versuchte, alles zu einem Bild zusammenzusetzen, aber es wollte ihr nicht gelingen. Welche Geheimnisse hielt der Berg der Wahrheit außer der magischen Stimme noch verborgen?

„Sagt mir, was ich tun muss", meinte sie nach einer Weile. „Ich werde euch folgen, wohin ihr wollt. Meine Heimat habe ich verloren und ich bin bereit, jede Gefahr auf mich zu nehmen, in der Hoffnung, sie eines Tages wiederzugewinnen." Tuoron blickte die Fürstin ernst an und meinte dann:

„Nicht nur *dein* Reich ist verloren. Im Süden strahlt die Sonne, doch manchmal trügt der Schein, denn auch dort brauen sich dunkle Wolken zusammen. Nicht immer kommt das Unheil von oben, manchmal kriecht es auch langsam und schleichend durch die Erde oder durch das Wasser, bis es eines Tages hervorbricht. Dein Platz ist an der Seite der Könige und Prinzessinnen, denn nur gemeinsam seid ihr stark genug, dem zu widerstehen, was noch kommen wird."

„Tritt näher, Fürstin des Nordens", sagte nun Menefeja. „Nimm meinen Stab in deine linke Hand und Tuorons Stab in deine rechte. Und was immer dann geschieht, lasse niemals die beiden Stäbe los."

Norah zögerte keinen Augenblick. Sie ging zu den beiden Wächterelfen, drehte sich um und stellte sich in ihre Mitte. Vor ihr lag der hell erleuchtete unterirdische Palast in seiner ganzen Pracht. Die Fürstin konnte nicht fassen, wie es möglich gewesen war, diesen fantastischen Ort tief unter einem Kraterberg mit unzähligen Höhlengängen zu vergraben. Der ganze Vulkan samt Zinnenpalast erschienen ihr nun wie ein gewaltiges Monument des Verrates. Norah war sich sicher, dass auch ihre Mutter nichts von diesem alten Palast gewusst hatte. Sonst hätte sie vielleicht von ihren finsteren Plänen abgelassen, die im Vergleich zu der ganzen Schwere der Vergangenheit wie ein flackerndes Kerzenlicht im Sturm wirkten.

Norah griff nach den beiden Stäben und fühlte wie ihr Körper von beiden Seiten von Licht durchzuckt wurde. Mit einem Mal wurde es dunkel und die ganze Schönheit der Palasthalle verschwand vor ihren Augen. Sie spürte, wie nun immer neue Lichtströme sie erfassten. Formen und Farben erschienen vor ihrem inneren Auge. Von Menefejas Stab breiteten sich violette Farbtöne aus, gepaart mit einer angenehmen Kühle. Tuorons Seite verströmte Grün und Türkis in allen Schattierungen, welche vom Licht der Sonne eines frischen Sommermorgens begleitet wurden. In Norahs Herz verwandelten sich die Farben zu immer fantastischeren Bildern. Das Schwarz des Schattenreiches und das Weiß der verschneiten Berge mischten sich darunter, ebenso wie das bleiche Licht der Monde.

Ein Glücksgefühl durchströmte Norah, wie sie es schon lange nicht mehr gespürt hatte. Die Fürstin suchte nach Worten, welche die Pracht der Farben beschreiben konnten. Doch nichts schien der Schönheit des Eindrucks angemessen. Sie schwieg und gab sich dem hin, was mit ihr geschah. Die beiden Stäbe hielt sie weiter fest umklammert, auch wenn Norah den Eindruck hatte, dass sich ihre Hände und Arme langsam selbst in Licht auflösten. Ihr Körper begann zu zittern und sie fragte sich, wie lange sie wohl noch die Stäbe in ihren Händen halten konnte.

Das Feuergesicht

Im selben Moment, als die Fürstin das Gefühl überkam, den Farbwellen nicht mehr standhalten zu können, gab es einen grellen Lichtblitz und alles Bunte verschwand mit einem Mal. Norah sah, wie sich die Tür weit öffnete und ein strahlendes weißes Licht freigab, das alles andere verdrängte. Inmitten der geöffneten Pforte schwebte das Gesicht, welches sie noch vor kurzem als Gravur in Stein entdeckt hatte. Nun war es lebendig und die Flammenornamente züngelten feurig.

In diesem Augenblick wusste Norah, woher sie das Gesicht kannte. Es war das Antlitz der großen Steintafel am Berg der Wahrheit. Warum war ihr das nicht schon viel früher aufgefallen?
Doch das Feuergesicht verschwand so schnell wie es gekommen war. Norah bemerkte, dass plötzlich auch die beiden Wächterelfen nicht mehr an ihrer Seite waren. Die Fürstin glaubte, mit ihren beiden Fäusten immer noch die Stäbe zu umklammern, doch ihre Hände waren leer. Norah ließ die Arme sinken. Immer noch hatte sie das Gefühl, selbst in Licht und Farbe aufgegangen zu sein. Und ganz langsam merkte sie, wie sich ihr eigener Körper mit dem hellen Weiß der Pforte zu vermischen begann. Norahs Augen wurden schwerer und der Wunsch wuchs in ihr, sich einfach fallen zu lassen. Voller Glück im Herzen über das Erlebte, ließ sie es mit sich geschehen und tauchte ab in eine ferne Traumwelt.

Kapitel 8

Der Traum von Glück und Macht

Norah lief barfuß und singend über eine Blumenwiese. Ihre Haare wehten im Wind und ein wunderbarer Duft von Nektar und frischem Gras kitzelte ihre Nase. Sie blickte an sich hinab und freute sich über das schlichte weiße Kleid mit den bunten Blumenstickereien, welches sie anhatte. Sie sprang in die Höhe und flog in Schleifen und Bögen zu einem kleinen Bach, der sich sanft plätschernd durch das Grün schlängelte. Dort setzte sie sich ans Ufer und blickte in das klare Wasser. Ihr fröhliches Lachen spiegelte sich darin. Doch es war nicht das Gesicht einer erwachsenen Elfenfrau, sondern das Strahlen eines jungen Elfenmädchens mit wallendem schwarzem Haar und einer Haut wie aus Elfenbein.
Norah warf kleine Steine ins Wasser und flache Wellen breiteten sich kreisförmig aus. Bunte Fische kamen angeschwommen, in der Hoffnung, gefüttert zu werden. Das Elfenmädchen hielt Ausschau nach etwas, was sie den Fischen geben konnte, als jemand nach ihr rief:
„Norah!", hörte sie eine Stimme, die ihr sehr vertraut war. „Norah, wo bist du?"
Sie blickte auf.
„Ich bin hier am Ufer!", antwortete das Mädchen und sprang hoch, denn sie sah in einiger Entfernung ihre Mutter. Schnell flog sie zu der alten „Borkentanne", in deren Schatten Uriana auf einer großen Wurzel saß und mit geschlossenen Flügeln an dem kräftigen Baumstamm

lehnte. Auch ihre Mutter hatte schwarze Haare und war eine schöne Elfenfrau. Ihr feuerrotes Gewand war geschmückt mit wertvollen Stickereien in Gold und Silber. Drachen in allen Größen und Formen sah man eingearbeitet – kunstvoll ineinander verschlungen zu einem zauberhaften Muster.

Uriana war nicht alleine unter dem Baum. Neben ihr stand ein großgewachsener, kräftiger Elfenmann mit langen braunen Haaren, dunkelblau gefiederten Flügeln und einem moosgrünen Mantel. Norah zögerte bei dem Anblick für einen Moment. Der Elf war ihr fremd, auf sonderbare Weise jedoch auch sehr vertraut. Er lachte das Mädchen an und sagte:

„Hallo, meine liebe Tochter. Was ist das für ein Spiel, das du gerade machst?"

‚Natürlich, der Elf ist mein Vater', dachte Norah und umarmte ihn wie selbstverständlich.

„Ich spiele am Fluss", sagte sie. „Es ist so ein schöner Tag! Kommt ihr mit?" Sie nahm ihre Eltern bei den Händen und die beiden folgten ihr lachend.

„Seht ihr die Fische, wie sie sich lustig im Wasser tummeln?", rief Norah, als die Drei ans Ufer kamen. Sie pflückte ein paar feine Gräser, sammelte kleine Samenkörner und warf beides in den Bach. Die Fische sprangen hoch und versuchten danach zu schnappen, um dann gleich wieder klatschend ins Wasser zu fallen. Norahs Vater stand neben ihr und warf den Fischen ebenfalls etwas zu. Er nahm die Hand des Mädchens und hielt sie fest, während sie die Tiere fütterte.

Eine ganze Weile spielte die Familie am Bach. Sie lachten, sangen und aßen die kleinen süßen „Wiesenbeeren", die hier überall zu finden waren. Dann flog Norah ein Stück dem Strom des Wassers entgegen, da sie vermutete, dass dort noch viel mehr von den Beeren zu finden waren. Sie sammelte eine ganze Handvoll davon und wollte sie freudestrahlend ihren Eltern bringen. Als sie zurückkam, waren diese jedoch verschwunden.

‚Merkwürdig', dachte sie, ‚wo sind die beiden nur hingegangen? Sie werden wohl schon nachhause geflogen sein.' Fröhlich lief auch sie weiter und aß die süßen Beeren.

Die Wiese ging nun langsam in eine andere Landschaft über und Norah war neugierig, was es hier zu entdecken gab. Große Felsen lagen zwischen kurzem Gras und kleinen dürren Sträuchern. Die Steinbrocken schienen sehr schwer zu sein und hatten die ungewöhnlichsten Formen. Manche glichen Tieren oder Pflanzen. In anderen wiederum glaubte das Mädchen Elfen, Einhörner oder Drachen zu erkennen.
Norah lief zwischen den Gebilden hindurch und staunte, denn sie kam sich wie in einem großen Figurengarten vor. Das ganze Leben schien hier zu Stein erstarrt.
In der Mitte dieses Feldes lag ein besonders großer Brocken. Er hatte zahlreiche Poren und Löcher und glich deshalb eher einem Schwamm als einem Fels. Der obere Rand war kreisförmig. Darin befand sich eine Vertiefung, ähnlich der eines Kraters.

Norah trat näher heran und betrachtete das Gebilde genauer. Erst jetzt bemerkte sie, dass oben, direkt am Rande der Vertiefung des Kraterbrockens, noch drei weitere kleinere Steine lagen. Diese gehörten offensichtlich nicht zu dem großen Fels, denn es sah fast so aus, als ob sie jemand absichtlich dorthin gelegt hätte. Norah betrachtete die handgroßen Steine ganz genau und plötzlich lief ihr ein Schauer über den Rücken. Die Steine ähnelten Elfen und Norah meinte sogar, kleine zornige Gesichter auf ihnen zu erkennen.

In diesem Augenblick hörte Norah ein leises Summen. Aus den Poren des großen Felsens krabbelten viele kleine Bienen und stiegen in die Luft.
Bald war es schon ein ganzer Schwarm und Norah musste sich hinter einem anderen Steinbrocken in Sicherheit bringen. Das Summen wurde immer lauter und erfüllte nun schon die ganze Umgebung. Die schwarzen Bienen schienen sich nicht für Norah zu interessieren. Sie umkreisten den Fels, aus dem sie geschlüpft waren und sammelten

Die Steinfiguren

sich mehr und mehr an der Stelle, wo die kleinen Steinfiguren standen. Sie schwirrten durcheinander und das Geräusch ihres Summens wurde so eindringlich, dass sich Norah die Ohren zuhalten musste. Plötzlich brach eine der kleinen Figuren auf. Die steinerne Hülle fiel ab und unter dem Schwarm der schwarzen Bienen wurde eine zweiköpfige Schlange sichtbar. Fasziniert und zugleich angeekelt beobachtete Norah das Geschehen. Sie spürte, dass die Schlange auch ein Teil ihres Lebens war, auch wenn das Leben an diesem Ort sehr fern zu sein schien. Das Tier richtete seine Köpfe in die Höhe, zischte, und verschwand dann schnell wieder in den Löchern des großen Steines. So schnell wie sie gekommen waren, so rasch verschwanden nun auch die Bienen wieder in den Poren des Felsens und die Ruhe eines schönen Sonnentages kehrte zurück.

Norah spürte, wie sich ein ungutes Gefühl in ihrem Magen ausbreitete und drei Namen kamen ihr in den Sinn:

          ILARIA   TORAK   UVIRA

Einst waren sie ihre Gefährten gewesen. Doch durch den Verrat am unterirdischen Lavafluss waren es ihre schlimmsten Feinde geworden. Sie rätselte, was das Aufbrechen der Steinfigur und das Schlüpfen der Schlange mit den Namen zu tun hatte, aber sie konnte sich keinen Reim darauf machen. Es bereitete ihr Unbehagen, denn sie spürte, dass eine Verbindung zwischen ihrem Schicksal und dem, was sie hier gesehen hatte, bestand.

Norah ging schnell weiter, um von diesem Ort fortzukommen. Sie bemerkte mit Erstaunen, dass sie nicht mehr das helle Gewand trug, in dem sie gerade eben noch mit ihren Eltern am Wasser gespielt hatte. Ihr Rock war nun wieder Schwarz gefärbt und ging am Saum in ein flammendes Rot über. Sie betrachtete ihre Hände und auch diese waren nicht mehr jene eines kleinen Mädchens sondern die einer jungen Elfenfrau.

Norah hatte das Steinfeld hinter sich gelassen und lief über eine Wiese. Am Horizont glaubte sie zwei Gestalten zu sehen, die nur ihre Eltern sein konnten. Sie wollte etwas rufen und schnell zu ihnen fliegen, als sich wie aus dem Nichts hohe Bäume vor ihr aufrichteten. Die Fürstin schreckte zurück und wollte umkehren. Da vernahm sie Geräusche, die sich wie das Bersten und Brechen von Holz anhörten. Sie blickte sich um und sah, dass nun auch dort hohe Bäume in den Himmel schossen. Schnell war sie von allen Seiten von Bäumen umzingelt und der Fleck, auf dem sie sich befand, nichts anderes mehr als eine kleine Waldlichtung.
Norah war verunsichert, denn die seltsamen Erscheinungen an diesem Ort machten ihr Angst. Längst bestimmte nicht mehr sie, wohin ihr Weg ging, sondern die Natur hatte die Oberhand gewonnen.

Norah verharrte voller Sorge auf der kleinen Lichtung. Doch zum Glück gab es trotz des aus dem Nichts entstandenen Waldes keine Anzeichen einer Gefahr und die Fürstin beruhigte sich wieder.

An der zur Sonne gewandten Seite der kleinen Lichtung erkannte Norah nun einen schmalen Pfad, der in den Wald hineinführte. Eine ganze Weile überlegte sie, ob sie dem Weg folgen sollte. Doch da die Fürstin keine andere Möglichkeit sah, von hier fortzukommen, lief sie langsam los.
Der Wald war angenehm kühl, aber auch sehr dunkel, denn durch die hohen Baumwipfel schien nur wenig Licht. Die Fürstin musste achtgeben, dass sie nicht über die vielen Wurzeln und herabgefallenen Äste stolperte.
Langsam lief sie weiter, immer tiefer ins Gehölz.
Norah war noch nicht lange unterwegs, als ihr eine kleine schlichte Steinpyramide den Weg versperrte. Sie reichte ihr nur bis zur Hüfte und es schien nichts Besonderes daran. Jedoch wunderte sich Norah, denn sie konnte sich nicht erklären, wer die Pyramide hier, in diesem dichten Wald, erschaffen haben konnte.
Sie ging rasch daran vorbei.
Doch nach nur wenigen Schritten stand schon die nächste Pyramide im Weg. Diese war schon fast so groß wie sie selbst und an den Außenwänden mit geheimnisvollen Zeichen und Symbolen verziert. Norahs Verwunderung wuchs und sie lief nun langsamer an dem spitzen Bauwerk vorbei, um es genauer betrachten zu können.
Die Fürstin machte nun eine seltsame Beobachtung: Immer, wenn sie eine Pyramide hinter sich gelassen hatte, wartete ein Stück weiter vorne eine neue, höhere und reicher verzierte auf sie.

Norah erblickte schon bald eine Pyramide, die schon fast die Höhe der Bäume selbst hatte. Diese war mit wunderschönen Pflanzenornamenten verziert und nur schwer konnte Norah ihren Blick wieder von dem Gebäude lösen, denn es übte eine geradezu magische Anziehungskraft auf sie aus. Die Fürstin drehte sich im Weiterlaufen kurz

Die Pyramide im Wald

um, denn sie wollte den Anblick der hohen Pyramide noch einmal genießen. Aber wie sie sich umsah, war diese verschwunden. Norah lief verwundert weiter und erwartete, eine noch größere Pyramide zu entdecken. Da sah sie plötzlich wieder die kleinste Pyramide vor sich – jene, die sie schon kannte und die der Fürstin kaum bis an die Hüfte reichte.

‚Oh nein', dachte Norah verzweifelt. ‚Es scheint so, als ob ich die ganze Zeit nur im Kreis gelaufen bin. Jetzt stehe ich wieder genau an

der Stelle, an der ich losgegangen bin.' Entmutigt blickte sie sich um. „Was hat mich nur in diesen Wald geführt?", fragte sie sich verängstigt. „Er scheint verwunschen und verflucht zu sein."
Vorsichtig berührte sie mit ihrer linke Hand die Pyramide.

In dem Moment fing der Boden an zu beben, so dass die Fürstin fast gestürzt wäre. Sie sprang schnell zur Seite, um sich in Sicherheit zu bringen, denn die Erde brach auf und eine gewaltige Steinsäule wuchs an der Stelle aus dem Boden, wo gerade noch die kleine Pyramide gestanden hatte. Diese war wohl nur die Spitze eines gewaltigen Bauwerkes, welches sich unter Norahs Füßen in der Erde des Waldes befunden hatte.
Die Säule schraubte sich krachend in die Höhe und schob die Baumwipfel beiseite. Im selben Maße, wie dieses neue mächtige Gebilde wuchs, versanken die Bäume des Waldes im Boden.
Norah musste sich auf die Erde werfen, denn es bebte so sehr, dass sie sich nicht mehr halten konnte. Steinbrocken und dicke Äste fielen von oben herab und drohten sie zu erschlagen. Doch wie durch ein Wunder blieb sie unverletzt.
Als sich die Natur endlich beruhigt hatte und die Erde aufhörte zu beben, richtete sich Norah ganz behutsam wieder auf, denn sie traute dem Frieden nicht. Die Fürstin sah nun mit großem Erstaunen, dass sie am Fuße mehrerer riesiger Pyramiden stand, deren Spitzen bis weit in den Himmel ragten.
Es war inzwischen dunkel geworden, doch die Monde Sajanas strahlten hell am Himmel. Ihr Licht glitt an den Wänden der Pyramiden entlang zu Boden. Die Ebene am Fuße des Gebäudes erstreckte sich bis zum Horizont und Bäume waren weit und breit nicht mehr zu sehen.

Norah trat vorsichtig etwas näher und erkannte eine kleine Öffnung in einer der Seitenwände, durch die man ins Innere des palastähnlichen Bauwerks gelangen konnte. Diese Öffnung war sehr schmal und glich eher einem Spalt als einer Pforte. Der Schreck saß Norah noch in allen Gliedern und sie überlegte lange, ob sie wirklich hindurch-

Das Feuer der Macht

gehen sollte. Wie konnte sie sicher sein, dass im Inneren nicht noch viel größere Gefahren auf sie lauerten, als es der Irrweg durch den Wald schon gewesen war?
Sie blickte sich um.
Die Ebene lag vor ihr wie ein unendliches Meer. Nichts war zu sehen, an was sich der Blick hätte festhalten können.
„Es scheint so, als ob ich gar keine andere Wahl hätte, als weiterzugehen", sprach Norah zu sich selbst und seufzte. Langsam und zögernd ging sie zu der Wandöffnung. Dann schritt sie hindurch.

Das Erste, was Norah sah, war eine Flamme, die in einer großen, glänzenden und mit zwei Drachenfiguren geschmückten Schale loderte. Die Schale stand auf einem runden transparenten Sockel, genau in der Mitte des ansonsten leeren Raumes und schien aus reinstem Elfensilber zu sein. Der Sockel selbst war aus kostbarem Elfenglas geformt und meisterlich mit wunderschönen Drachenfiguren und Blütenmotiven verziert. Drei kleine Quellen entsprangen am Fuße des Sockels und feine Rinnsale flossen jeweils zu den Ecken des Innenraumes. Dort versickerten sie dann im Boden. Die Flamme tauchte den ganzen Raum in ein rötlich violettes Licht und auch das Wasser schien sich dadurch blutrot zu verfärben.

Norahs Blick erstarrte, denn sie fühlte, dass sie im Zentrum der Macht angekommen war. Direkt vor ihr stand sie – nein, thronte sie – die silberne Schüssel aus reinstem Elfensilber, in welcher das magische Drachenfeuer loderte. Sie trat ehrfürchtig einen Schritt näher. Das Licht der züngelnden Flammen spiegelte sich in ihren Augen. In der Schale selbst glühte das flüssige Drachenfeuer. Norah fühlte jetzt, wie ihre Male an den Schultern ebenfalls wie Feuer brannten. Sie spürte, wie ihr Mund trocken wurde und sie der starke Wille überkam, aus dem Gefäß mit dem Drachenfeuer zu trinken.

Langsam streckte sie ihre rechte Hand nach vorne, um nach der Schale zu greifen.

Es drängte sie danach, das Feuer ihrer brennenden Male mit dem flüssigen Feuer der Drachen zu vereinen. Dann würde das Vermächtnis ihrer Mutter vielleicht doch noch in Erfüllung gehen und ihr die Herrschaft über ganz Sajana zufallen. Dieser Wunsch beherrschte ihren Verstand. Ihre Hände zitterten. Sie berührte den Rand der Schale...

Doch dann zog sie die Finger abrupt wieder zurück, denn ein starker Widerstand hinderte sie daran, die Schale in ihre Hände zu nehmen. Die kleine grüne Feder in ihrer Tasche schien schwer wie Blei geworden zu sein und zog sie zu Boden.

Norahs Beine gaben nach.

Eine ganze Weile lag die Fürstin am Boden und nur langsam wurde ihr Verstand wieder klarer. Nein, sie wollte der Versuchung nicht nachgeben. Süß war der Gedanke an Macht, aber ihr Herz wehrte sich dagegen. Eine Zeitlang fühlte sie noch, wie ihre Seele und ihr Verstand miteinander rangen. Dann stand Norah entschlossen auf und ohne ein letztes Mal ihren Blick auf die Flamme zu richten, lief sie zurück zu der Wandöffnung, durch die sie ins Innere des Pyramidenpalastes gekommen war. Erschrocken sah sie, wie die Öffnung immer enger wurde und im letzten Moment, bevor sie für immer im Inneren des Gebäudes verloren gewesen wäre, glitt sie durch den Spalt ins Freie.

Helles Licht schien ihr in die Augen. Für einen Moment meinte sie, wieder das weiße Kleid mit den Blumenstickereien zu tragen, doch es konnte auch nur die Blendung ihrer Augen sein. In der Ferne hörte sie Uriana rufen und vernahm auch die Stimme ihres Vaters. Sie wollte etwas erwidern, doch die Worte blieben ihr im Hals stecken. Das Licht um sie herum wurde so grell, dass sie die Augen schließen musste. Sie hatte Angst, den Halt zu verlieren, denn der helle Schein machte sie blind, so dass sie völlig hilflos war. Norah hob ihre Arme, um nach irgendetwas zu greifen. Sie spürte, wie sich zwei stabähnliche Gegenstände in ihre Handflächen legten. Oder waren diese schon die ganze Zeit da gewesen? Sie glaubte zu erwachen und im selben Moment auch einzuschlafen...

Sie verließ den Ort dieses wundersamen Traumes und kehrte dorthin zurück, wo alles ebenso unwirklich war. Licht und Farben durchströmten ihren Körper – ein Gefühl, das sie schon kannte. Sie öffnete langsam ihre Augen. Sie sah wie Menefeja und Tuoron an ihrer Seite standen und wie sie selbst die Stäbe der Wächterelfen fest in den Händen hielt.
„Norah", hörte sie Menefeja sagen, „wir sind an unserem Ziel angekommen. Du hast der Prüfung standgehalten, welche dir im Traum auferlegt wurde. Nun bist du bereit, der Stimme der Wahrheit entgegenzutreten."

Kapitel 9

Das Seenland

Das Steinboot, auf welchem Yuro, Leandra und Aela langsam flussabwärts trieben, schaukelte friedlich auf den kleinen Wellen. Die Sonne stand hoch am Himmel und die drei Elfen hatten ein kleines Tuch über sich gespannt, das ihnen Schatten spendete. Seit Aela bei ihren neuen Freunden war, fühlte sie sich geborgen. Gleichzeitig spürte die Prinzessin, wie sehr sie die vergangenen Tage angestrengt hatten. Sie legte sich ein wenig hin, machte die Augen zu und das erste Mal seit langer Zeit schlief sie ein.
Yuro und Leandra saßen am vorderen Ende des Bootes und freuten sich, dass die Prinzessin etwas Ruhe fand.

Die Landschaft veränderte sich im Laufe der Reise nur langsam. Immer noch wurde das Ufer von prächtigen Pflanzen und bunten Blumen gesäumt. Manchmal ging die Fahrt durch einen kleinen Wald oder eine mit Moos bewachsene Höhle, um dann gleich wieder in einen ausgedehnten Wiesengrund zu münden.

Yuro betrachtete die schlafende Aela und meinte so leise wie möglich zu Leandra:
„Wenn sie so daliegt, sieht sie kaum älter aus als du. Ich hoffe, sie ist den Aufgaben gewachsen, die noch auf sie zukommen."
„Was willst du damit sagen?", fragte Leandra den Wolfsreiter.

„Möchtest du damit andeuten, dass ich schon viel älter aussehe, als ich bin?" Sie gab Yuro ein kräftigen Stoß in die Seite und fügte dann hinzu: „Pass nur auf, sonst werfe ich dich ins Wasser."
Yuro war ganz verwirrt.
„Nein, nein...", stammelte er. „Das meinte ich gar nicht. Ich wollte nur sagen, dass sie mir manchmal noch sehr jung vorkommt. Es geht schließlich um große Aufgaben und gefährliche Abenteuer."
„Du meinst also, dass junge Elfenmädchen nicht stark genug sind, um große Abenteuer zu bestehen?", feixte Leandra und grinste Yuro herausfordernd an.
„Ach, lass mich doch in Ruhe", entgegnete dieser, denn er spürte, dass seine Freundin ihn nur necken wollte. „Ihr Elfenmädchen dreht einem jedes Wort im Mund herum."
Leandra stupste Yuro erneut in die Seite, dieses Mal aber versöhnlich. Sie lächelte ihn an und ihre blauen Augen strahlten in der Sonne.
„Komm, sei nicht so", meinte sie und grinste dabei. „Ich mache doch nur Spaß."
„Ein schöner Spaß", grummelte Yuro leise in sich hinein. „Ich überlege, wie man das Elfenreich retten kann und diese Elfengöre..."
Weiter kam er nicht, denn Leandra gab ihm einen zarten Kuss auf die Wange.
„So, nun wieder alles in Ordnung?", fragte sie ganz beiläufig.
Bevor Yuro antworten konnte, wurde er unterbrochen, denn der helle Klang zweier Hörner war aus der Ferne zu hören. Sie spielten eine einfache Melodie, die jedoch so schön war, dass sie das Herz verzauberte.
Aela erwachte von den Klängen.
„Was ist das?", fragte sie noch leicht schlaftrunken. „Es hört sich wunderbar an."
„Das sind die Wachen des Seenlandes", antwortete Leandra. „Sie spüren unser Kommen und möchten uns bei sich willkommen heißen."
Aela war sofort hellwach. Das Seenland! Es lag also direkt vor ihnen. Sie setzte sich zwischen Yuro und Leandra und spähte nach vorne.
„Sind wir tatsächlich bald am Ziel?", fragte sie gespannt.

Leandras
Flöte

„Es dauert noch ein wenig, aber dann sind wir da", antwortete Leandra mit einem geheimnisvollen Lächeln auf den Lippen.

Die Fahrt auf dem Freudenfluss wurde nun etwas schneller. Links und rechts des Steinbootes spritzte manchmal das Wasser auf und gelegentlich mussten sich die Drei sogar festhalten. Aela versuchte, das Seenland zu erspähen, doch weit und breit war nichts zu entdecken. Kurze Zeit später nahm Leandra eine Flöte aus ihrer Tasche und fing an zu spielen.

„Was ist das für eine Melodie?", wollte Aela wissen. „Ich denke, wir wollen ins Seenland und du spielst Flöte."
Leandra blickte nur kurz auf, unterbrach ihr Spielen aber nicht.
„Psst", machte Yuro. „Lass sie spielen. Hörst du es denn nicht? Die Töne werden erwidert."
Aela lauschte und konnte aus weiter Ferne den zarten Klang melodischer Instrumente als Antwort auf Leandras Flöte hören.

„Wer macht diese zauberhafte Musik?", fragte sie erstaunt. „Das klingt wundervoll."

„Es sind Elfen des Seenlandes – jene, die auch schon die Hörner geblasen haben", erwiderte der Wolfsreiter. „Sie laden uns zu sich ein."

„Aber ich sehe weit und breit keinen See, geschweige denn ein ganzes Land", meinte Aela und ihre Stimme klang etwas enttäuscht.

„Du kannst es auch nicht sehen", entgegnete Yuro mit vielsagendem Blick. „Es ist die Musik, die uns dorthin geleitet."

Die feinen Klänge der Elfenmelodie waren nun schon wesentlich deutlicher zu hören und mischten sich auf harmonische Weise mit Leandras Flötenspiel. Aela spürte, wie die Musik durch ihren ganzen Körper strömte. Niemals zuvor hatte sie so etwas Schönes gehört, nicht einmal früher, als am Hofe ihres Vaters die besten Elfenmusikanten zu Gast waren.

Das Steinboot, auf dem sie saßen, fing nun an zu beben, doch Leandra spielte unbeirrt weiter. Ihre Melodie verwob sich immer mehr mit den Klängen der See-Elfen.

Der Blick der Prinzessin fiel auf den Boden des Steinbootes. Sie erschrak, denn feine Risse waren dort zu sehen.

„Unser Schiff bricht auseinander!", rief sie aufgebracht. „Seht ihr das denn nicht?"

Aelas Pferd, Leandras Pony und Yuros Wolf wurden ein wenig unruhig, aber der Wolfsreiter nahm Aela bei der Hand und meinte sanft:

„Sorge dich nicht, Prinzessin. Was immer passieren mag, uns wird nichts geschehen."

Aela beruhigte sich wieder etwas, denn sie vertraute dem Wolfsreiter und der Blumenelfe. Und sie erinnerte sich an Sarahs Erzählung, wie diese auf Yuros Befehl hin von einer Woge aus Geisterhänden getragen worden war.

Leandra hatte die Augen inzwischen geschlossen. Ihre Melodie wurde langsamer und die Töne leiser, während die Klänge des Seenliedes lauter wurden. Das Boot taumelte auf den Wellen und die Risse am Boden öffneten sich weiter. Wasser drang ein und füllte den Innenraum. Aela hielt Yuros Arm fest umklammert. Mit der anderen Hand streichelte der Wolfsjunge die Tiere. Die Prinzessin staunte, denn das Pony, der Wolf und ihr Pferd waren ruhiger als sie selbst.

„Nun gut", dachte sie, „wenn es keinen Grund gibt, Angst zu haben, dann will auch ich tapfer sein."

Aela schloss die Augen und lauschte der anschwellenden Musik. Sie fühlte, wie das Wasser immer weiter stieg und ihre Hüften erreichte. Mit einem Mal brach das Steinboot in der Mitte auseinander! Die beiden Hälften wurden fortgetrieben und die Prinzessin stürzte. Auch Leandra, Yuro und die Tiere fielen mit ihr in den Fluss.

Aela spürte, wie sie in die Tiefe gezogen wurde.

Das Wasser war angenehm warm und lichtdurchflutet. Die Prinzessin fühlte, wie sie ihre Arme ganz leicht bewegen konnte. Was sie jedoch am meisten erstaunte: Sie konnte sogar atmen. Hatten Leandra und Yuro ihr nicht erzählt, dass es unmöglich war, im Freudenfluss unterzugehen? Aela ruderte mit den Armen, wurde aber immer weiter in die Tiefe gezogen, bis sie endlich...

... die Wasseroberfläche durchstieß und mit dem Kopf ins Freie kam. Der Prinzessin wurde es schwindelig, denn die ganze Welt drehte sich. Sie hatte geglaubt unterzugehen, doch nun war sie aufgetaucht. Wie war das nur möglich? Auch Yuro, Leandra und die Tiere schwammen an der Wasseroberfläche. Leandra lachte und rief:

„Wie ist es schön, wieder hier zu sein! Das Seenland – es hat mir so gefehlt. Seht euch nur um, wie zauberhaft es hier ist!"

Inzwischen hatte sich Aela an die neue Umgebung etwas gewöhnt. Der Schwindel war vergangen und sie kam aus dem Staunen nicht mehr heraus.

Der See lag spiegelglatt im Sonnenlicht. Das Wasser glänzte, als ob es aus flüssigem Gold wäre. Riesengroße Seerosenblätter schwammen an der Oberfläche und an den Blüten tummelten sich unzählige kleine bunte Wesen, die Aela noch niemals zuvor gesehen hatte. In etwas größeren Abständen erkannte die Prinzessin bewaldete Inseln, doch

Das Seenland

waren die Bäume auf diesen Inseln keine gewöhnlichen Bäume. Ihre Blätter wuchsen an langen hängenden Ranken bis unter die Wasseroberfläche. Feiner Nebel umspielte sie und die unzähligen bunten Blütensträucher, die ebenfalls auf den Inseln wuchsen, verliehen der ganzen Umgebung einen märchenhaften Anblick.

Die Prinzessin blickte zum Himmel. Obwohl es Tag war, funkelten die Sterne. Gelbe Monde schienen sanft an der Seite der strahlenden Sonne und Aela fühle sich ganz leicht. Sie spürte das Wasser kaum, denn es war wie ein warmer goldener Hauch.

Langsam fing die Prinzessin an zu begreifen. Ihre Freunde und sie waren nicht untergegangen, als sie im Freudenfluss in die Tiefe gezogen worden waren. Ein starker Sog hatte die Elfen und die Tiere ergriffen und an die Oberfläche dieses zauberhaften Landes gespült.

„Herzlich willkommen, meine Freunde. Darf ich bitten einzusteigen?", hörte Aela in diesem Augenblick eine leise Stimme. Sie blickte sich um und sah hinter sich ein Boot. Es bestand nur aus einem riesengroßen Blatt und einem einfachen weißen Segel. Beides war wunderschön geschmückt und an den Seiten des großen Blattes befanden sich liebevoll geflochtene Blumengirlanden. Auf dem Segel waren silberne Zeichen eingestickt.

Aela wunderte sich, da sie das Boot nicht hatte kommen hören.

„Minsaj, meine geliebte Freundin! Ich freue mich so sehr, dich wiederzusehen", rief Leandra und flog einfach aus dem Wasser hoch. Auch Yuro war inzwischen in die Luft geflogen und begrüßte die See-Elfe. Aela versuchte es ebenfalls. Federleicht hob sie sich aus dem Wasser. Die goldenen Tropfen perlten an ihr ab und im nächsten Augenblick war sie trocken. Minsaj hatte inzwischen einen Steg aus Blättern ins Wasser geschoben, so dass auch die Tiere an Bord des Elfenbootes kommen konnten.

„Ich freue mich ebenfalls, dich wiederzusehen, Leandra", entgegnete Minsaj mit einem Strahlen im Gesicht. Sie nahm ihre Freundin in die Arme. Dann umarmte sie auch Yuro und der Wolfsjunge wurde etwas rot im Gesicht. Dann wandten sich alle Drei Aela zu.

Minsaj

„Darf ich vorstellen: das ist Prinzessin Aela, die älteste Tochter König Baromons", sagte Leandra und nahm die Prinzessin bei der Hand. Über Minsajs Augen huschte bei der Nennung des Namens ein feiner Glanz und sie meinte:
„Es freut mich sehr, Prinzessin Aela, dass wir uns kennen lernen. Wir See-Elfen haben dich schon hier erwartet."
„Auch ich freue mich, hier zu sein", entgegnete Aela. „Es war mein Kindheitstraum, das Seenland zu sehen, und nun ist es Wirklichkeit."
Minsaj lächelte und Aela bemerkte, wie wunderschön die See-Elfe war. Ihr Alter konnte man kaum schätzen. Möglicherweise war sie noch sehr jung, doch in der Art, wie sie sich bewegte, lag etwas Erhabenes. Auch ihre Worte waren sehr gewählt und der Klang ihrer Stimme schmeichelte den Ohren, so dass man sie immer wieder hören mochte.
Minsajs Haare waren dunkel wie edles Holz und ihre Haut so zart wie der Flaum einer Feder. Sie trug eine leichte Bluse mit einem breiten Gürtel und eine Hose, welche oberhalb der zarten Füße geschlitzt war.

Das Schönste an ihr waren jedoch die Flügel. Sie entfalteten sich wie bei einem jungen Flatterling und hatten eine rotbraune Färbung. An einigen Stellen glänzten die Flügel wie Kupfer in der Sonne.

Das Boot setzte sich in Bewegung. Aela wusste nun, weshalb sie das Herannahen nicht bemerkt hatte, denn es bewegte sich völlig lautlos über die Wasseroberfläche. Fast schien es so, als ob es die Wasseroberfläche gar nicht berührte und nur auf dem sich im Wasser spiegelnden Licht dahinglitt.
Leandra und Minsaj unterhielten sich über die Vergangenheit. Aela wollte nicht unhöflich sein und die beiden belauschen, weshalb sie sich ihrerseits mit Yuro unterhielt. Beide blickten staunend aus dem Boot, denn auch Yuro kannte das Seenland noch nicht sehr gut.
„Warst du schon öfters hier?", wollte Aela wissen. Der Wolfsjunge schüttelte den Kopf.
„Nein", antwortete er. „Ich war erst zwei Mal hier und es ist schon lange her. Ohne Leandra ist es mir nicht vergönnt, an diesen Ort zu gelangen."
Die Prinzessin war immer noch überwältigt von der Schönheit des Landes. Sie kamen an einer Seenwiese vorbei. Das Gras wuchs hier dicht und grün aus dem Wasser. Die Halme hatten alle kleine weiße Blüten und winzige bunte Fische sprangen dazwischen herum.
„Ich verstehe das nicht", suchte Aela nach Erklärungen. „Wo war das Land, als wir noch auf dem Freudenfluss gefahren sind?"
„Es war immer da", erklärte Yuro. „Aber die Wirklichkeit des Seenlandes ist eine andere als die unsere. Nur über die zauberhafte Musik und den Freudenfluss findest du Zugang zu diesem Ort. Das Seenland ist wie eine Insel. Nur ist diese Insel nicht Teil der wahren Welt Sajanas, sondern befindet sich mitten in der Seele des Elfenreiches."
Aela nickte versonnen. Man spürte im Seenland, dass hier nichts geschehen war, was den Frieden jemals gestörte hätte. Hier gab es keine bösen Geister, keine Dämonen und auch keinen Verrat. An diesem Ort bestimmten die Gesetze der Natur den Lauf der Dinge und alle Elfen, die hier wohnten, waren selbst Teil dieser Natur.

„Wie viele Elfen leben hier?", wollte sie von Yuro wissen, doch der Elfenjunge konnte ihr keine Antwort darauf geben. Minsaj hatte die Frage gehört und wandte sich der Prinzessin zu.

„Niemand weiß genau, wie viele Elfen im Seenland leben, denn keiner weiß genau, wie groß das Land ist", antwortete sie. „Dieser Ort kennt keine Grenzen und auch keine Zeit."

Aela schüttelte verwundert den Kopf, denn ein unendliches Land überstieg ihre Vorstellungskraft.

„Aber wie konnten wir dich dann finden, wenn das Land unendlich groß ist?", wollte sie wissen.

„Ihr habt mich gefunden, weil Leandra mit ihrer Musik den Weg zu mir geebnet hat", entgegnete Minsaj. „Musik kennt ebenfalls keine Grenzen und ihre Melodie klingt bis in alle Ewigkeit weiter, ebenso wie meine Musik. Man trifft sich hier nicht an einem bestimmten Ort, sondern zu einem bestimmten Klang."

Aela war verwirrt von dem, was die See-Elfe ihr erzählte, doch sie fing an zu verstehen, dass hier nichts so war wie an anderen Orten. Sie erinnerte sich, dass ähnliche Geschichten aus dem Seenland in alten Märchen vorkamen. Jetzt, da sie an diesem zauberhaften Ort angekommen war, kam ihr erst der Gedanke, dass diese Geschichten gar keine Märchen waren, sondern Überlieferungen aus früheren Zeiten. Auch damals musste es schon Elfen gelungen sein, an diesen Ort zu gelangen und auch wieder nach Sajana zurückzukehren.

Das Boot steuerte auf eine Insel zu, die größer war als alle anderen. Die Fahrt verlangsamte sich und Minsaj sagte:

„Wir sind gleich an unserem Ziel angekommen. Jasmira erwartet dich schon, Prinzessin Aela."

Kapitel 10

Das Bild des Glücks

Während sich das Boot näherte, hörte Aela wieder leise Musik. Es waren dieselben Klänge, wie sie die Prinzessin schon auf dem Freudenfluss vernommen hatte. Das Elfenboot schien der Melodie zu folgen, als ob es durch die Töne geleitet würde. Am Ufer der Insel erkannte Aela einige Elfen, die auf Instrumenten spielten, die sie nicht kannte. Zwei von ihnen hatten lange Flöten, deren vorderes Ende aussah wie eine Muschel, drei andere spielten auf Streichinstrumenten, die großen Blütenkelchen ähnelten. Zehn weitere See-Elfen sangen, doch waren keine Worte zu hören, sondern nur gleichförmig schwebende Töne.

Die Instrumente der See-Elfen

Der Blick der Prinzessin schweifte am Ufer entlang. Diese Insel war deutlich größer als alle anderen, die sie gesehen hatte. An den Hügeln, welche vom Ufer aus nach oben anstiegen, sah Aela kleine Bäche und Wasserfälle, die direkt in die Seen stürzten. Gruppen großer Bäume wechselten sich ab mit niedrigem Gehölz und kleinen sonnendurchfluteten Lichtungen. Dazwischen sah man gelegentlich zierliche Bauwerke, die allesamt aus großen Blütenblättern, fein geschnitztem Holz und Graswänden bestanden.

„Seht, dort ist der Steg, an dem wir anlegen", sagte Minsaj und deutete nach vorne. Eine aus fein geschwungenen Holzstäben errichtete Brücke erstreckte sich ins Wasser.

„Diese Insel heißt *Wasserschloss* und ich bin hier zuhause", fügte sie noch hinzu, denn sie sah die fragenden und staunenden Augen Aelas.

Kurze Zeit später legten die Elfen an dem Steg an. Fünf kleine Elfenjungen kamen gelaufen, um den Ankömmlingen zu helfen. Einer davon gab Aela höflich die Hand und half ihr an Land.

Die Prinzessin schritt den Steg entlang bis ans Ufer der Insel. Der Boden war mit feinem Gras bewachsen und fühlte sich so weich an, dass Aela ihre Schritte kaum spürte.

‚Hier zu laufen ist fast wie fliegen', dachte sie. Alles an diesem Ort schien ihr so unbeschwert und leicht. Minsaj trat an ihre Seite.

„Gefällt es dir bei uns?", fragte sie mit einem sanften Lächeln.

„Es ist wundervoll!", schwärmte Aela. „Ich habe noch niemals zuvor einen schöneren Ort als diesen gesehen."

„Dann komm mit. Es gibt noch viel mehr zu entdecken. Nimm dein Pferd an den Zügeln und wir gehen dorthin, wo ich lebe", sagte Minsaj erfreut.

Die Elfen und ihre Tiere gingen weiter. Aela war immer wieder aufs Neue fasziniert von dem, was sich ihr darbot. Sie kamen an einem uralten Baum mit knorriger Rinde vorbei. In den Blättern saßen große, bunt gefiederte Vögel und sangen. Als die Elfen vorbeiliefen, verstummten sie für einen Augenblick.

Schmale Bäche, die sich über flachgewaschene Steine hangabwärts schlängelten, plätscherten so fröhlich, dass man gleich mitlachen musste. Besonders beeindruckt war Aela jedoch von den riesigen Blütenkelchen, die wie gewaltige Schirme über den Wiesen standen und Schatten spendeten. Unter ihnen fanden gleich mehrere Elfen Platz und die Riesenblüten verströmten einen lieblichen Duft.

Auf einer kleinen Anhöhe hatten die Elfen einen zauberhaften Blick über die ganze Insel. Aela sah, dass die Landschaft zur Mitte der Insel hin wie in einen mit viel Grün bewachsenen, erloschenen Vulkankrater abfiel. Im Zentrum dieser nahezu kreisförmigen Ebene, erblickte sie ein großes, transparent und zauberhaft anmutendes Gebäude.
„Was du siehst, ist das Wasserschloss, nach dem die Insel benannt ist", sagte Minsaj, denn sie konnte erahnen, welche Gedanken Aela durch den Kopf gingen. „Dort wohne ich zusammen mit Jasmira und einigen anderen See-Elfen. Die Wände des Schlosses sind allesamt kleine Wasserfälle, nur der Boden ist fest und mit Gras bewachsen."
„Wie kann man darin wohnen?", wollte Yuro wissen. Auch er war das erste Mal auf dieser Insel und staunte ebenso wie die Prinzessin. „Es muss doch alles nass werden."
„Wie ihr bei eurer Ankunft schon gemerkt habt, wird hier nichts wirklich nass. Das Wasser perlt ab, sobald es einen berührt und es fließt ruhiger als ein kleiner Seevogel singt. Aber nun lasst uns hineingehen. Ihr habt sicher Hunger und möchtet euch ausruhen."

Kurz darauf waren die Elfen mit ihren Tieren am Wasserschloss angekommen und staunten über die Größe und Gestalt des Gebäudes, aber auch über die Ruhe, die hier trotz des fließenden Wassers herrschte.
„Wo hat das Schloss seine Eingangspforte?", wollte Yuro wissen und blickte ehrfürchtig an den mächtigen Wasserwänden empor.
„Das Schloss hat keine Pforten, wie ihr sie kennt", erklärte Minsaj. „Man kann einfach durch die fließenden Wände ins Innere gehen. Kommt mit."
Sie schritt voran und ging durch das Wasser hindurch.

Die anderen folgten ihr und Aela war überrascht, wie sanft und weich das Wasser auf Haare und Schultern fiel, um dann im nächsten Moment gleich wieder abzuperlen.

Das Innere des Palastes glich einem wundervollen Garten mit zauberhaften bunten Blüten, Farnen, Stauden und kleinen Bäumen. Erst beim zweiten Hinsehen erkannte man, dass diese Pflanzen alle eine Funktion hatten. Große Blüten dienten als Schalen oder Trinkgefäße, flach gewachsene Sträucher sahen aus wie Tische und die kräftigen Blätter eines Farns dienten als Liegefläche. Jeder Raum, in den sie kamen, war in einer anderen Blütenfarbe gestaltet, nur das Grün der Blätter war überall gleich.

Minsaj führte die Tiere in einen extra für sie vorbereiteten Raum. Sogleich eilten drei Elfenmädchen herbei und versorgten Leandras Pony, Aelas Pferd und Yuros Wolf. Aela und ihre Freunde gingen weiter über eine weiche Wiesentreppe, hinauf zum zentralen Raum des Schlosses.
„Ich möchte dir nun Jasmira vorstellen", sagte Minsaj zu Aela und die Prinzessin folgte ihr.

Im Inneren des Raumes, der deutlich größer und prächtiger als alle anderen war, erwartete sie eine kleine Elfe. Sie saß bequem in einer großen Seerosenblüte und flocht an einem Blütenkranz. Leandra war vorneweg gegangen und als die Elfe in dem Seerosenblatt die Schritte hörte, blickte sie auf.
„Meine liebe Leandra", sagte sie dann. „Ich freue mich sehr, dich zu sehen. Es ist schon lange her, als wir uns das letzte Mal begegnet sind."
„Das ist wahr – viel zu lange!", freute sich auch das Elfenmädchen. „Sei herzlich gegrüßt, Jasmira, Herrin des Wasserschlosses."
Sie deutete einen leichten Knicks an. Dann stellte sie Yuro, den Wolfsjungen und Aela, die Elfenprinzessin vor. Minsaj nahm neben Jasmira Platz und bat die anderen, es sich ebenfalls bequem zu machen. Zwei schlanke, groß gewachsene Elfenmädchen kamen herbei und brachten etwas zu essen und zu trinken.
Jasmira sah man nicht auf den ersten Blick an, dass sie die Herrin

des Wasserschlosses war. Wie Minsaj war auch sie sehr hübsch und man konnte ihr Alter schwer einschätzen. Ihre Haare schimmerten kupferrot und ihr kurzes Kleid, sowie die feinen Flügel strahlten in einem zarten Violett. Sie hatte ganz kleine Hände mit feinen Fingern und auch ihre Füße schienen die eines jungen Elfenmädchens zu sein. Alle fingen an zu plaudern, erzählten über dieses und jenes und lachten viel. Es war ein so unbeschwertes Leben hier im Seenland, dass sich Aela gar nicht vorstellen konnte, wieder von hier fortzugehen.

Die Zeit verging und irgendwann fiel der Prinzessin auf, dass die Sonne immer noch am Himmel stand, ebenso wie die blassen Monde. „Ist es nicht schon lange Abend und müsste es nicht dunkel werden?", fragte sie ganz beiläufig. „Mir scheint, es ist immer noch Tag." „Hier wird es niemals dunkel", entgegnete Minsaj.
„Wir schlafen, wenn wir müde sind und wachen auf, wann es uns gefällt", bestätigte Jasmira. „Hier herrscht eine andere Natur als die Sajanas. Wir sind Teil von ihr und gleichzeitig auch die Gebieter über Tag und Nacht, Sonne und Mond, sowie Regen und Sonnenschein."

Das erste Mal, seit Aela diesen Ort entdeckt hatte, fühlte sie etwas Fremdes in sich. Bei aller Schönheit des Landes, konnte sie es sich nicht vorstellen, ohne Sonnenaufgang und Sonnenuntergang zu leben. Ebenso liebte sie hin und wieder einen kräftigen Wind oder einen Gewittersturm. Sie spürte, wie ein klein wenig Heimweh nach dem Haus Sonnenschein und ihren Freunden in ihrem Herzen wuchs. Jasmira blickte sie eindringlich an.
„Ich glaube, ich weiß, was du empfindest", sagte sie zu Aela. „Die Frage nach dem Schicksal Sajanas und deines Königreiches lastet auf dir. Deshalb haben wir dich mit Leandras Hilfe zu uns gerufen, denn dein Schicksal ist auch unseres." Aela schaute Jasmira ungläubig an.
„Wie kann es sein, dass euer Schicksal mit dem meinen verbunden ist?", fragte sie. „Ihr lebt abseits des wahren Lebens Sajanas. Nichts kann euch hier stören und keine Gefahr droht."
„Du täuschst dich, Aela", widersprach Jasmira seufzend. „Auch wir

sind Elfen und unser Glück hängt davon ab, was in Sajana geschieht. Ihr seid über den Freudenfluss zu uns gekommen und sein Wasser ist das, was unser Land mit Leben füllt. Wir sind das Land der Freude und der Schönheit, doch wir existieren nur so lange, wie die Elfen Sajanas glücklich sind. Auch wir hatten schon bessere Zeiten, doch von dem Moment an, als dein Vater starb, begann bei uns der Niedergang. Komm mit, ich möchte dir etwas zeigen."

Die Elfen standen auf und Jasmira führte sie zum obersten Aussichtspunkt des Schlosses. Es war nur eine kleine Fläche und der Boden war sandig. Nur ganz wenig Wasser sickerte an den Seitenwänden hinab zu den unteren Räumen des Palastes.

„Auch hier war einmal alles grün", erzählte Jasmira. „Doch je größer die Trauer in Sajana wurde, umso mehr starben die Pflanzen und das Wasser trocknete langsam aus. Es ist nur ein kleiner Fleck hier im Palast, doch weit draußen im Seenland gibt es schon große sandige Flächen. Dort ist das goldene Wasser zurückgegangen und die Wüste ergreift Besitz von uns. An dem Tag, an dem Sajana in Trauer versinkt und das Böse die Macht ergreift, geht es auch mit dem unendlichen Seenland zu Ende. Dann wird dieser wunderbare Ort Vergangenheit sein."

Betroffen schaute Aela zu Boden. Zwar wusste sie, dass sie nichts dafür konnte, wie sich die Dinge verändert hatten, doch wollte sie unbedingt helfen.

„Was kann ich nur tun?", fragte sie mit zögernder Stimme. „Ich möchte nicht, dass das Seenland zugrunde geht, ebenso wenig wie ich möchte, dass mein Land in Trauer versinkt."

Jasmira seufzte.

„Wir wissen, dass du stark bist, Baromons Tochter", meinte sie. „Deshalb haben wir Leandra gebeten, dich zu holen. Der Weg, den du gegangen bist, war kein leichter, aber wir werden dir von nun an helfen, wo immer es geht."

„Komm mit, wir möchten dir noch etwas zeigen", fügte Minsaj hinzu. „Dann wirst du vielleicht erkennen, was in deiner Macht steht."

Die Elfen gingen nun wieder hinab, vorbei an dem Raum, in dem sie gesessen und gelacht hatten, bis tief hinunter in den Keller. Auch hier zeigte das Schloss seine ganze Schönheit, wenngleich die Farben nicht mehr so kräftig und das Wasser nicht ganz so kristallklar waren.

Sie betraten einen Raum, der wie eine Grotte aussah. Vom Boden her schimmerte ein kleiner Teich in dunklem Türkis. Auch die Wände leuchteten in einem Blauton, der sich mit dem Grün der bewachsenen Decke zu zauberhaften Farbspielen zusammenfand. Am hinteren Ende der Grotte, direkt über dem Wasser, befand sich eine große runde Steintafel. Sie schwebte über dem Teich, als ob sie von unsichtbarer Zauberhand gehalten würde. Auf ihr erkannte Aela Symbole und Bilder, die von unzähligen kleinen Mosaiksteinchen dargestellt wurden. Jedes der Steinchen leuchtete in einem anderen Blau und je nachdem, wie das schwache Licht vom Wasser auf das Mosaik gespiegelt wurde, kamen neue Bilder und Symbole zum Vorschein.

„Das, was du hier siehst, ist der größte Schatz des Seenlandes, denn diese Tafel ist sehr alt. Wir Elfen im Seenland nennen sie *das Bild des Glücks*", meinte Jasmira zu Aela gewandt. „Manche nennen diese Tafel aber auch *Bild der Wahrheit*, denn sie ist das Gegenstück zur Stimme der Wahrheit in eurem Land. Schau genau hin, denn das Mosaik zeigt dir alles, was du wissen möchtest."

Sie nahm Aela bei der Hand und auch ihre Freunde nahmen sich bei der Hand und bildeten einen Kreis. Jasmira selbst schloss die Augen, bat Aela und ihre Freunde jedoch nun ganz genau hinzusehen.

Aela, Yuro und Leandra taten, was ihnen gesagt wurde und sahen, wie das Mosaikbild auf der Tafel anfing, eine Geschichte zu erzählen.

Es war die Geschichte Sajanas. Die Bilder zeigten mächtige Drachen und karge Vulkanlandschaften in einer Zeit, die unendlich lange zurückzuliegen schien. Die Feuerwesen herrschten über das junge Reich und brennendes Vulkangestein formte Berg und Tal. Die großen Drachen im Norden des Landes lebten in einfachen Berghöhlen. Die kleineren Drachen hingegen

lebten im Süden unter freiem Himmel, auf sanften Anhöhen und in kleinen Tälern. Hier wuchsen auch schon bald die ersten Pflanzen, denn es war wärmer als im eisigen Norden.

Die Mosaikbilder hielten für einen Moment inne, sich zu wandeln, und Aela glaubte schon, das Schauspiel sei vorbei. Dann sah man jedoch neue Bilder in rascher Abfolge, die zeigten, wie Sajana sich veränderte:

Zauberhafte Pflanzen wuchsen und klare Bäche zogen sich durch die Täler. Die ersten Elfen, Einhörner und Fabelwesen siedelten sich an. Elfenhäuser aus feinem Blattwerk und Blüten entstanden im Süden, ebenso wie einfache Steinbauten im Norden. Könige und Königinnen wurden gewählt und regierten über ihre Völker. Elfenfürsten standen ihnen zur Seite. Kinder spielten und lachten.

Die Bilder verlangsamten sich und zeigten nun einen besonderen Tag in der Geschichte Sajanas.

Die Elfenkönige und Fürsten des ganzen Landes kamen zusammen. Sie brachten wertvolle Schriftrollen mit wundervollen Bildern mit. Es wurde gelesen, studiert

und philosophiert. Die Stammesältesten fügten alle
Texte und Zeichnungen in der heiligen Dreivollmondnacht,
dem größten Festtag aller Elfen, zu einem Buch zusammen
und weihten das Buch mit flüssigem Elfensilber.

Immer wieder blitzten auf dem Mosaik Bilder aus dem Seenland auf.

*Man sah grüne Inseln, goldenes Wasser und fröhliche
Elfen, die mit ihren Einhörnern spielten.*

Die Bilder der Mosaiktafel wurden nun dunkler und die Farben leuchteten nicht mehr so stark. Ein weiterer Tag in der Geschichte Sajanas wurde sichtbar.

*Die Herrscher des Nordens Sajanas schlossen den
Pakt mit den Drachen. Sie trafen sich in einer prächtigen
Palasthalle, am Fuße der höchsten Bergmassive des Nordens,
um mit den Feuerwesen ein Bündnis einzugehen,
welches Glück und Wohlstand bringen sollte.*

*Doch was folgte war der Verrat an den Drachen.
Der Pakt wurde von den Elfen gebrochen und die
Feuerwesen aus den Tälern vertrieben. Trauer, Leid und
Tod überzogen das Land... Drachen mussten sich ins ewige Eis
der hohen Berge zurückziehen. Manche flohen aus
dem Norden. Neid und Missgunst herrschte fortan
unter den Völkern, erste Nebelschwaden kamen
auf und die Bäche schwollen an.*

Das Bild wurde nun noch dunkler und nur mit Mühe erkannten Aela, Yuro und Leandra noch, was dann folgte.

*Man sah die Entführung der kleinen Sarah aus Baromons Palast
und den tragischen Tod Urianas – ihr Scheitern im*

Streben nach Macht. Es folgte Sarahs Flucht aus dem Zinnenpalast des Nordens und Aelas Suche nach ihrer Schwester, gemeinsam mit Sinia, Fee und Falomon. Ein besonders finsteres Bild zeigte den Verrat an Norah am unterirdischen Lavafluss durch ihre Gefährten Ilaria und Torak.

Es folgte Norahs gefährlicher Irrweg zurück zum Zinnenpalast. Und immer wieder schien ein Hauch an schwarzen Drachen, finsteren Trollen und bösem Zauber die Bilder zu überschatten.

Dann kehrten die Farben wieder in das Mosaik zurück. Einfache Bilder ohne erkennbare Inhalte waren zu sehen und Aela wollte sich gerade Jasmira zuwenden, als sich wieder ein neues Bild zeigte – schöner und strahlender als alle anderen zuvor.

Unzählige Elfen standen am Fuße eines Berges. Einhörner waren prächtig geschmückt. Kleine und große Drachen flogen am Himmel und das Licht ihres Feuer tauchte die Landschaft in ein feierliches Rot. Zwei Elfen standen auf einer kleinen Hochebene des Berges und hielten sich bei der Hand. Die eine war hell, die andere dunkel. Zwei uralte Elfen reckten ihre Stäbe zum Himmel und ein Blitz fuhr herab.

Dies war das Letzte, was Aela noch erkannte. Dann verloren sich die Bilder wieder wie zu Anfang in einfache Farbspiele, Symbole und Zeichen. Die Prinzessin wartete noch einen Moment, doch dieses Mal schien das Schauspiel tatsächlich zu Ende zu sein.
Alle schwiegen und versuchten das Gesehene zu begreifen. Jasmira hatte die ganze Zeit die Augen geschlossen gehalten und öffnete sie nun langsam wieder. Die Herrin des Wasserschlosses schien aus einer fernen Welt zurückzukehren.

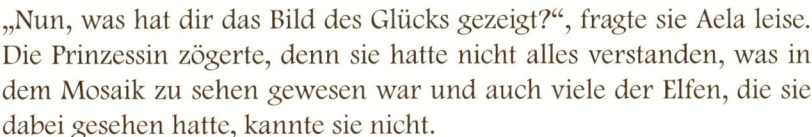

„Nun, was hat dir das Bild des Glücks gezeigt?", fragte sie Aela leise. Die Prinzessin zögerte, denn sie hatte nicht alles verstanden, was in dem Mosaik zu sehen gewesen war und auch viele der Elfen, die sie dabei gesehen hatte, kannte sie nicht.

Welche Bedeutung hatte nur dieses schöne Bild am Ende und weshalb wurde es durch den Blitz unterbrochen? War diese Botschaft am Ende des Schauspiels das Bild des Glücks? Und wer waren die beiden Elfen, die sich an der Hand hielten? Die Ereignisse, welche zum Bruch des Paktes mit den Drachen führten, kannte sie nur aus Sagen und Legenden. Nun hatte sie die wahren Begebenheiten gesehen.

„Ich glaube, ich muss noch ein wenig darüber nachdenken", meinte sie leise. Besonders die Bilder von Sarahs Entführung hatten sie sehr bewegt und das Sprechen fiel der Prinzessin schwer. Die Elfen des Nordens waren ihr fremd, denn noch nie hatte sie vor der Rettung Sarahs am Drachenfels den Nebel überwunden, der den Süden vom Norden trennte.

„Gut, nimm dir Zeit", sagte Jasmira und nahm Aelas Hand. Leandra, Yuro und Minsaj waren einige Schritte zurückgetreten, denn sie spürten, dass dies ein ganz besonderer Moment für das Schicksal Sajanas war. Aela musste ihre Schlüsse aus dem Gesehenen ziehen und danach handeln und die Blumenelfe und der Wolfsreiter wollten sie auf keinen Fall in ihr Entscheidung beeinflussen.

„Wenn du das Schloss verlässt, dann siehst du ganz in der Nähe drei große Blütenschirme", fuhr Jasmira fort. „Dort weiden unsere Einhörner, denn unter den Blütenschirmen ist das Gras am saftigsten. Gehe dorthin und denke in Ruhe über das Gesehene nach. Wenn du dann einen klaren Gedanken gefasst hast, schicke ein Einhorn nach mir. Ich werde zu dir kommen."

Aela nickte und alle gingen langsam wieder nach oben.

Kapitel 11

Abschied aus dem Seenland

Aela saß im Schatten eines wunderschönen roten Blütenschirms und beobachtete die Einhornfamilien, die hier grasten und spielten. In einiger Entfernung liefen Yuro und Leandra über die Wiese und machten Späße. Die Prinzessin lächelte, denn manchmal benahmen sich die beiden noch wie Kinder.
Vielleicht war der Grund, weshalb sie sich ihr kindliches Gemüt noch bewahrt hatten, darin zu suchen, dass sie ohne ihre Eltern aufgewachsen waren. Gleichzeitig spürte Aela beim Anblick der Ausgelassenheit einen leichten Schmerz in ihrer Brust, denn ihre erste Begegnung mit Falomon kam ihr wieder in den Sinn. Was nur aus ihm, Sarah, Sinia und Fee seit der Trennung an der Insel der Stille geworden war?

Aela spürte, wie ihre Gedanken langsam klarer wurden und sich alles zu einem Gesamtbild zusammenfügte. Sie glaubte inzwischen fest daran, dass sie eine der beiden Elfen im Bild des Glücks gewesen war, auch wenn das Bild ihr nicht gezeigt hatte, um wen es sich bei der dunklen Elfe an ihrer Seite gehandelt hatte. Es musste jedoch zweifellos eine Bergelfe sein, denn dunkle Haare und Flügel, sowie schwarze Gewänder kannte man im Sommerland nicht.
Aela vermutete, dass der Verrat an den Drachen der Grund für den Niedergang des Elfenreiches war. Große Herrscher, wie auch König Baromon, starben im Laufe der Jahre und das Land versank durch

Neid, Missgunst und Verrat im undurchdringlichen Nebel. Die Drachen hatten sich längst zurückgezogen. Viele von ihnen waren ganz aus Sajana verschwunden. In den Wäldern, wo früher Fabeltiere zuhause gewesen waren, trieben nun Elfengeister und Dämonen ihr Unwesen.

Das Bild des Glücks

Die Prinzessin spürte mehr und mehr, was ihr Schicksal war: Sie musste die dunkle Elfe finden, welche ihr im Bild des Glücks zur Seite gestanden hatte. Diese schöne Vorahnung eines Tages voller Harmonie und Liebe, war wohl der Schlüssel zum Glück für das ganze Land,

auch wenn Aela mit Sorge an den Blitz dachte, der das Bild am Ende gestört hatte. Aber wie sollte Aela die Bergelfe nur finden?
‚Bergelfen leben im Norden des Landes', dachte die Prinzessin. ‚Aber den Weg dorthin kenne ich nicht. Möglicherweise beherrscht noch der undurchdringliche Nebel weite Landstriche Sajanas. Was soll ich nur tun?'
Diese Fragen gingen ihr nicht mehr aus dem Sinn, denn das Gesicht der dunklen Elfe hatte sie nicht gesehen. Sie dachte eine ganze Weile darüber nach, kam jedoch zu keinem Schluss.

Aela lief zu einem der grasenden Einhörner, ein weißes schlankes Fabeltier mit langem spitzem Horn, und flüsterte ihm ins Ohr:
„Lauf zu Jasmira und hol sie herbei. Ich möchte mit ihr reden."
Das Einhorn bäumte sich auf, so dass die Prinzessin einen Schritt zurückwich und galoppierte dann schnell wie der Wind zum Schloss. Es zögerte auch nicht an den Wasserfallwänden des Palastes, sondern lief durch sie hindurch ins Innere.
Aela wartete nur wenige Augenblicke, dann sah sie das Einhorn mit Jasmira auf dem Rücken zurückkehren. Minsaj flog den beiden hinterher, doch flog sie nicht zu Aela, sondern zu Leandra und Yuro.

Jasmira stieg von dem Einhorn, lächelte und setzte sich neben Aela ins Gras. Sie nahm liebevoll die linke Hand der Prinzessin in ihre rechte Hand.
„Nun, hast du dich entschieden, was du tun möchtest?", fragte sie leise und eine angenehme Wärme ging von ihrer Hand und ihrer Stimme aus.
„Ja", antwortete die Prinzessin. „Ich mache mich auf die Suche nach der zweiten Elfe auf der Hochebene, die ich im letzten Bild des Glücks gesehen habe, auch wenn ich nicht weiß, wie ich sie finden soll. Die helle Elfe bin sicher ich und mein Herz sagt mir, dass ich die dunkle Elfe finden muss, um meinen Weg zu Ende zu gehen."
Jasmira nickte kaum sichtbar mit dem Kopf und strich sich eine Locke aus der Stirn.

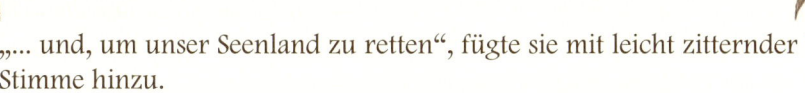

„... und, um unser Seenland zu retten", fügte sie mit leicht zitternder Stimme hinzu.

Aela erschrak bei diesen Worten, denn sie spürte, wie sehr Jasmira darum bemüht war, die Fassung zu bewahren. Offensichtlich war das Seenland durch die Dürre und die Wüste schon viel mehr bedroht, als sie vermutete.

„Was geschieht, wenn das Seenland vergeht?", fragte sie vorsichtig.

Jasmira hob ihren Kopf und blickte der Prinzessin tief in die Augen.

„Dann wird alles vergehen und zu Nichts werden", sagte sie leise. Eine kleine Träne lief ihr über die Wange. Sie wischte sie schnell mit der linken Hand ab und lächelte wieder.

„Aber ich weiß, dass du uns helfen kannst", meinte sie dann und schaute Aela wieder voller Vertrauen und Zuversicht an.

Aela musste schlucken.

Das ganze Schicksal Sajanas und des Seenlandes konnte doch unmöglich alleine in ihren Händen liegen.

„Kannst du mich nicht begleiten?", fragte sie deshalb unsicher. „Mit dir an meiner Seite würde ich mich viel stärker fühlen."

„Leider nein", erwiderte Jasmira wehmütig. „Wir Elfen im Seenland können nicht in die wahre Welt Sajanas reisen. Der Weg ist uns verschlossen. Aber mit Leandra und Yuro hast du zwei mutige Gefährten an deiner Seite."

Die Prinzessin blickte zu den beiden hinüber und sah, wie sie mit Minsaj scherzten und lachten. Sie seufzte tief und wünschte sich, dass auch Sarah, Sinia, Fee und Falomon an ihrer Seite wären. Doch ihre Freunde und ihre Schwestern konnte sie nicht herbeirufen.

Eine ganze Weile saßen Aela und Jasmira noch Seite an Seite auf der Wiese und schwiegen. Als würden die Einhörner etwas von den Gefühlen der beiden Elfen spüren, hatten auch sie sich zu den beiden ins Gras gelegt. Dann stand Aela ganz langsam auf, geradeso, als ob eine große Last sie am Boden hielt.

„Jasmira, bitte zeig mir den Weg zurück nach Sajana", sagte sie dann.

„Ich denke, ich sollte aufbrechen, auch wenn ich nicht weiß, wohin

Seefrüchte und Wasserblüten

ich gehen soll." Jasmira nickte, stand nun ebenfalls auf und erwiderte: "Gut, alles soll nach deinen Wünschen geschehen. Minsaj hat euch schon etwas zu essen für die Reise eingepackt und die Tiere sind ausgeruht. Dein Besuch hier im Seenland war leider viel zu kurz, aber eines Tages wirst du zurückkehren und wir werden dich mit großer Freude erwarten."

Sie nahm Aela in die Arme und die Prinzessin spürte, wie es ihr leichter ums Herz wurde, als ob ihr Jasmira einen Teil ihrer Last abnehmen würde.

Schon kurze Zeit später waren alle zur Abreise bereit. Aelas Pferd, Leandras Pony und Yuros Wolf standen frisch und sauber geputzt vor den Dreien und wedelten ungeduldig mit Schweif und Schwanz. Minsaj gab den Elfen kleine Beutel, welche aus feinen aber sehr festen Lianen geflochten waren und meinte:

"Ich habe euch Seefrüchte und Wasserblüten eingepackt. Sie schmecken gut und nur wenige davon reichen für den ganzen Tag. Dadurch werdet ihr nie Hunger leiden, egal wo ihr gerade seid."

Aela, Leandra und Yuro bedankten sich herzlich. Dann stiegen sie auf ihre Reittiere. Auch Jasmira und Minsaj nahmen ihre Einhörner und ritten langsam los. Schnell entfernten sie sich vom Wasserschloss.

Leandra schwieg und schaute sehr ernst. Auch Yuro schien bedrückt. Aela schaute Jasmira fragend an, denn sie spürte, dass etwas nicht stimmte.

„Der Weg zurück nach Sajana ist leider nicht so einfach zu finden wie der Weg hierher, denn keine Elfenmusik wird euch leiten", erklärte die Herrin des Wasserschlosses. „Leandra hat mir oftmals von ihrer Rückkehr nach Sajana erzählt." Aela sah die Blumenelfe an, doch diese blickte nur zu Boden.

„Doch du wirst den Weg bestimmt meistern", gab sich Jasmira zuversichtlich, auch wenn Aela merkte, wie ihre Stimme dabei zitterte. „Leider kann ich dir nicht mehr darüber erzählen, denn jeder Reisende muss seinen eigenen Weg finden."

Die Gruppe war inzwischen über die sanften Hügel jenseits der grünen Kraterebene geritten. Alle hingen ihren Gedanken nach und schwiegen. Nun lag das Ufer der Insel vor ihnen und schon wenig später kamen sie an den Ort, den Jasmira auserwählt hatte, um Abschied voneinander zu nehmen.

Der See lag immer noch flach und golden im Sonnenlicht. Am Horizont sah man die vielen kleinen Inseln, die sich aus dem feinen Nebel des Sees abhoben. Kleine bunte Falter, die in der Sonne glitzerten, umkreisten die Gruppe der Reiter und Aela staunte einmal mehr, wie unbegreiflich schön dieses Land war. Jasmira stieg von ihrem Einhorn und lief barfuß ein kleines Stückchen ins Wasser, nur so weit, dass ihre Füße von dem Goldwasser umspült wurden. Sie blickte sich zu Aela um und meinte eindringlich:

„Höre mir genau zu: Was auch immer geschieht,

komme niemals von deinem Weg ab, sonst bist du verloren. Verlasse dich nur auf dich selbst."

Dann schnitt sie mit einer kleinen silbernen Klinge einem der Einhörner eine Haarlocke vom Schweif, umschloss diese mit einem blutroten Blütenblatt und band die Blüte mit einem silbernen Band zusammen. Dann streckte sie den Arm nach vorne, sprach einige leise Worte und ließ die Blüte mit der Haarlocke ins Wasser fallen.

Feine kreisförmige Wellen bildeten sich an der Stelle, wo das Blütenpäckchen ins Wasser fiel. Dann hörte Aela ein leises Rauschen, welches aber schnell zu einem ohrenbetäubenden Gurgeln anschwoll. Die Prinzessin und ihre Freunde hielten sich die Ohren zu, denn der Lärm wurde bald unerträglich. Nur Jasmira schien von alledem unbeeindruckt und stand ganz ruhig am Ufer.

Das Wasser stieg nun vor den Elfen in die Höhe und Aela fürchtete, dass es über sie hereinbrechen würde. Aber nichts dergleichen geschah. Wie eine Wand türmten sich die Fluten vor den Freunden auf. Die Prinzessin blickte sich ängstlich um, sah aber, dass Yuro und Leandra ruhig auf ihren Tieren saßen und sich die Ohren zuhielten. Also versuchte auch Aela gelassen zu bleiben.

Die Wasserwand hatte inzwischen einen riesigen, zur Mitte hin offenen Strudel gebildet. Es schien so, als wolle der Strudel die Elfen einladen, durch ihn hindurchzureiten. Das Wasser brauste dazu immer schneller im Kreis.

Im ohrenbetäubenden Lärm glaubte Aela gurgelnde Worte zu hören, welche sie anflehten. Doch wo waren Jasmira, Minsaj und ihre Freunde Yuro und Leandra?

Aela kniff die Augen zusammen.

Sie konnte kaum mehr etwas erkennen, denn die Luft war inzwischen mit feinem Wassernebel angefüllt. Nur in der Mitte des Strudels schien es noch etwas ruhiger zu sein.

Die Prinzessin verstand schnell, dass dies der Weg war, den sie einschlagen musste. Gerne hätte sie dabei ihre Freunde an ihrer Seite gehabt, aber der Nebel verhüllte sie.

Sie fasste ihren ganzen Mut und gab ihrem Pferd den Befehl loszureiten. Sie spürte, wie auch das brave Tier Angst hatte, doch gehorchte es ohne größeren Widerstand und lief geradewegs in den Wasserstrudel.

Aela beugte sich tief über den Hals des Pferdes und erwartete, dass nun das Wasser über ihr zusammenbrechen und sie in den Strudel gerissen würde. Aber nichts dergleichen geschah.
Im Inneren des Strudels war es seltsam still und Aela konnte hineinreiten, wie in einen gläsernen Tunnel. Sie erkannte ihr eigenes Spiegelbild an den gebogenen Wasserwänden und sah, wie sie ängstlich auf ihrem Pferd saß. Sie versuchte, neuen Mut zu fassen.
„Wenn das alles ist, was mich erwartet, dann hab ich mir umsonst Sorgen gemacht", sprach sie tapfer zu sich selbst und wunderte sich ein wenig über Jasmiras Worte und das Schweigen ihrer Freunde. Da hörte sie plötzlich eine Stimme, die zu ihr sprach:
„Aela, da bist du endlich! Wie freue ich mich, dich wiederzusehen!"
Aelas Kopf fuhr herum, denn es war die Stimme ihrer Schwester Sinia, die zu ihr sprach. Tatsächlich stand sie fast neben ihr.
„Sinia!", rief Aela erfreut und verwundert zugleich. „Wie kommst du an diesen Ort fernab vom Sommerland?"
Nun traten auch Sarah, Fee und Falomon hinzu und lächelten. Falomon streckte Aela die Hand entgegen und meinte warmherzig:
„Komm Prinzessin, komm zu uns. Dein ganzes Volk freut sich auf dich und dir zu Ehren ist eine großes Fest geplant."
Die Prinzessin hielt inne. Sie sah, wie ihre Freunde die Arme ausbreiteten, um sie willkommen zu heißen. Schon wollte sie mit ihrem Pferd einlenken, als ihr Jasmiras Worte wieder in den Sinn kamen:

Was auch immer geschieht, komme niemals
von deinem Weg ab. Sonst bist du verloren.

„Aber... aber... was hat euch hierher geführt?", fragte sie deshalb unsicher. „Ich bin auf dem Weg zurück aus dem Seenland und ihr müsstet eigentlich im Sommerland sein."

Ihre Freunde lächelten nur weiter und gaben Aela Zeichen, den Weg zu verlassen, um zu ihnen zu kommen. Die Prinzessin wurde misstrauisch, denn das Verhalten der vier Elfen kam ihr mit einem Mal sonderbar vor. „Nein, so schwer es mir auch fällt, ich kann leider nicht zu euch kommen. Mein Weg führt zurück nach Sajana. Das Sommerland ist noch fern. Aber wir sehen uns wieder, wann immer das auch sein wird", sagte sie deshalb schweren Herzens. Da verzogen sich die Gesichter ihrer Freunde zu Fratzen und die Bilder fingen an, sich im Wasser aufzulösen. Alles verschwamm und verschwand.

Die Fratzen im Wasserstrudel

Bald darauf stürzten schwarze kleine Drachen aus der Ferne herbei, ähnlich jenem, der Aela verfolgt hatte. Nichts war mehr von Fee, Falomon und ihren Schwestern zu sehen, nur noch die bedrohlichen

Feuerwesen und schwarze Wolken, die sich allem bemächtigten. Aela ritt schneller voran, doch immer mehr Drachenungeheuer brachen von der Seite herein. Sie wollte ihr Pferd herumreißen und fliehen, doch wiederum fielen ihr Jasmiras Worte ein. Sie nahm kräftig die Zügel in die Hand, denn sie spürte, wie ihr Pferd vor Angst bebte. Es begann, sich ihren Befehlen zu widersetzen.

„Laufe geradeaus. Lass dich nicht beirren" flüsterte sie flehend ins Ohr. „Laufe immer weiter voran. Es wird uns nichts geschehen!" Tatsächlich schien das Tier nun wieder mutiger zu werden.

Schwarze Drachen, Elfengeister und Trolle kamen angeflogen oder liefen herbei, um Aela anzugreifen, doch die Prinzessin bemerkte, dass die Unholde sie nie wirklich erreichten. Immer im letzten Augenblick lösten sie sich im Wasser auf und machten neuen, noch widerlicheren Ungeheuern Platz.

Dann endlich ritt die Prinzessin ins Freie. Die Sterne des Nachthimmels leuchteten über ihr und ein weites Feld mit Wiesen, Bäumen und Sträuchern breitete sich vor ihren Augen aus.

In einiger Ferne, neben einem hohen dichten Baum, sah Aela einen Elfenmann. Seine Gestalt kam ihr irgendwie bekannt vor, aber aus dieser Entfernung konnte sie ihn noch nicht genau erkennen. Je näher sie kam, umso mehr ahnte sie jedoch, um wen es sich bei dem Elfenmann handelte.

„Da bist du ja endlich!", hörte sie bald eine wohlklingende Stimme rufen. Aela stiegen Tränen in die Augen.

„Vater!", rief sie schluchzend, als sie den Elfenmann erreicht hatte. „Wie kommst du an diesen Ort und weshalb bist du am Leben?"

„Dieser Ort ist Teil unseres Palastgartens", entgegnete Baromon lächelnd. „Erkennst du dein Zuhause nicht mehr? Und wie kommst du nur darauf, ich sei tot? Es war alles nur ein böser Traum, wie mir scheint. Dort hinten, neben den drei kleinen Sträuchern, steht mein Pferd. Lass uns gemeinsam nach Hause reiten."

„Aber, das Seenland... Die Entführung Sarahs... der Nebel... war das auch nur ein Traum?", fragte Aela verwirrt. Sie sah sich die

König Baromon

ganze Umgebung genauer an, die ihr nun mit einem Mal sehr vertraut vorkam. Baromon lächelte.
„Das Seenland gibt es nicht. Und Sarah geht es gut. Wahrscheinlich bist du auf dem Rücken deines Pferdes eingeschlafen", entgegnete er. „Vielleicht haben dir deine Träume einen Streich gespielt. Du hattest schon immer eine blühende Fantasie, mein Kind. Aber nun folge mir."
„Es war alles nur ein Traum", dachte Aela ungläubig. Oft schon hatte die Fantasie der Prinzessin einen Streich gespielt. Als Kind war sie sogar einmal stundenlang im Halbschlaf durch den Palastgarten geirrt, ehe ihr Vater sie friedlich unter einem Baum liegend gefunden hatte. Damals hatte sie ebenfalls von sagenhaften Abenteuern erzählt, die sie erlebt haben wollte, welche aber niemals geschehen waren.

‚Nichts ist passiert – das ist zu schön um wahr zu sein – und ich kann mit meinem Vater nach Hause reiten.' Sie schüttelte verwundert über sich selbst den Kopf und dachte weiter: ‚Wie intensiv und beängstigend dieser Traum gewesen war. Es fühlte sich wie ein halbes Leben an. Aber nun scheint es wohl vorbei zu sein.'

Ein tiefes Glücksgefühl stieg in Aela auf. Sie nahm die Zügel in die Hand und gab ihrem Pferd zu verstehen, Baromon zu folgen. Doch das sonst so gehorsame Tier blieb stehen und rührte sich nicht vom Fleck.

Aela versuchte es erneut, doch das Pferd sträubte sich mit aller Macht. „Willst du mir wohl gehorchen?", rief die Prinzessin verärgert. Doch ehe sie weiterreden konnte stieg es in die Höhe, so dass die Prinzessin fast abgeworfen wurde, und ritt in rasendem Galopp davon.

Aela fing sich schnell wieder. Nun sah sie, wie links, rechts und über ihr die Landschaft und der Himmel in sich zusammenbrachen und sich in gewaltige Flutwellen verwandelten. Das Wasser tobte wild und hatte bald schon die Hinterläufe des Pferdes erreicht. Aela begriff, dass sie erneut ein Trugbild gesehen hatte. Dieses Mal hatte sie ihm geglaubt und wäre verloren gewesen, wenn nicht ihr Pferd sie gerettet hätte. Sie umklammerte fest die Zügel des Tieres.

„Ich fürchte....", stammelte sie, „ich bin der Erscheinung meines Vaters erlegen... aber nun laufe wie der Wind... sonst verschlingen uns die Fluten!"

Das Tier preschte durch das tobende Wasser und Aela hatte immer mehr Mühe, sich festzuhalten. Im letzten Moment, als sich wieder eine gewaltige Welle hinter den beiden auftürmte und drohte, sie mitzureißen, sah Aela erneut einen Strudel, der sich zwischen den Fluten bildete. Ihr Pferd sprang hinein – nicht eine Sekunde zu früh, denn hinter den beiden stürzte das Wasser tobend und brausend in sich zusammen.

Es kehrte Ruhe ein. Das Pferd hatte wieder festen Boden unter den Hufen und die Prinzessin sah zu ihrer Verwunderung, wie das Wasser in einem kurzen Augenblick im Boden versickerte.

Sie atmete schwer und zitterte am ganzen Leib.

Da hörte sie erneut eine wohlbekannte Stimme. Es war die Stimme Leandras, die zu ihr rief:

„Da bist du ja endlich, Aela! Wir warten schon seit einer halbe Ewigkeit auf dich. Aber zum Glück bist du am Leben. Ich freue mich sehr, dich wiederzusehen!"

Aela blickte auf und tatsächlich standen vor ihr Leandra und Yuro. War es wieder ein Trugbild? Nein, dieses Mal war sich Aela sicher, dass es wirklich ihre Freunde waren, die vor ihr standen.

Kapitel 12

Tränentropfen

Menefeja und Tuoron, die beiden Wächterelfen am heiligen Berg Sajanas, saßen auf einer kunstvoll geschnitzten Holzbank, direkt vor ihrem Zuhause. Es dämmerte schon und die aufsteigenden Monde spendeten ein wenig Licht.
Den uralten Elfen gegenüber saß Norah, die Fürstin des Nordens und fragte sich, auf welch wundersame Weise sie an diesen Ort gekommen war. Sie erinnerte sich daran, wie ihr die beiden Wächterelfen in den Hallen unter dem Zinnenpalast erschienen waren, wie sich der Raum als sagenhafter unterirdischer Palast entpuppt hatte und wie sie schließlich in ein Meer aus Farben eingetaucht war. Auch ihr sonderbarer Traum mit den Steinfiguren, den schwarzen Bienen und dem *Feuer der Macht* kam ihr wieder in den Sinn.

Nun saß sie am Berg der Wahrheit. Das sah die Fürstin sofort, denn alle Elfen Sajanas kannten diesen besonderen Ort aus Erzählungen und Zeichnungen.

Das Haus der Wächterelfen war schlicht und aus wenigen großen Steinen, sowie Riesenblütenblättern gebaut. Hier lebten die beiden schon seit langer Zeit und eigentlich war es allen Bewohnern Sajanas verboten, ohne Menefejas und Tuorons Erlaubnis, hierher vorzudringen. Menefeja lächelte. Sie ahnte Norahs Gedanken und meinte:

Das Haus der Wächterelfen

„Wundere dich nicht. Du selbst hast dich an diesen Ort gebracht. Dein Handeln, deine Gedanken – wir haben sie in der Ahnenhalle geprüft und dein Herz hat sich als rein erwiesen. Sonst wärst du in den Tiefen deines Traumes versunken und wohl niemals mehr zurückgekehrt. So haben dich das Licht und die Farben, die in deiner Seele erblühen, an diesen Ort gebracht."

Ein reines Herz.

Das hörte sich für Norah immer noch unbegreiflich an, denn es waren nur wenige Tage vergangen, seit sie die Finsternis und das Böse in sich erkannt und für immer verbannt hatte. Schnell griff sie in die Tasche ihres Rockes und fühlte dort den Flaum der kleinen Feder.
Ja, ihr Herz war nun rein.
Allerdings lasteten die Angst vor der Zukunft und die Ungewissheit über das Schicksal ihrer Heimat schwer auf ihr.
„Mag sein, dass meine Gedanken nun frei von finsteren Plänen sind und mein Herz erlöst ist", fing sie leise an zu sprechen, „aber dennoch bin ich verloren und von zuhause verstoßen. Die Drachen herrschen jetzt über mein Land." Sie seufzte tief.

Tuoron hatte bisher geschwiegen. Nun sah er auf und blickte Norah in ihre dunklen traurigen Augen.

„Dein Weg ist noch lange nicht zu Ende", sagte er mit tiefer Stimme. „Er hat erst begonnen. Folge uns, denn wir sind deine Begleiter. Die Stimme selbst erwartet dich am heiligen Berg der Wahrheit."
Norah zuckte zusammen.

Die Stimme der Wahrheit erwartete sie? Davon sprach Tuoron zweifellos in diesem Augenblick. Dies war die größte Ehre, die einer Elfe Sajanas zuteil werden konnte, aber Norah spürte gleichzeitig Freude und Angst in sich aufsteigen. Nur wenige Elfen durften in ihrem Leben die Stimme hören. Ihrer Mutter Uriana hatte das falsche Deuten der Worte allerdings den Tod gebracht. Wie konnte Norah sicher sein, dass ihr nicht dasselbe widerfahren würde? Oder war es gar nur eine Falle, um ihre Familie endgültig auszulöschen? Viele Fragen kamen der Fürstin in den Sinn.

„Ich weiß nicht, ob es eine gute Idee ist, die Stimme zu hören", sagte sie deshalb zögernd und blickte abwechselnd zu Menefeja und Tuoron. Doch die Blicke der Wächter waren nicht zu deuten und beide lächelten nur als sich Menefeja erneut Norah zuwandte:

„Dir bleibt keine andere Wahl als uns zu vertrauen, Fürstin des Nordens. Wo willst du hin, wenn du nicht mit uns kommst?"
Norah musste sich eingestehen, dass die Stammesälteste Recht hatte. Ihr Zuhause war verloren und Freunde, die sie aufnehmen würden, gab es keine mehr.

„Also folge uns und höre auf das, was die Stimme der Wahrheit dir sagt", fügte Tuoron Menefejas Worten hinzu, als er sah, dass Norah noch immer zögerte.

„Nun gut", sagte die Fürstin nach einer ganzen Weile. „Ich komme mit. Es soll so geschehen, wie es die Stimme befielt. Aber wohin führt unser Weg hier am Berg?"

„Zuerst müssen wir dir die Augen verbinden", meinte Menefeja. „So hat es uns die Stimme der Wahrheit aufgetragen. Dann werden wir dich zum Gipfel führen und darauf achten, dass dir nichts geschieht."

Die Duftkristalle

Norah fühlte Unbehagen bei dem Gedanken, mit verbundenen Augen zu gehen, doch ließ sie es geschehen. Tuoron legte ihr ein fein gewebtes Tuch über die Augen und band es zu einem Knoten zusammen. Dann nahmen die beiden Wächterelfen die Fürstin in ihre Mitte und liefen los.

Der Weg stieg sanft an und Norah spürte, wie sich der Boden von weichem Moos und Laub in festes Gestein wandelte. Mehrmals stolperte sie über einen kleinen Ast, eine Wurzel oder einen Stein, doch die beiden Wächterelfen stützten sie, so dass sie nicht fiel.

Einige Zeit waren die Drei schon gegangen, als ein süßlicher Duft in Norahs Nase kitzelte.
„Was ist das? Was duftet hier so wunderbar?", fragte sie, denn einen so feinen Geruch hatte sie noch nie wahrgenommen. Die Wächterelfen hielten einen Moment inne.
„Das sind die Duftkristalle, die hier am Wegesrand stehen", erklärte Menefeja. „Sie verströmen den feinen Geruch. Nun solltest du besser schweigen und nur noch wenig atmen, denn wer zu viel von den betörenden Düften abbekommt, dessen Verstand wird getrübt. Bald ist die Luft dann wieder rein."

Norah schwieg und folgte den beiden Wächtern. Bald nahm sie neue, immer intensivere und unwiderstehlichere Düfte wahr, die ihr in die Nase stiegen. Doch es waren nicht nur gewöhnliche Gerüche. Alles, was der Fürstin in der Nase schmeichelte, schien aus der Vergangenheit herbeigeweht zu werden und weckte Erinnerungen an schöne Erlebnisse aus ihrer Kindheit und Jugend: Norah roch den Duft des edlen Parfums ihrer Mutter ebenso wie den Geruch des frischen Schnees aus den Bergen ihrer Heimat. Es strömte der Geruch nach feinem brennendem *Federholz* herbei – einem seltenen Holz, welches nur zu feierlichen Anlässen entzündet wurde. Norah nahm den Geruch der Haare neugeborener Elfenbabys wahr, der sich mischte mit dem Duft der kleinen *Felsenblumen*, die als einzige Blüten des Nordens der Kälte trotzten und geschützt in der Nähe der Krater des Zinnenpalastes wuchsen.

Die Fürstin taumelte und es drängte sie, mehr davon einzuatmen. Ihre Heimat und alles Schöne, was sie in ihrer Kindheit erlebt hatte, waren wieder ganz nah und die Düfte erzeugten Bilder und Stimmen in ihrem Kopf.

Menefeja und Tuoron spürten, wie Norah schwächer wurde und wie sich ein sonderbares Lächeln auf ihr Gesicht legte. Ihre Schritte verlangsamten sich. Sie senkte den Kopf, um ihn dann gleich wieder in die Höhe zu recken.

Tuoron sah Menefeja besorgt an, denn er befürchtete, dass Norah der Magie der Duftkristalle nicht standhalten würde. Zu groß schien ihr Wunsch nach Geborgenheit und Heimat. Alles, was Norah damit verband, strömte durch die Düfte auf sie ein.

Norah fühlte sich am Ort ihrer geheimsten Wünsche angekommen. Die Gerüche hatten sie in eine Welt entführt, in der sich all ihre Sehnsüchte erfüllten. Hier wollte die Fürstin für immer bleiben, denn an diesem Ort fühlte sie sich wohl. Sie spürte eine sanfte Hand, die ihr über die Haare strich und das warme Wasser einer Kraterquelle, in der sie als Kind so gerne gebadet hatte.

Die Beine der Fürstin gaben nach, ihr Gesicht schien völlig entspannt bis auf das entrückte Lächeln. Die Arme hingen leblos herab. Die Fürstin hatte keinen Willen mehr, sich an den beiden Wächterelfen festzuhalten. Sie spürte nicht einmal mehr, dass sie noch gestützt wurde. Tuoron griff sie noch fester bei der Hand, zog einen Arm über seine Schulter und fasste sie mit der anderen Hand um die Hüften. Auch Menefeja stütze Norah so gut sie konnte.

Die Fürstin war bald der Ohnmacht nah und Menefeja machte eine Beobachtung, die sie sehr verunsicherte: Die Male auf Norahs Schultern wurden immer blasser, während die Haut der Fürstin eine fast weiße Färbung bekam.

Nun warf auch Menefeja Tuoron einen besorgten Blick zu und der Stammesälteste der Sommerelfen schien ebenfalls sehr beunruhigt zu sein. Er gab Menefeja Zeichen, dass Eile geboten war, um von den Kristallen wegzukommen. Denn je stärker die Düfte wurden, umso mehr schien Norahs Leben aus ihr zu entweichen.

Die beiden alten Elfen zerrten die leblos in ihren Armen liegende Fürstin vorwärts. Immer wieder stießen sie gegen Steine und Wurzeln, doch darauf konnten sie keine Rücksicht mehr nehmen. Tuorons Blick schien zu sagen:

Wie kommt es nur, dass die Duftkristalle Norah so sehr betören und in Gefahr bringen? Die beiden Stammesältesten kannten diesen Ort schon seit einer Ewigkeit, aber noch nie war ihnen die Wirkung der Düfte so bedrohlich erschienen.

Tuorons und Menefejas Atem raste. Norah war zwar schlank, aber es forderte von ihnen alle Kraft, sie zu tragen. Norahs Atem hingegen wurde immer schwächer. Sie lächelte immer noch, aber die Male auf ihren Schultern waren kaum mehr zu erkennen, geradeso als ob das Drachenfeuer in ihr erloschen wäre.

Tuoron stolperte über eine knorrige Wurzel. Er kam zu Fall. Menefeja reagierte schnell und stützte die Fürstin so gut sie konnte. Rasch richtete sich der Stammesälteste wieder auf und packte erneut zu. Mit einem Nicken deutete er nach vorn. Am Ende des enger werdenden

Pfades, kurz vor einer Weggabelung, wurden die Kristalle kleiner, denn dort standen die letzten. Schnell hetzten die beiden mit Norah in ihrer Mitte den Weg entlang. Die Fürstin atmete inzwischen nicht mehr und hing nur noch leblos zwischen den beiden Wächterelfen.

Dann hatten Tuoron und Menefeja endlich die Weggabelung erreicht. Sie folgten dem Pfad zu ihrer Rechten, der zur Hochebene und der Stimme der Wahrheit führte. Die letzten Kristalle lagen nun hinter ihnen und die Luft wurde wieder klarer.

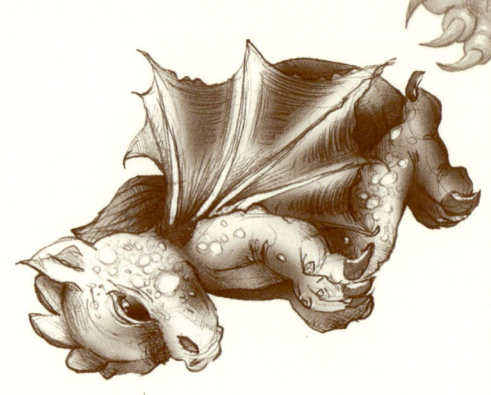

Tränentropfen

„Schnell, leg Norah auf diesen flachen Stein und stütze ihren Kopf!", rief Menefeja, denn nun konnten die beiden wieder sprechen und frei atmen ohne Gefahr zu laufen, von den Düften verführt zu werden. Tuoron tat, was ihm Menefeja aufgetragen hatte. Menefeja griff in eine Tasche ihres Gewandes und holte ein kleines silbernes Fläschchen hervor, das die Form eines sitzenden Drachens hatte. Sie träufelte Norah drei Tropfen des Inhaltes aus den gläsernen Augen des kleinen Darchens in den Mund. Dann legte sie die rechte Hand auf die Stirn der Fürstin und schloss dabei selbst die Augen.

Tuoron wusste, dass Menefeja eine große Heilerin war. Diese Fähigkeit war es gewesen, die Menefeja vor langer Zeit dazu auserkoren hatte, mit ihm als Wächterelfe am Berg der Wahrheit zu leben. Nur selten war es Tuoron seither vergönnt gewesen, Menefejas Können als Heilerin zu bewundern. Doch einmal, vor vielen Jahren, hatte sie ihm das Leben gerettet, als der Stammesälteste von einer giftigen zweiköpfigen Schlange gebissen worden war. Das vergaß ihr Tuoron nie.

„*Tränentropfen*", flüsterte Menefeja. „Sie werden aus den Tränen kleiner Königsdrachenbabys gewonnen und sind ein magisches Lebenselixier. Es sind leider meine Letzten. Die Tropfen sind sehr selten, denn seit alle Königsdrachenbabys aus Sajana verschwunden sind, gibt es keine mehr. Nun können wir nur hoffen, dass es nicht zu spät ist."

Unverändert lag Menefejas Hand auf Norahs Stirn. Tuoron saß daneben und hielt den Kopf der Fürstin in seinem Schoß. Beide Wächterelfen fühlten sich erschöpft und bangten um das Leben der Fürstin. Norahs Körper lag leblos auf dem Stein und ihre Arme hingen schlaff zu Boden. Nichts deutete darauf hin, dass sie wieder zurückkehren würde.

Menefeja griff nach Norahs Händen und legte sie auf den Körper der Fürstin, genau dorthin, wo sich die beiden Taschen ihres Gewandes befanden. Dabei berührte der kleine Finger von Norahs linker Hand die weiche grüne Feder, deren Spitze sich aus der Tasche geschoben hatte.

Ein kaum sichtbarer Schauer schien von der Hand aus über den Körper der Fürstin zu laufen. Ihre Arme und Beine zuckten leicht. Als Menefeja dies sah, warf sie Tuoron einen hoffnungsvollen Blick zu. Und tatsächlich: Schon wenig später hob die Fürstin ganz langsam den Kopf und stöhnte.

„Wo... wo bin ich hier?", flüsterte sie leise. Sie fühlte die beruhigende Hand Menefejas auf ihrer Stirn. „Mein ganzer Körper schmerzt und ich fühle mich, als ob ich hundert Jahre geschlafen hätte. Was hat dieses Band um meine Augen zu bedeuten?"

„Du bist am Berg der Wahrheit, Fürstin", entgegnete Tuoron erleichtert, „und wir sind die beiden Wächterelfen. Vor uns liegt die Hochebene, auf der man die Stimme der Wahrheit hören kann."

Die Stimme der Wahrheit und die Duftkristalle kamen der Fürstin wieder in den Sinn. Langsam kehrten die Erinnerungen daran zurück und die Schmerzen ließen nach.

Eine ganze Weile saßen die drei Elfen auf einem Stein und schwiegen. Die Tränentropfen und die kleine Feder schienen ein Wunder vollbracht zu haben, denn schon bald ging es der Fürstin besser.
„Kann ich bitte diese Augenbinde abnehmen?", fragte Norah vorsichtig. „Sie verunsichert mich sehr."
„Leider nein", entgegnete Tuoron. „Es ist der Wunsch der Stimme, dass du nur ihre Worte hörst und dich von nichts ablenken lässt."
Norah seufzte.
„Wir sind fast am Ziel", fuhr Tuoron fort. „Direkt vor uns, gleich hinter der nächsten Wegbiegung, liegt die Ebene. Dort gehen wir hin, wenn du dich wieder stark genug fühlst."
Norah senkte ehrfürchtig den Kopf. Sie fragte sich, wie ihre Mutter einst zur Stimme der Wahrheit gekommen war. Der Weg, so wie sie ihn mit verbundenen Augen erleben musste, schien ihr gefährlich und die Duftkristalle unwiderstehlich zu sein. Aber vermutlich gab es mehrere Wege zum Gipfel. Oder war ihre Mutter damals, an jenem verhängnisvollen Tag, geflogen?
Norah fragte die Wächter nicht danach, denn der Augenblick schien ihr unpassend. Dagegen sagte sie entschlossen, nachdem sie sich wieder stark genug fühlte:
„Gut, ich bin bereit. Lasst uns den Weg zu Ende gehen und hören, was die Stimme spricht. Ich möchte ihr nun entgegentreten."
Die beiden Wächterelfen erhoben sich und nahmen Norah bei der Hand. Dann gingen sie das letzte Stück des Weges.

Norah bemerkte, dass an diesem heiligsten Ort aller Elfen, trotz der Höhe, absolute Windstille herrschte. Es war weder kalt noch warm und die Fürstin fühlte sich wie in einem allumfassenden und wohltuenden Nichts eingebettet. Dennoch war da etwas, was man nur erahnen konnte – etwas Mächtiges, Großes und Körperloses. Norah spürte die Stärke und die Kraft, die davon ausging.
Tuoron und Menefeja hatten ihr geraten zu schweigen, denn wer am Berg der Wahrheit sprach, der musste befürchten, dass sich das Schicksal gegen ihn wendete.

Da hörte die Fürstin die Stimme. Sie sprach ganz langsam, mit tiefen widerhallenden Worten, die sich aus dem Inneren des Berges zu bilden schienen:

Trolle, Geister und Zauberei sind im Dunkeln und kommen herbei.

Eine Pause entstand und Norah hörte die Worte erneut, welche wie ein leises Echo von allen Seiten zurückgeworfen wurden, jedoch sonderbar ineinander vermischt:

Dunkle Trolle... und Geister herbei... sind im Dunkeln... und Zauberei... Zaubertrolle... kommen im Dunkeln... und Geister herbei...

Norah war verwirrt durch den Widerhall der Worte, der jeden Sinn zu verdrehen schien, als die Stimme weitersprach:

Ein Leben zu retten, bevor es vergeht, wenn ihr euch das erste Mal seht.

Und wieder hallten die Worte zurück:

Leben vergeht... bevor ihr seht... es zu retten... wenn ihr beide geht...

Dann sprach die Stimme etwas leiser und noch langsamer:

Das Licht und der Schatten sind wieder vereint,
wenn tief in den Höhlen ein Baby weint.
Folge der Spur, die ein Herz dir befiehlt,
durch die Wälder Sajanas...

Dann brach die Stimme plötzlich ab. Die Worte hallten noch vielfach von allen Seiten wider und vermischten sich bis zur völligen Sinnlosigkeit. Norah spürte, wie die Klänge in sie eindrangen. Dann verlor sich das Echo der Stimme in einem leiser werdenden Rauschen bis wenig später wieder völlige Stille einkehrte.

Kapitel 13

Grimm, der Wolfself

Menefeja und Tuoron hatten Norah an die Stelle zurückgeführt, wo sich der Weg gabelte. Dort nahmen sie ihr die Augenbinde ab, so dass Norah endlich wieder sehen konnte. Nun sah sie ein ganzes Stück weiter unten am Wegesrand die Kristalle stehen, die sie so betört hatten.
Tuoron und Menefeja hielten inne. Bis jetzt hatten alle geschwiegen. In Norah klangen noch die Worte der Stimme der Wahrheit nach, auch wenn sie ihr sehr rätselhaft erschienen:

Dunkle Trolle... Leben, das vergeht... ein weinendes Baby... eine Spur durch die Wälder...

Das alles ergab für sie keinen Sinn, aber alle Bewohner Sajanas wussten, dass die Worte der Stimme oft rätselhaft waren und sich einem erst später, manchmal aber auch gar nie, erschlossen.
„Dieser Weg, den wir gemeinsam gegangen sind, führt zur Stimme der Wahrheit", sagte Tuoron zu Norah. „Doch der andere, hier an dieser Gabelung, führt zurück ins Tal."
Es war dunkel geworden und die Fürstin konnte im Mondschein nur wenig erkennen.
„An diesem Ort trennen sich unsere Wege, Norah", sagte Menefeja leise.

Menefeja nahm
Norahs Hand

„Unsere Aufgabe ist erfüllt und von nun an musst du wieder alleine deinen Weg gehen."
Norah erschrak.
„Ihr könnt mich doch nicht einfach hier zurücklassen!", rief sie. „Wie soll ich in dieser Dunkelheit meinen Weg finden? Und wer weiß, welche Gefahren auf mich lauern?"
Menefeja nahm Norahs Hand und die Fürstin spürte, welche Wärme und Ruhe von der Wächterelfe ausging.
„Sorge dich nicht", meinte Menefeja sanft. „Siehst du dort hinten, rechts neben der Weggabelung, die kleine Höhle im Fels? Ruhe dich dort bis zum Morgengrauen aus. Hier findest du auch eine Quelle mit frischem Wasser. Es wird dir gut tun, denn es kommt aus den Tiefen des Berges und hat eine besondere Kraft. Alles Weitere wird sich dann weisen."
Norah hörte die beruhigenden Worte. Tatsächlich erkannte sie mit etwas Mühe in einer dunklen Ecke im Fels eine Höhle und wenn es ganz

still war, glaubte man auch das leise Plätschern der Quelle zu hören. Die beiden Wächterelfen führten die Fürstin dorthin und der Ort erwies sich tatsächlich als gute Unterkunft für die Nacht. Durch die Feuchtigkeit des Quellwassers war etwas weiches Moos auf einem flachen Fels gewachsen, so dass man bequem liegen konnte.

„Wir werden dich nun verlassen", sagte Tuoron und Norah erkannte am Klang seiner Stimme, dass es so geschehen würde, auch wenn sie es nicht wollte.

„Nun gut", entgegnete sie deshalb leise. „Dann bleibt mir nichts anderes übrig, als euch dafür zu danken, dass ihr mich zur Stimme der Wahrheit gebracht habt. Morgen früh, wenn die Sonne aufgeht, kann ich hoffentlich zurück ins Tal fliegen."

„Fliegen ist gefährlich in dieser Höhe. Du bist der Sonne sehr nah und könntest dir Flügel und Haut verbrennen", warnte Tuoron. „Laufe besser bis die ersten hohen Bäume am Wegesrand stehen. In ihrem Schatten kann man besser fliegen."

Wenig später verabschiedeten sich die Drei. Norah nahm Tuoron und Menefeja in die Arme und spürte ein weiteres Mal die magische Kraft, die von den beiden ausging.

Als die Wächterelfen dann im Dunkel der Nacht verschwunden waren, ging Norah zu der kleinen Felshöhle. Sie trank etwas Quellwasser und legte sich dann auf das weiche Moos. Es war nicht kalt und die Fürstin spürte, wie sie müde wurde, denn schon lange hatte sie nicht mehr geschlafen. Und schon wenig später fielen ihr die Augen zu.

Norah schlief tief und traumlos bis sie plötzlich etwas Warmes und Klebriges in ihrem Gesicht spürte. Sie tastete schlaftrunken danach und hatte mit einem Mal ein Büschel Haare in der Hand.
Sofort war die Fürstin wach.
Norah blinzelte, denn der Schlaf trübte noch ihren Blick. Dann sah sie in zwei rot funkelnde Augen, die keine zwei Handbreit von ihrem Gesicht entfernt waren.

Die Fürstin sprang wankend auf. Sie wich zurück. Jetzt erkannte sie im Mondlicht eine große wolfsähnliche Gestalt. Jedoch konnte es kein Wolf sein, denn das Tier hatte wie eine Elfe zwei Flügel auf dem Rücken und auch die Vorderbeine glichen eher den schlanken Beinen einer Elfe, als den Vorderläufen eines Wolfes.
„Wer bist du?", rief sie voller Furcht und lief rasch aus der Höhle ins Freie hinaus. Sie versuchte wegzufliegen, aber das schwache Mondlicht reichte dafür nicht aus. Sie stolperte über einen Stein, taumelte und fiel schmerzhaft auf ihren rechten Arm.

Das Tier stand nun still vor dem Höhleneingang. Es machte dabei keine Anstalten, die Elfe anzuspringen. Norah erkannte, dass sich unter den funkelnden Augen eine große Schnauze und ein Maul mit spitzen Zähnen befanden. Der Wolf, oder was dieses Tier auch immer war, beugte nun seinen Kopf nach vorne und schien Norah dabei unentwegt anzustarren. Norahs Herz raste, denn sie befürchtete, dass ihr Ende gekommen sei und das wilde Tier sie zerreißen würde.
Am Boden liegend griff sie nach kleinen Felsbrocken, um sich damit zur Wehr zu setzen. Warum nur hatten sie Menefeja und Tuoron nicht vor dem Untier gewarnt? Sie kannten doch jede Pflanze und jedes Lebewesen hier am Berg.
Die Fürstin blickte sich um.
Nein, hier in dieser steinigen Gegend, ohne Bäume oder Sträucher, gab es kein Entrinnen. Doch immer noch stand das Tier still und Norah glaubte seinen heißen Atem zu spüren. Da fing es plötzlich an zu sprechen:
„Du brauchst dich nicht vor mir zu fürchten", sagte es mit einer ruhigen Stimme, die gar nicht zu seinem Äußeren passte. „Ich bin Grimm, der Wolfself und werde dir nichts tun. Ich bin dein Freund."
Norah stockte der Atem. Es gab nur ganz wenige Tiere und Fabelwesen Sajanas, die sprechen konnten. Sie galten als heilig und wurden von allen Völkern verehrt. Allerdings zeigten sie sich so gut wie nie und viele Elfen glaubten, dass es sich bei den Tieren nur um Legenden handelte. Sie fasste ihren ganzen Mut zusammen und erwiderte:

Grimm, der Wolfself

„Ich bin Norah, die Fürstin des Nordens." Sie richtete sich dabei auf und versuchte würdevoll auszusehen. „Wenn du mein Freund bist, weshalb bedrohst du mich dann?"
Der Wolfself hob verwundert den Kopf.
„Ich habe dich nicht bedroht" entgegnete er.
Erst jetzt wurde der Fürstin bewusst, dass das Tier sie tatsächlich nicht angegriffen hatte. Sie selbst war nur aus dem Schlaf aufgeschreckt und vor den funkelnden Augen geflüchtet.
„Aber, ich verstehe nicht", fuhr sie verwundert fort. „Wie hast du mich hier oben gefunden? Niemand dringt zu diesem Ort ohne die Erlaubnis der Wächterelfen vor." Die Fürstin glaubte in dem wilden Wolfsgesicht den Anflug eines Lächelns zu erkennen.
„Ich bin an diesem Berg schon viel länger als Menefeja und Tuoron.

Aber sie sind meine Freunde. Ich bin Grimm, der Wolfself und lebe im Grimmforst, dem größten und dunkelsten Wald Sajanas. Ich bin so alt wie der Wald selbst und gehorche nur der Stimme am Berg. Sie alleine kann mir befehlen."

„Dann hat *sie* dich zu mir geschickt?", fragte Norah ehrfüchtig. Die Fürstin spürte nun, dass sich hinter der dunklen Gestalt ein uraltes magisches Wesen verbarg – eines der Fabelwesen, die kaum eine Elfe jemals zu Gesicht bekam und die man nur aus Erzählungen kannte.

„Die Stimme hat mich nicht geschickt", entgegnete Grimm ruhig. „Ich weiß immer selbst, an welchem Ort ich gebraucht werde. Aber nun lass uns von hier fortgehen, denn die Zeit verrinnt und das Schicksal wendet sich zum Bösen. Setze dich auf meinen Rücken. Wir fliegen hinab zum Grimmforst. Dort möchte ich dir etwas zeigen."

Norah überlegte einen Moment. Sie versuchte in sich hineinzuhorchen, ob sie Grimm vertrauen konnte, aber zu sehr stand sie unter dem Bann der Eindrücke der letzten Tage. Sie blickte zum Horizont, wo sich der Himmel langsam blutrot färbte.
Bald würde die Sonne aufgehen.
Mächtige Wolkenberge standen am Himmel, die von Rot über Purpur und Dunkelblau bis hin zum Schwarz des Nachthimmels gefärbt waren. Trotz der vielen Fragen, die Norah in den Sinn kamen, musste sie lächeln, denn die Ränder zweier riesiger Wolkenberge schienen ein großes rotes Herz am Himmel zu formen.
Da durchzuckten Norah die Worte der Stimme der Wahrheit:

Folge der Spur, die ein Herz dir befielt,
durch die Wälder Sajanas...

So hatten die letzten Worte gelautet, welche die Stimme gesprochen hatte und jetzt schienen sie sich zu erfüllen. Norah spürte tief in ihrem Inneren, dass sie Grimm vertrauen konnte, denn er wollte sie in die Wälder Sajanas führen.
Sie blickte zu dem Fabeltier hinüber. Der Wolfself stand immer noch

am selben Fleck und wartete geduldig auf ihre Antwort. Nun erkannte sie mit einem Mal, dass Grimms Gestalt gar nichts wirklich Bedrohliches an sich hatte. Seine Flügel waren wohlgeformt und hatten lange wunderschöne Federn. Auch in seinen Gesichtszügen lag etwas Feines, das lediglich durch die Ewigkeit, in der Grimm schon in Sajana lebte, gezeichnet war. Das Feuer der Lava spiegelte sich in seinen Augen wider – jene Lava, aus der die Drachen einst das Land erschaffen hatten.
„Ich komme mit. Lass uns gehen", sagte Norah entschlossen. „Führe mich in deine Heimat, den Grimmforst."
Der Wolfself nickte mit dem Kopf, was Norah als Aufforderung verstand, auf seinem Rücken aufzusitzen.
„Halte dich gut fest", gab er ihr dann den guten Rat, breitete seine mächtigen Flügel aus und sprang mit einem gewaltigen Satz vom Boden in die Höhe.
Norah klammerte sich an seinem Hals fest.
Sein Fell sah zwar borstig aus, war in Wirklichkeit aber weich und warm. Die Fürstin vergrub ihre Hände darin und schmiegte sich mit der Wange an das Tier.

Der Morgen graute und Norah erkannte im Flug, wie hoch der Berg der Wahrheit war. Zwischen einzelnen Nebelschwaden erstreckte sich am Fuße des Berges eine große dunkle Fläche, bei der es sich nur um den Grimmforst handeln konnte. Ganz am Horizont glaubte man vereinzelt Lichter zu erkennen und Norah fragte sich, ob es sich hierbei um Elfensiedlungen handelte. Die Felsmassive ihrer Heimat erspähte Norah nicht. Zu sehr verhüllten Wolkenschwaden und aufsteigender Frühnebel den Blick nach Norden.

Nun breitete Grimm seine Flügel weit aus und ließ sich fallen. In rasender Geschwindigkeit ging der Flug abwärts und der Wind brauste Norah durch die Haare. Die Fürstin konnte gut fliegen, aber mit diesem Tempo konnte keine Elfe mithalten. Sie packte fester zu und schmiegte sich noch enger an Grimms Hals, um nicht abgeworfen zu werden. Bald sah sie die ersten Bäume unter sich hindurchhuschen.

Hänge, die nur mit Sträuchern und Gras bewachsen waren, brausten unter ihnen hinweg.

„Halte dich nun gut fest!", rief Grimm kurze Zeit später. „Wir fliegen gleich in den Grimmforst hinein. Ich bin der Einzige, der in diesem Wald fliegen kann. Fliegen ist zwischen den dichten Bäumen sehr gefährlich, aber wir sollten keine Zeit verlieren."
Norah wollte etwas sagen, als ihr plötzlich die Blätter eines Baumes peitschend entgegenschlugen. Also schwieg sie besser, duckte sich ganz tief und umklammerte den Hals des Wolfselfen noch fester.
Hinein ging es in den Wald.
Ungute Erinnerungen an ihren Traum kamen Norah in den Sinn – der Traum von berstenden Bäumen, mächtigen Pyramiden und die Versuchung am Drachenfeuer, der sie beinahe erlegen wäre.
Zweige peitschten Norahs Arme und Beine und die Fürstin wunderte sich, wie es dem Wolfself möglich war, in diesem undurchdringlichen Gehölz zu fliegen. Das Tier schien ihre Gedanken zu ahnen.
„Ich kenne hier jeden Baum", meinte Grimm mit erstaunlich ruhiger Stimme, denn während er das sagte, drehte er sich mehrmals und schlug atemberaubende Haken um die Bäume, so dass Norah sich nur mit Mühe halten konnte. „Jeden von ihnen habe ich wachsen sehen. Auch sie sind meine Freunde."
„Aber es sind unendlich viele Bäume!", rief Norah ungläubig. „Man kann sie unmöglich alle kennen."
„Vergiss nicht, ich lebe hier schon seit einer Ewigkeit", entgegnete Grimm. „Also hatte ich viel Zeit, alles zu lernen."
Der Wolfself schien bei den Worten zu lachen, denn sein Körper bebte etwas. Norah glaubte es zu spüren.
„Vorsicht!", rief ihr das Tier zu. „Da vorne wird es noch enger."
Norah presste sich fest an Grimms Körper. Sie sah aus den Augenwinkeln wie die Bäume immer dichter standen und sich nur noch in rascher Abfolge schmale dunkle Tunnel zwischen den Stämmen bildeten. In diese stieß Grimm immer wieder aufs Neue hinein.
So eng sich die Fürstin auch an den Körper presste, sie konnte nicht

verhindern, dass ihr Zweige und Blätter kleine Wunden an Beinen, Armen und Flügeln zufügten oder an den Haaren rissen.

„Grimm, ich... ich kann mich... kaum noch halten", stammelte sie dem Fabeltier ins Ohr. Wieder peitschte ein Zweig ihr linkes Bein.

„Halte aus!", rief der Wolfself. „Wir sind gleich da."

Äste, Blätter und hängende Lianen blitzten an Norah vorbei und trafen sie immer wieder schmerzhaft. Manchmal glaubte die Fürstin aus den Augenwinkeln und trotz der Geschwindigkeit, Lebewesen zu erspähen – kleine funkelnde Augen oder graue Gestalten. Aber der Flug war so schnell, dass sich ihr Blick an nichts festhalten konnte.

Norah fühlte bald den Schmerz nicht mehr, den ihr die Blätter und Zweige bereiteten. Unzählige kleine Schrammen und Kratzer waren schon an ihrem ganzen Körper. Sie wunderte sich nur, wie es Grimm gelang, sich in diesem undurchdringlichen Ort noch zurechtzufinden, denn alles sah hier gleich aus.

Plötzlich verlangsamte der Wolfself seinen Flug und flog dann durch die Bäume hindurch in die Sonne. Norah wurde geblendet. Blinzelnd erkannte sie ein freies Feld – eine Art Waldlichtung, die sie erreicht hatten. Kurze Zeit später waren die beiden am Boden und die Fürstin stieg benommen vom Rücken des Tieres.

„Hier sind wir", meinte Grimm. Man merkte ihm kaum eine Anstrengung an. „Ich hoffe, der Flug war nicht zu unangenehm für dich."

„Nein, gar nicht", entgegnete Norah tapfer. Beide wussten, dass es nicht ganz die Wahrheit war, aber die Fürstin wollte auf keinen Fall schwach erscheinen.

Grimm war auf einer kleinen Waldlichtung gelandet. Auf dem Boden wuchs saftiges grünes Gras. Unzählige kleine Blumen, deren zauberhafte Farben wie mit einem Pinsel aufgetupft waren, erfreuten das Auge. In der Mitte der Lichtung erkannte Norah einen kleinen Hügel mit einer Krateröffnung, aus der feiner weißer Rauch oder Nebel aufstieg.

„Wo sind wir hier?", fragte sie Grimm, denn von diesem Ort hatte sie noch nie gehört.

Das Drachenherz

„Wir sind im Drachenherz", antwortete der Wolfself. „Du solltest von diesem Ort schon gehört haben, denn deine Vorfahren waren einst hier. Aber das ist lange her."
Norah fiel nun auf, dass die Lichtung tatsächlich die Form eines Herzens hatte, in dessen Mitte sich der Kraterhügel befand. Nein, so sehr sie auch nachdachte, von diesem Ort hatte ihr noch niemand erzählt.
„Folge mir", sagte Grimm. „Unser Weg führt mitten ins Drachenherz hinein."
Der Wolfself und die Fürstin flogen gemeinsam zu dem Hügel.

Kapitel 14

Ilaria

Aela freute sich sehr, als sie Leandra und Yuro wiedersah. Immer noch saß ihr der Schreck in den Gliedern, denn sie wusste, dass sie ohne ihr treues Pferd im Strudel der Trugbilder verloren gewesen wäre.

Nun wurde es langsam Abend und die Prinzessin lag bequem mit ihren Freunden unter einer *Riesenblatteiche*. Nur langsam kehrte ihr Lächeln zurück.

Sie berichteten sich gegenseitig mit welchen Bildern sie im Wassertunnel verführt werden sollten und wie sie der Verführung standgehalten hatten.

Leandra waren ihre Eltern erschienen, genauso wie Aela ihren Vater Baromon gesehen hatte. Leandras Eltern hatten ihrer Tochter ein wunderschönes Blütenhaus gezeigt, den Traum von einem Zuhause, der für Leandra in ihrer Kindheit niemals in Erfüllung gegangen war. Die Blumenelfe seufzte kaum hörbar. Das erste Mal seit sie sich kennengelernt hatten, sah Aela für einen kurzen Moment Schmerz und Verzweiflung in den Augen ihrer Freundin, denn dieses Bild traf Leandra tief im Herzen.

Yuro hingegen hatte sich inmitten seiner Wolfsfreunde gesehen, die freudig auf ihn gewartet hatten und ihn in ihrer Runde aufnehmen wollten. Er sah Landschaften ohne Nebel und Kälte, mit Elfenvölkern, die große bunte Feste feierten.

Es tat allen Dreien gut über ihre Eindrücke zu reden und jetzt, da Aela den Weg zurück aus dem Seenland kannte, durfte sie mit Yuro und Leandra auch darüber sprechen.

„Seid ihr euch sicher gewesen, dass ich zu euch zurückkommen werde?", fragte Aela.

Ihre Freunde zögerten etwas mit der Antwort und dies zeigte der Prinzessin, dass sie sich keinesfalls sicher gewesen waren. Vermutlich hatte sie in großer Gefahr geschwebt.

„Es gab keine andere Wahl", meinte Leandra leise. „Wir mussten mit dir ins Seenland, damit du Jasmira und Minsaj kennenlernst und das Bild des Glücks siehst. Die Rückkehr ist leider immer gefährlich."

Aela nickte versonnen.

Es war wohl so, wie Leandra sagte. Ohne die Reise ins Seenland und das, was sie erlebt hatte, hätte sie nie die Schwere der Aufgabe erkannt.

„Was geschieht mit jenen, die dem Zauber der Trugbilder erliegen?", fragte sie weiter.

„Sie sind für immer verloren", entgegnete Yuro ernst. „Sie haben für den Besuch des Seenlandes einen hohen Preis bezahlt. Sie irren nun als Geisterwesen im Ahnenwald oder in den unterirdischen Labyrinthen umher, immer auf der Suche nach der Erfüllung der Trugbilder. Auch mir wäre dies bei meinem ersten Besuch beinahe passiert."

Aela schauderte bei dem Gedanken. Für einen Moment glaubte sie, in Yuro selbst einen Geist zu sehen, denn sein Äußeres erschien ihr in diesem Moment ganz transparent und unwirklich. Doch der Eindruck verflog schnell wieder.

„Niemand, der im Seenland war, weiß ganz genau, wie lange er von Sajana weg war", fügte Leandra hinzu und lächelte etwas. „Die Zeit spielt im Seenland keine Rolle, denn es wird niemals Tag oder Nacht. Ein Tag im Seenland kann länger dauern als viele Tage hier in Sajana. Wer weiß, wieviel Zeit vergangen ist, seit wir ins Seenland getrieben wurden?"

Aela war verwundert, denn sie spürte genau, was die Blumenelfe meinte. Die kurze Zeit, die sie mit ihren Freunden im Seenland verbracht hatte, kam ihr aus der Ferne betrachtet nun wie eine Ewigkeit

vor. Was mochte in der Zwischenzeit geschehen sein? Ob Fee, Falmon, Sinia und Sarah schon zuhause im Haus Sonnenschein angekommen waren?
Die Drei beschlossen, sich ein Lager für die Nacht zu bereiten und erst am Morgen weiterzureisen. Vielleicht, so hofften sie, würde ihnen in der Nacht noch ein Gedanke kommen, wohin ihre Reise gehen sollte. Aela war sich zwar seit ihrem Besuch im Seenland sicher, dass sie sich auf die Suche nach der dunkleren Elfe im Bild des Glücks machen musste. Aber wo diese zu finden war, davon hatte sie bisher nicht den Hauch einer Ahnung.

Als Leandra und Yuro schon eingeschlafen waren, lag die Prinzessin noch lange wach. Sie dachte an ihre Schwestern Sinia und Sarah und an ihre Freunde Falomon und Fee. Ein kleiner Nachtfalter setzte sich auf ihre Hand und Aela musterte ihn aufmerksam. Er hatte feine violette Flügel, deren äußere Ränder mit gelbem Puder bestäubt waren. Die Augen des Tierchens glänzten im Mondlicht.
„Flieg, kleiner Falter", flüsterte Aela leise, um ihre Freunde nicht zu wecken. „Flieg ins Sommerland zurück und erzähle meinen Freunden von mir. Wie gerne würde ich sie bei mir haben."

Der kleine Falter

Die Prinzessin seufzte. Tatsächlich bewegte sich der Falter, geradeso als ob er Aelas Worte verstanden hätte und flog dann davon. Die Prinzessin deutete mit der linken Hand ein leichtes Winken an und sah ihm nach, bis sie ihn nicht mehr sehen konnte.

„Pssst Prinzessin... hihi", hörte sie plötzlich eine Stimme, die ihr sehr bekannt war. Aela drehte sich um und erblickte zwei leuchtende Augen und ein kleines Gesicht, das sich hinter einem Strauch verbarg. Sie stand auf und lief hin zu der Gestalt.
„Sternenland", flüsterte die Prinzessin erfreut, denn es war die Mondelfe, die sie angesprochen hatte. „Ich freue mich sehr, dich zu sehen. Wo kommst du her?"
„Hihi... Mein Mond hat mich zu dir geschickt", meinte Sternenland. Es kam Aela so vor, als ob die Mondelfe etwas nervös sei. Auch ihr Kichern war nicht so fröhlich wie sonst.
„Dein Mond hat dich geschickt?", fragte Aela verwundert. „Wie kann ein Mond mit dir sprechen?"
„Er spricht nicht mit mir... hihi", entgegnete die Mondelfe hastig. „Vergiss nicht, wir Mondelfen sind, wie du weißt... wir sind Wesen der Nacht. Die großen Monde, ich meine alle Monde – wir sind eins... hihihi."
Es war für Aela nicht einfach, den verwirrenden Worten des kleinen, blau schimmernden Wesens zu folgen.
„Die Monde, die Augen des Himmels, sie leuchten bei Nacht und sehen alles, was geschieht."
Wieder blickte sich die Mondelfe hastig um.
„Und was hat dein Mond gesehen und was wird geschehen?", fragte Aela besorgt, denn sie spürte, dass die Mondelfe etwas auf dem Herzen hatte.
„Die Steine, die Steine, sie brechen auf... hihi", fuhr Sternenland fort. „Drachenwolken und böser Zauber. Am Berg der Wahrheit ist große Gefahr. Alles droht zu sterben... hihi."
„Am Berg der Wahrheit?", fragte Aela, die nichts von dem verstand, was ihr Sternenland sagte. „Der Berg ist weit weg von hier. Ich komme

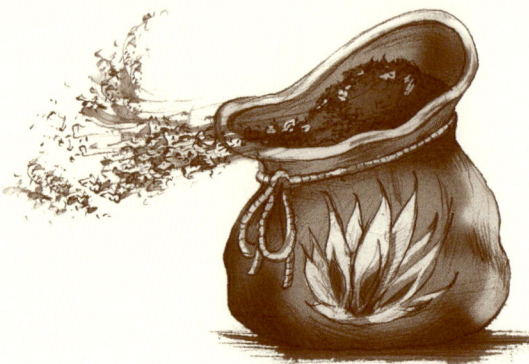

Drachenfeuer

gerade zurück aus dem Seenland und eine Reise zum Berg der Wahrheit dauert viele Tage."

„Nimm das... hihi... nimm das", zischte die Mondelfe in einem für sie ungewohnt barschen Ton und reichte der Prinzessin einen kleinen Beutel. „Drachenfeuer... hihi... es ist Drachenfeuer. Du kannst es bestimmt gut gebrauchen."

Die Prinzessin befühlte den Beutel, öffnete ihn etwas und schaute hinein. Darin befand sich nur feines schwarzes Pulver, geradeso viel, dass es in eine Handfläche passte.

„Was soll ich denn damit?", fragte sie verwirrt, aber die Mondelfe schien ihr nicht mehr zuzuhören.

„Ich muss weiter... hihi... weiter fort, ganz fort. Der Mond wird schon dunkel... hihi."

Und ehe es sich die Prinzessin versah, war die Mondelfe wieder hinter den Sträuchern verschwunden.

Aela steckte das Beutelchen in die Tasche, in der sich auch das Buch der Elfen befand.

‚Hier ist es gut aufgehoben. Sternenland wird schon wissen, weshalb sie es mir gegeben hat', dachte sie. Bisher hatte ihr die Mondelfe immer geholfen, doch heute Nacht schien das Wesen selbst sehr aufgeregt, ja, fast ängstlich gewesen zu sein.

Aela legte sich auf ihre weiche Decke und versuchte zu ruhen. Manchmal gelang es ihr, für einen kurzen Moment einzuschlafen, doch dann quälten sie böse Vorahnungen von schwarzen Drachen und brennenden Wäldern. Immer wieder schreckte sie auf, um gleich wieder in neue beängstigende Träume zu versinken.

Als Aela am Morgen erwachte, hatte sich das Bild der Landschaft, die sie umgab, stark verändert. An diesem Morgen wehte der Wind kalt von Norden her und riesige schwarze Wolkenberge, die den Himmel und die Sonne verhüllten, türmten sich auf.
Gestern noch war ihr die Umgebung wunderschön vorgekommen, mit grünen Wiesen und Hügeln, prächtigen hohen Bäumen und kleinen Bächen. Die Prinzessin und ihre Freunde mussten sich irgendwo in der Mitte Sajanas, zwischen Norden und Süden, befinden, jedoch deutlich südlicher als der berüchtigte Drachenfels. Aber wo sie genau vom Seenland nach Sajana zurückgekehrt waren, dass wusste keiner von ihnen, denn es war eines der Geheimnisse des Seenlandes, dass es überall und nirgendwo an Sajana angrenzte.
Auch Leandra und Yuro waren inzwischen aufgewacht und blickten sich fröstelnd um.
„Eine unheilvolle Stimmung herrscht heute", bemerkte Yuro und Leandra pflichtete ihm bei.
„Vielleicht zieht ein Gewitter auf", meinte Aela, glaubte aber selbst nicht richtig an ihre Worte, denn Gewitter waren im Elfenland eher selten. Die Drei aßen ein wenig von den Seefrüchten und Wasserblüten, welche Minsaj ihnen gegeben hatte. Sie schmeckten köstlich und die Elfen spürten die Kraft und Energie, die sie spendeten.
Dann erzählte Aela von ihrer Begegnung mit Sternenland und je mehr Yuro davon hörte, umso unruhiger wurde er.
„Mondelfen haben niemals Angst oder sind nervös", meinte er verunsichert. „Sie sind uralt und haben alles schon gesehen. Es muss etwas passiert sein, wenn Sternenland so aufgeregt ist. Zeig mir bitte das Beutelchen, das sie dir gegeben hat."
Aela gab es dem Wolfsreiter und er machte den Beutel auf. Er musterte das Pulver, nahm etwas davon in die Finger und verrieb es vorsichtig. Dann verschloss er den Beutel wieder und gab ihn Aela zurück.

„Pass gut darauf auf", sagte er dann. „Das ist Drachenfeuer-Pulver. Es ist uralt und voller Zauber. Es entstand in der Zeit, als die Drachen mit den Elfenfürsten das Land erschufen. Heute findet man es nur noch sehr selten in den Höhlen des Nordens. Es kann uns noch sehr nützlich sein."

Die drei Freunde packten ihre Sachen zusammen. Die Wolken am Himmel wurden schwärzer und die Elfen wollten aufbrechen, bevor doch noch ein großes Gewitter aufziehen würde.
„Wohin sollen wir fliegen?", fragte Aela etwas ratlos. „Ich bin nicht viel schlauer als gestern und auch Sternenland hat mir nichts gesagt."
„Du bist auf der Suche nach einer dunklen Elfe – einer Bergelfe. Also führt unser Weg wohl nicht zurück ins Sommerland" sagte Yuro.
„Sternenland hat etwas über eine Gefahr am Berg der Wahrheit gesprochen", meinte Leandra. „Ob das wohl ein Hinweis darauf sein könnte, wohin wir fliegen sollen?"
Aela überlegte eine Weile.
„Möglich wäre es", meinte sie dann. „Der Weg in den Norden ist freier, als er es in den letzten Jahren durch den undurchdringlichen Nebel war, aber es ist dort sehr kalt und wir sind nicht geschützt. Zum Berg der Wahrheit ist es dagegen weit, dafür nicht so eisig."
„Ich kenne auch unterirdische Wege in den Norden", meinte Yuro mit einem merkwürdigen Lächeln. „Jedoch sind sie sehr schwer begehbar und wir müssten die Pferde und meinen Wolf zurücklassen. Zum Berg der Wahrheit könnten wir tagsüber fliegen und wenn es dunkel wird reiten."
„Gut, lasst uns aufbrechen", sagte Aela entschlossen. „Bisher hat sich uns der Weg immer gewiesen – so wird es auch dieses Mal sein."
Am Himmel braute sich das Unwetter zusammen und die Drei flogen los. Yuros Wolf, Aelas Pferd und Leandras Pony folgten am Boden mit dem wenigen Gepäck, das sie bei sich hatten.
Die Prinzessin blickte sich um. Der Himmel sah inzwischen wie schwarze Tinte aus. Die Sonne war schon lange hinter dem dunklen Schleier verschwunden und das Fliegen wurde dadurch mühsamer.

Plötzlich blitzte es, so dass die ganze Umgebung für einen Moment hell erleuchtet war. Dumpfes Donnergrollen war zu hören. Der Blitz schlug in einen alten abgestorbenen Baum ein und setzte ihn in Brand. Rauch stieg auf. Im nächsten Moment schlug ein zweiter Blitz in einen Baum ein.

„Kommt, wir fliegen hinunter zu unseren Tieren!", rief Aela. „Es wird zu gefährlich!"

Ihre Freunde folgten ihr und ließen sich auf den Rücken der Reittiere nieder.

Es blitzte erneut. Die Tiere wurden ängstlich und es kostete die Elfen Mühe, sie in Zaum zu halten. Leider war weit und breit kein Unterschlupf zu sehen, wo sich die Freunde vor dem Unwetter hätten schützen können. Soweit das Auge reichte, sah man nur kleine Wälder, Sträucher und Wiesen.

Der aufsteigende Rauch der brennenden Bäume nahm Aela, Leandra und Yuro den Atem. Ihre Augen tränten. Die Schwaden wurden immer dichter und schon bald mussten die Reiter stehenbleiben. Schwarze Schleier sanken vom Himmel herab und vermischten sich mit dem Rauch.

Im nächsten Moment hob Leandra beschwörend die Arme. Die Natur war ihre Freundin und sie versuchte, den Himmel zu besänftigen. Doch ihre Bemühungen blieben erfolglos.

„Dieses Unwetter hat keinen natürlichen Ursprung", meinte sie besorgt. „Sonst hätte es mir gehorcht. Es muss etwas anderes im Spiel sein." Yuro hustete, denn der Rauch wurde immer dichter. Er nickte und meinte ernst:

„Wir müssen rasch fort von hier. Irgendein seltsamer Zauber geht hier vor." Er band sich ein Tuch um die Nase, um besser atmen zu können und kniff die Augen zusammen. Die anderen taten dasselbe und gaben den Tieren den Befehl, weiterzulaufen.

Da sahen sie in einiger Entfernung eine Gestalt auf einem Pferd. Sie stand etwas abseits und war in dunkle Tücher gehüllt. Ihre Flügel schienen groß und gefiedert zu sein, doch lagen sie eng am Körper an,

so dass man nichts Genaues erkennen konnte. Immer wenn die Gestalt mit ihrem Stab Richtung Himmel stieß, fuhr ein Blitz hernieder.
„Wer bist du?", rief Yuro mutig. „Zeige dich uns! Oder hast du Angst?"
Langsam drehte sich die Gestalt zu ihnen um.
„Angst?", erwiderte sie spöttisch. „Warum sollte ich vor euch kleinen jämmerlichen Kreaturen Angst haben?" Es war eindeutig die Stimme

Der Gewitterhimmel

einer Elfenfrau. „Es ist noch nicht langer her, dass wir uns begegnet sind, Aela. Erkennst du mich nicht?"
Sie lachte dabei böse.
„Das Feuer des silbernen Drachen konnte mich nicht töten. Der Stein, in dem ich gefangen war, hat mich wieder freigegeben, denn in meinem Herzen war noch Leben. Meine kleinen schwarzen Drachenfreunde haben mir geholfen, mich wieder zu befreien."

Der Drachenfels, der Ort an dem Sarah gerettet worden war, kam Aela in den Sinn. Und dann wusste sie, wer die dunkle Elfe war.
„Du bist Ilaria, die Elfenzauberin!", rief sie der Gestalt mit zitternder Stimme zu. „Du und Torak wolltet meine Schwester von der Klippe stoßen, bevor dich das Feuer des silbernen Drachen versteinert hat. Ich erkenne dich!"
Die Zauberin lachte erneut und noch hämischer als zuvor.
„Hahaha... So ist es, Prinzessin", bestätigte sie.
Die Art und Weise, wie sie das Wort *Prinzessin* aussprach, klang spöttisch und verächtlich. „Doch meine Zeit ist nun gekommen. Lange habe ich gewartet. Nun soll das Elfenreich mir gehören – das Reich der Zauberin Ilaria! Torak und Uvira stehen immer noch an der Klippe, aber ich bin wieder da."
„Schaut!", rief Yuro in diesem Moment erschrocken. „Die Gewitterwolken formen sich zu Ungeheuern."
„Ja, schwarze Zwergdrachen, schleichende Trolle und Unholde folgen mir", sagte Ilaria nun mit leiser, aber durchdringender Stimme. „Ihr kennt sie nur noch aus Geschichten, aber ich habe sie über viele Elfengenerationen am Leben erhalten. Deshalb dienen sie mir. Die Höhlen unter meinem Krater sind ihr Zuhause. Es sind viele und sie folgen mir. Seht nur genau hin."
Der Rauch und die tintenartigen Schwaden waren schon bis zum Boden gesunken. Nun sah man, wie sich daraus Wesen formten: Dicke Trolle, dunkle Geister und schwarze kleine Drachen, wie jener, der Aela verfolgt hatte. Noch waren sie nur schemenhaft zu erkennen, doch schnell wurde ihre Gestalte immer deutlicher.

Die Trollwolke

„Wir müssen fliehen!", stieß Yuro hervor. „Sonst sind wir verloren."
Sein Wolf knurrte die Zauberin an, was Aela Mut machte.
„Kommt, wir reiten dort entlang", meinte die Prinzessin dann entschlossen und deutete in die Richtung, aus der die Schwaden noch nicht so dicht kamen.

Die Drei galoppierten in Windeseile los. Sie hörten, wie Ilaria lachte und rief:
„Ihr könnt nicht fliehen, selbst wenn ihr euch verkriecht! Es sind zu viele. Sie werden euch finden."
„Das werden wir ja sehen", zischte Leandra und trieb ihr Pony an.
Blitze zuckten vom Himmel, Donner grollte und die drei Freunde flohen. Hinter ihnen brannte das Land und die schwarzen Gestalten formierten sich.

Kapitel 15

Der Farnfalter

Fern ab von Ilarias bösem Zauber saß Fee im Sommerland an einem kleinen Teich. Die Sonne schien und sie ließ ihre Füße ins Wasser baumeln. Am Ufer tummelten sich kleine Flatterlinge und die Blumen spiegelten sich zart auf der Wasseroberfläche.
Vor einiger Zeit war sie mit Falomon, Sinia und Sarah ins Sommerland zurückgekehrt. Sie alle vermissten Aela sehr und fragten sich, wie es ihr ergangen war, seitdem sie sich getrennt hatten.

Fee lag im Gras und blinzelte in die Sonne. Wie schön es im Sommerland war! Die gefährlichen Abenteuer der vergangenen Tage schienen in weite Ferne gerückt zu sein. Hier erinnerte nichts mehr an die Ereignisse am Drachenfels und die Gefahren, denen die Freunde ausgesetzt gewesen waren.

Die Elfen des Sommerlandes hatten sich über die Rückkehr der Freunde sehr gefreut. Es wurde ein großes Fest zu Ehren der verlorenen Königstochter Sarah gefeiert. Nur der Umstand, dass Aela nicht mit zurückgekehrt war, trübte die Stimmung.
Immer wieder mussten die Freunde die Geschichte von Sarahs Rettung am Drachenfels erzählen. Die vier Rückkehrer berichteten dabei nicht alles, was ihnen auf der Reise widerfahren war, denn sie wollten die Sommerelfen nicht zu sehr beunruhigen. Denn schließlich lag das

Glück und das Schicksal Sajanas immer noch in den zarten Händen Aelas und niemand konnte ahnen, wie es ausgehen würde.
Falomon lief abends oft lange und tief in Gedanken versunken am Ahnenwald entlang - genau dort, wo er die Prinzessin das erste Mal getroffen hatte. Er fühlte sich unwohl bei dem Gedanken, dass sie Aela alleine gelassen hatten, auch wenn es ihr eigener Wunsch gewesen war. Nun hoffte er auf ein Zeichen von ihr.

Fee wurde müde und schlief am Teich beinahe ein, als sich ein kleiner Falter auf ihr linkes Knie setzte. Die Elfe richtete sich auf und beugte sich über das Tierchen. Es war violett und hatte an den Flügelrändern feinen gelben Puder. Seine großen Augen glänzten im Sonnenlicht wie zwei Perlen.
„Wer bist du, Kleiner?", fragte Fee sanft. „Ich freue mich, dass du mich hier am Teich besuchst."
Das Tierchen drehte sich im Kreis, als wolle es tanzen. Das sah so nett aus, dass Fee lachen musste. Dann flatterte der Falter wieder los und flog über den Teich. Fee winkte ihm nach, denn sie dachte, dass er nun weiterfliegen würde. Aber der Falter drehte nur ein paar Runden über dem Wasser und kehrte dann zu dem Elfenmädchen zurück. Dieses Spiel wiederholte sich einige Male, bis Fee eine sonderbare Beobachtung machte: Das Wasser des Teiches, über das der Falter immer wieder flog, begann sich zu verfärben. Wolken, schwarz wie Tinte, stiegen vom Grund auf und trübten es. Fee blickte überrascht zum Himmel, um zu sehen, ob Gewitterwolken zu sehen waren, die sich auf der Wasseroberfläche spiegelten. Aber dort war nichts, außer dem strahlenden Blau eines Sommertages und weißen Schönwetterwolken.

Der Falter war nun zu einem langen Ast geflattert, der ganz in der Nähe des Elfenmädchens über dem Wasser hing und hatte sich darauf niedergelassen. Fee bemerkte, wie die Augen des Tierchens nun stärker zu glänzen begannen und wie sich das Funkeln im Wasser spiegelte. Der Glanz vermischte sich mit dem Schwarz der Wolken und geheimnisvolle Bilder formten sich daraus.

Der Farnfalter am Teich

Fee sah Aela, die unter einem Baum lag. Das Elfenmädchen glaubte die Stimme der Prinzessin zu hören und sie fühlte die Sehnsucht Aelas nach ihren Schwestern, Freunden und besonders nach ihrem Zuhause. Sie sah zwei Elfen, ein Mädchen und einen Jungen, die bei ihr waren, lachten oder sie bei der Hand hielten. Ein Wolf lag neben einem Pony und einem Pferd im Gras und schlief. Alles war voller Harmonie, wäre da nicht der dunkle Rauch, der von allen Seiten hereinzog und das Bild verschleierte. Er vermischte sich mit dem schwarzen Nebel tiefstehender Wolken. Finstere Gestalten schlichen sich von allen Seiten heran und unheimliche Schatten verdunkelten das Bild.

Fee beobachtete noch eine Weile weiter, was der Falter auf die Wasseroberfläche zauberte. Doch irgendwann verlor sich alles im Schwarz der dichten Rauchschwaden. Nichts war mehr zu erkennen. Fee bekam Angst, denn die letzten Bilder waren voll düsterer Vorahnung gewesen. Bald waren Aela und ihre Freunde ganz zwischen den Wolken versunken und Fee rief verängstigt nach der Prinzessin. Aber Aela konnte sie nicht hören.

Schnell lief Fee zu Sinia und Sarah und berichtete von dem, was sie am Teich gesehen hatte. Auch Falomon kam hinzu und nahm das Elfenmädchen in die Arme. Sanft und liebevoll streichelte er ihr über ihre blonden Haare, um sie zu beruhigen und Fee legte ihren Kopf an seine rechte Schulter.

„Das kleine Tierchen ist ein *Farnfalter*", erklärte Sinia, die sich in der Natur Sajanas so gut auskannte, wie kaum eine andere Elfe des Sommerlandes. „Sie sind ganz besondere Lebewesen. Eigentlich leben sie in den Uferpflanzen der heimischen Bäche und Seen. Nur ganz selten fliegen sie übers Land. Aber wenn sie es tun, dann haben sie eine ganz besondere Fähigkeit, denn alles, was sie sehen, bleibt in ihnen erhalten. Ihre großen glänzenden Augen sind wie Zauberkugeln, die Bilder aufnehmen, manchmal aber auch wiedergeben. Einen dieser seltenen Momente hast du gerade erlebt. Nicht immer sieht man dabei die Bilder genau so, wie sie geschehen sind. Manchmal scheinen sie auch zusammenhangslos und willkürlich zu sein. Aber die Klarheit, in der du die Bilder gesehen hast, deutet darauf hin, dass der Falter vor nicht allzu langer Zeit bei Aela war."

„Das bedeutet, dass Aela am Leben ist!", rief Falomon erfreut. „Und sie hat Leandra und Yuro getroffen. Erinnert ihr euch? Sternenland hat sie auf die Suche nach den beiden geschickt. Das müssen die Elfen an ihrer Seite sein."

Sinia hörte Falomons Worte, blickte die Freunde jedoch ernst an und meinte dann:

„Falomon hat Recht. Sie ist am Leben. Aber was hat der schwarze Rauch zu bedeuten, der das Bild verhüllt hat?"

Auch die anderen freuten sich über ein Lebenszeichen von Aela, doch Sinias Worte bereiteten ihnen Sorgen.

„Yuro ist ein guter Begleiter", meinte Sarah hoffnungsvoll. Es freute sie sehr, etwas von dem Wolfsreiter gehört zu haben, auch wenn es nur die Illusionen eines Farnfalters waren.

„Er hat mich damals in den Höhlen unter dem Zinnenpalast gerettet", fuhr sie fort. „Ohne ihn wäre ich verloren gewesen. Er wird sicher auch Aela helfen."

„Das hoffe ich", entgegnete Sinia. „Die Bilder, die Fee am Teich gesehen hat, waren finster. Fast kommt es mir wie eine böse Prophezeiung vor. Die Prophezeiung, dass Aela und unser Elfenreich untergehen werden. Vielleicht ist sie gerade in diesem Augenblick in Gefahr."

Sinia, Sarah, Fee und Falomon blickten betroffen zu Boden und schwiegen. Ein ungutes Gefühl beschlich sie, denn Sinia hatte Recht. Die beschriebenen Bilder waren tatsächlich voll düsterer Vorahnungen.

Aela, Yuro und Leandra ritten in Windeseile über die Wiesen und zwischen den wenigen Bäumen hindurch. Hinter den Freunden hatten sich die Schatten formiert und Horden an Trollen hetzten herbei. Die Luft füllte sich mit Zwergdrachen, auf deren Rücken ebenfalls Trolle saßen. Die Drachen fingen an, vom Himmel herabzustoßen und kleine stechende Flammen auf die Freunde zu spucken.
Aela blieb kaum Zeit zum Atmen. Sie erinnerte sich an ihre erste Begegnung mit einem dieser Drachen, als dieser sie aus einer Wolke Flatterlinge angegriffen hatte.
„Könnt ihr nichts tun?", rief sie verzweifelt zu Yuro und Leandra. „Als wir uns das erste Mal gesehen haben, ist es euch doch auch gelungen, den einen Zwergdrachen zu vertreiben, der mich bedrohte."
Yuro hielt sich an seinem Wolf fest und blickte im rasenden Ritt kurz zu ihr rüber. Die Prinzessin sah Angst in seinen Augen und gleich fielen ihr Yuros Worte bei ihrem ersten Treffen wieder ein:

Einen Zwergdrachen schlägt man leicht in die Flucht, aber wenn es mehrere davon sind, dann kommt oft jede Hilfe zu spät.

Nun war leider eine ganze Horde Zwergdrachen, Trolle und Dämonen hinter ihnen her.
„Schweig besser und reite um dein Leben!", rief Yuro zurück. „Du wirst deine Kräfte noch brauchen. Ich werde tun, was ich kann." Sein Wolf rannte flink wie der Wind. Die Prinzessin sah, dass Yuro einen kleinen Gegenstand in der Hand hielt, den er unter seinem Hemd an

einer Kette getragen hatte. Es war eine langgezogene kleine Muschel mit winzigen Flügeln daran. Yuro hielt sie sich mit dem spitzen Ende an den Mund und blies so stark er konnte hinein. Ein durchdringender hoher Pfeifton war zu hören.
Die Trolle sahen sich verwirrt um, zögerten kurz, rannten dann aber unbeirrt weiter. Auch die Zwergdrachen drehten kurz ab, flogen einen Bogen durch die schwarzen Wolken am Himmel, kehrten aber gleich wieder zurück.
Drei Mal blies der Wolfsreiter in die Muschel und drei Mal war der durchdringende Ton zu hören. Einige Augenblicke vergingen, ohne dass etwas geschah. Die Trolle drängten immer stärker auf die Freunde ein und die Prinzessin gab die Hoffnung auf, noch gerettet zu werden, als sie erneut ein Geräusch vernahm: Es war das Heulen wilder Wölfe. Sie stürzten von der Seite heran und Aela dachte, ihr Ende sei nun gekommen. Doch es waren zum Glück Yuros Freunde, die er mit seiner Muschel gerufen hatte. ‚Woher sind sie so schnell gekommen?', schoss es Aela in den Sinn. Die Prinzessin erinnerte sich erneut an Yuros Worte:

Wann immer ich die Wölfe und Elfengeister brauche, sind sie da.

Es kamen immer mehr Wölfe herbeigehetzt. Die wilden Tiere stürzten sich auf die Trolle und trieben sie auseinander. Diese setzten sich mit ihren Händen und klobigen Beinen zur Wehr und gaben nicht auf. Aela sah, dass zwischen den grauen Wölfen auch weiße Tiere waren.

Yuros Muschel

Sie wirkten auf sie ganz sonderbar, als ob sie nicht von dieser Welt waren. Sie bewegten sich leicht und schwebend und berührten im Laufe kaum den Boden. Wenn eines dieser Tiere einen Troll berührte, dann blieb dieser stehen, wurde ebenfalls weiß und zerfiel zu Staub.

Die Zwergdrachen am Himmel ließen sich davon nicht beirren. In immer größeren Scharen kamen sie aus den dunklen Wolken und spuckten Feuer. Die Wölfe bildeten Rudel und versuchten die drei Freunde zu schützen, indem sie dicht an ihrer Seite liefen. Aber Aela spürte, dass sie dem Angriff der Drachen nicht standhalten konnten. „Was sollen wir tun?", rief sie Yuro und Leandra verzweifelt zu. Sie fühlte den Stich einer Flamme an ihrem Oberarm. Yuro nahm erneut seine Muschel und blies mit aller Kraft hinein. Ein schriller Ton war zu hören. Die weißen Wölfe kamen zu den drei Freunden und waren bald links und rechts, ja selbst über den Köpfen der Reiter. Leicht wie Federn schienen sie sich zu bewegen und geschickt wehrten sie die Flammen der Zwergdrachen ab.
Blitze zuckten hernieder, schlugen ein und setzten Bäume in Brand. Doch in der Trollherde und den Drachenwolken war Ilaria mit ihrem magischer Stab nicht mehr zu sehen.
„Greif dir einen der weißen Wölfe!", rief Yuro mit gehetzter Stimme. „Und lass ihn nicht mehr los."
Aela blickte zur Seite und sah, wie auch Leandra versuchte im Reiten eines der Tiere zu packen. Als einer der weißen Wölfe direkt neben ihr war, schnappte sie nach ihm. Sie spürte die Haare seines Fells, die seltsam kalt waren und griff zu. Ein Schauer durchlief ihren Körper. Aela fühlte einen Stich im Herzen. Die Hand, mit der sie den Wolf gepackt hatte, wurde nun ebenfalls weiß und die Kälte, die von dem Fell ausging, breitete sich in ihrem ganzen Körper aus. Aela spürte, wie sie davon erfasst wurde und wie das Weiß ihre ganze Haut veränderte. Zwei Zwergdrachen hatten den Schutz der Wölfe durchbrochen und spuckten Flammen. Doch die Prinzessin spürte keinen Schmerz mehr. Die Flammen schienen auf ihrer weißen kalten Haut zu vergehen, wie ein Tropfen auf dem heißen Stein.

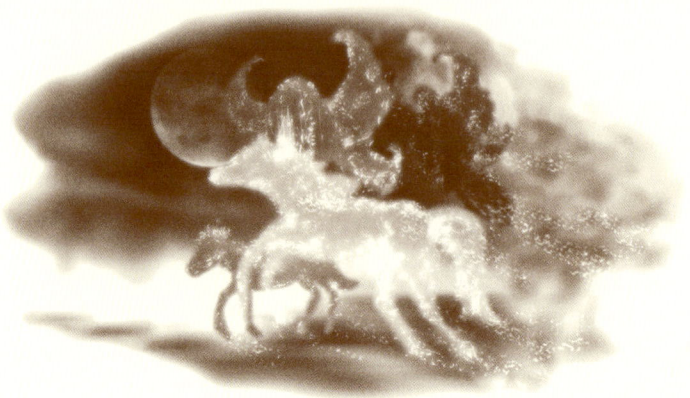

Die Prinzessin fühlte, wie sie ihren Körper verließ. Ein Windstoß kam und weißer Staub wirbelte auf. Es waren Aela, Yuro, Leandra und ihre Reittiere, die sich durch die geheimnisvolle Macht der weißen Wölfe auflösten und fortgetragen wurden. Aelas Seele wurde zu Licht und durchbrach die finsteren Wolken. Die Sonne war hell und strahlend, doch blendete sie nicht. Der weiße Staub wurde immer feiner und vom Wind in alle Himmelsrichtungen verweht.

Sarah schreckte im Sommerland in ihrem Bett auf. Sie hatte sich zur Mittagszeit ein wenig hingelegt, um nachzudenken. Es war für sie schwer zu begreifen, was in letzter Zeit geschehen war: Ihre Flucht aus dem Zinnenpalast, dann die Rettung am Drachenfels und am Ende die glückliche Rückkehr in ihre Heimat, die sie noch nie zuvor gesehen hatte.
Nun überkam sie ein sonderbares Gefühl. Sie lief zum Fenster ihres Blütenhauses. Der Himmel war blau, doch die Sonne schien seltsam bleich zu sein, als ob ein Schleier sich über sie gelegt hätte. Eine Ahnung überkam sie – das Gefühl, dass etwas Schlimmes passiert war. Schnell zog sie sich eine leichte Sommerbluse über und flog aus der Tür ins Freie. Die Sonne schien bald wieder hell und warm, doch Sarah hatte einen Entschluss gefasst, den sie ihren Freunden mitteilen wollte.

Kapitel 16

Das Erbe des Elfenkönigs

Norah stand mit Grimm am Rande des Kraterhügels, inmitten der kleinen Lichtung, welche der Wolfself Drachenherz nannte. Die Fürstin blickte in die Tiefe und staunte, denn die Seitenwände des Kraters waren nicht aus scharfkantigem Stein, sondern mit weichem grünem Gras bewachsen. Das Licht der Sonne glitt an den Wänden entlang und erzeugte zauberhafte Farbspiele. Der Boden des Kraters war in der Tiefe nicht zu sehen.
Grimm bemerkte, dass die Fürstin beeindruckt war und meinte:
„Breite deine Flügel aus und lass dich einfach fallen. An diesen Ort wollte ich dich führen und der Krater ist unser Ziel."
Norah zögerte.
„Dann werde ich in die Tiefe stürzen und vielleicht sterben", erwiderte sie unsicher. „Im Inneren des Kraters kann man nicht fliegen. Es ist zu eng und je tiefer man fällt, umso dunkler wird es bestimmt."
„Mach dir keine Sorgen", sagte Grimm. „Ich werde dir folgen und das Licht wird dich tragen. Es besteht keine Gefahr für dich."

Norah vertraute Grimm. Sich einfach in die Tiefe zu stürzen, erforderte jedoch große Überwindung. Der Wolfself bemerkte Norahs Unsicherheit, senkte etwas den Kopf und gab der Fürstin einen kleinen Schubs. Norah verstand die Aufforderung und musste trotz ihrer Angst etwas lächeln. Dann seufzte sie und meinte leise:

„Also gut. Ich werde es tun. Aber wehe dir, wenn du mich reinlegst!"
Sie schubste den Wolfself ebenfalls und die Fürstin glaubte auch in seinem Gesicht den Anflug eines Lächelns zu erkennen.
Norah und Grimm traten an den vordersten Rand des Kraters. Die Fürstin blickte dem Wolfself ein letztes Mal prüfend in die Augen, konnte aber keine Boshaftigkeit darin erkennen.
Sie breitete die Flügel aus und ließ sich in die Tiefe fallen.
Dann breitete Grimm ebenfalls seine großen gefiederten Flügel aus und folgte ihr.
Norah spürte, wie der Fallwind durch ihr Haar brauste. Mit ihren Flügeln versuchte sie, den Sturz etwas zu bremsen, was aber nur wenig gelang. Das Grün der Seitenwände glitt an ihr vorbei. Es fühlte sich für die Fürstin an, als ob sie in einen tiefen grünen See eintauchte, nur war hier kein Wasser, sondern frische kühle Luft.
Norah war überrascht, denn sie merkte, dass es nicht dunkler wurde, je tiefer sie fiel. Ganz im Gegenteil: Das Licht in diesem Krater wurde immer intensiver und je heller es strahlte, desto mehr verlangsamte sich ihr Sturz. Schon bald hatte die Fürstin das Gefühl, mehr in die Tiefe zu schweben, als zu fallen. Sie fühlte sich leicht wie eine Feder, die auf einem grün schimmernden Luftkissen hinabgelassen wurde. Nun, da alles viel langsamer ging, konnte sie auch das Innere der Krateröffnung besser erkennen und sah, dass an den bewachsenen Seitenwänden Tausende kleiner Tierchen saßen. Die Lebewesen waren ebenfalls grün und man konnte sie deshalb nur bei sehr genauem Hinsehen zwischen dem Gras erkennen. Sie hockten auf ihren kräftigen Hinterbeinchen und glotzten die Fürstin aus großen runden Augen an. Ihre Haut war glatt und schleimig und die Vorderbeinchen winzig. Am auffallendsten war jedoch das zu groß geratene, gebogene Horn zwischen ihren Augen.

Wenig später landete die Fürstin sanft auf dem Boden des Kraters. Auch Grimm folgte sofort nach und flog an Norahs Seite.
„Nun", meinte er, als die beiden wieder nebeneinander standen, „du siehst, es war ganz einfach."

Die Flammenfrösche

„Das stimmt", erwiderte die Fürstin. „Aber was waren das für seltsame Tierchen an den Kraterwänden? Und wie kommt es, dass es hier unten fast genauso grün und hell ist wie oben auf der Lichtung?"
„Diese Tiere heißen *Flammenfrösche*", begann Grimm zu erklären. „Sie waren es, die den Kraterhügel vor langer Zeit erschaffen haben, denn er besteht aus unzähligen kleinen Höhlenbauten dieser Tiere. Es gibt die Flammenfrösche fast schon so lange wie Drachen und sie können ebenso Feuer spucken wie sie."
Norah staunte, was es mit diesen kleinen Urwesen auf sich hatte.
„Sie haben auch diese unterirdische Lichtung nach dem Vorbild des Drachenherzens erschaffen. Durch ihre winzigen Höhlen dringt das Licht der Sonne bis in die Tiefe. Aber die Flammenfrösche bergen noch ein weiteres Geheimnis, wie du gleich sehen wirst."
Norah bemerkte, wie sich an einer der Seitenwände, dicht über dem mit Gras bewachsenen Boden, immer mehr der seltsamen Wesen sammelten.
Sie hockten nebeneinander, aufeinander und übereinander. Bald war es ein solches Gewimmel an Tieren, dass man sie einzeln kaum mehr erkennen konnte, sondern nur noch eine Masse aus grünen

Körpern, Armen und Beinen, großen Augen und Hörnern. Das sah sehr komisch aus und Norah musste sich ein Lachen verkneifen.

Doch plötzlich, wie auf ein Kommando, sperrten alle Flammenfrösche ihr Maul auf und spuckten Feuer. Da es sehr viele der Wesen waren, entwickelte sich daraus eine gewaltige Flamme, die in Grün-, Gelb- und Türkistönen an der Kraterwand loderte.

„Komm mit", meinte Grimm zu Norah gewandt. „Der Weg ist nun frei für dich."

„Der Weg? Wo ist hier ein Weg?", fragte die Fürstin ungläubig, denn der weitläufige Raum hier unten schien nach allen Seiten durch Kraterwände begrenzt und nur nach oben hin offen zu sein. Der Wolfself nickte und deutete nach vorne.

„Die Flammen sind das Tor", meinte er. „Durch sie musst du hindurchgehen."

„Niemals!", rief Norah. „Auf keinen Fall werde ich durch das Feuer gehen. Ich würde verbrennen!"

Grimm wurde ernst und blickte zu Boden.

„Hinter dem Feuer befindet sich der größte Schatz der Bergelfen – das Erbe des ersten Elfenkönigs des Nordens", begann er zu erklären. „Wenn du ihm nicht würdig bist und nicht das Blut dieses Königs in deinen Adern fließt, wirst du tatsächlich verbrennen. Aber es ist dein Schicksal dies zu erfahren."

„Ich bin Norah, die letzte Erbin der Könige und Fürsten des Nordens", sagte sie mit starker Stimme. „So hat man es mir zumindest gesagt", fügte sie dann mit etwas leiserer Stimme hinzu und der Anflug einer Ungewissheit überkam sie. Was nur, wenn ihre Vorfahren gar nicht ihre Vorfahren waren und man sie angelogen hatte, genauso wie sie und ihre Mutter jahrelang Sarah belogen hatten? Nein, das konnte nicht sein. Sie wischte diesen Gedanken beiseite.

„Dann kann dir das Feuer auch nichts anhaben und du bist dazu bestimmt, dein Erbe anzutreten", meinte Grimm. „Bist du bereit, durch die Flammen zu gehen?"

Norah war nicht bereit. Das spürte sie genau. Sie fühlte sich ganz klein und die Angst, im Feuer zu vergehen, war größer als ihr Mut.

Da hörte sie einen seltsamen Laut – ein Geräusch, wie sie es noch niemals zuvor vernommen hatte. Es klang wie ein Heulen oder ein Schluchzen, doch es hatte nichts Elfisches an sich. Ganz fremd und dunkel drang es an ihr Ohr.
„Was ist das?", fragte sie erstaunt. „Hörst du es auch?"
Grimm stellte seine Ohren auf und lauschte.
„Ja, ich höre es", sagte er ernst. „Immer wieder dringt das Heulen aus den Tiefen des Kraters."
„Mir scheint, als ob es aus den Kraterwänden kommt", meinte Norah. „Gibt es hier noch andere unterirdische Räume?"
Mit einem unguten Gefühl dachte sie an das Labyrinth unter dem Zinnenpalast, in dem sie fast verloren gewesen wäre.
„Du wirst es selbst erfahren, wenn du deinen vorbestimmten Weg gehst", erwiderte Grimm. „Ich kann dir deine Fragen nicht beantworten. Du musst deine Antworten selbst finden."
Da hörte Norah die Stimme der Wahrheit in ihrem Herzen erklingen, die zu ihr gesprochen hatte:

Das Licht und der Schatten sind wieder vereint,
wenn tief in den Höhlen ein Baby weint.

Es hörte sich für Norah nicht an, als ob hier ein Baby weinte, aber ein Schluchzen war es in jedem Fall. Sie kniete sich auf den Boden und vergrub ihr Gesicht in ihren Händen. Vorne loderte das Feuer.
„Nun gut", sagte sie nach einer ganzen Weile zu Grimm. „Du hast mir bisher immer die Wahrheit gesagt, weshalb solltest du mich jetzt ins Verderben stürzen? Ich werde durch das Feuer gehen."
Der Wolfself nickte, erwiderte aber nichts. Die Fürstin erhob sich langsam, den Blick zu Boden gesenkt. In kleinen Schritten lief sie auf das Feuer in der Kraterwand zu. Sie spürte, wie die Luft heißer wurde und die Hitze den Atem nahm. Zwischen den Flammen glotzten sie die großen Augen der Flammenfrösche an.
Norah drehte sich noch einmal kurz um. Grimm stand wie versteinert da und beobachtete sie.

Dann nahm die Fürstin ihren ganzen Mut zusammen und stürzte sich in die Flammen.

Feuer züngelte an ihr hoch und erfasste ihr Gewand. Alles fing an zu brennen, doch Schmerzen fühlte die Fürstin keine. Sie hörte das Knistern der Flammen und eine schleimige dunkle Masse tropfte von ihren Armen herab. Norah wollte schnell aus dem Feuer herausspringen, doch schienen ihre Füße in einem klebrigen pechschwarzen Morast festzustecken. Sie wand sich, wollte sich davon losreißen, doch es half nichts.

Alles an ihr brannte.

Norah fühlte, wie ihre Flügel und Haare selbst zu Flammen wurden und ihr Körper bald einem einzigen Feuerball glich. Da hörte sie eine Stimme. Es war die Stimme der Flammen selbst, die zu ihr sprach:

Im Feuer der Flammenfrösche

„Es gibt nur Eine, die würdig ist, das Erbe des Elfenkönigs Naramon, dem ersten König der Bergelfen und Urvater aller Könige Sajanas, anzutreten."

Nach einer kurzen Pause sprach das Feuer erneut:

„Bist du die letzte Erbin des ersten Elfenkönigs und fließt sein Blut in deinen Adern?"

Norah war nicht in der Lage zu sprechen, doch hörte sie eine Stimme, welche sich aus dem Knistern der Flammen ihres brennenden Herzens zu bilden schien.

„Ja, die bin ich", sagte diese Stimme. „Ich bin Norah, Tochter Urianas und letzte Fürstin der Bergelfen."

„Dann ist es an der Zeit, dass du das Erbe des Elfenkönigs antrittst" erwiderten die Flammen.

Norah fühlte, dass unter ihren Beinen der Morast versickerte und der Boden anfing, golden zu glänzen. Auch auf ihren Arme lag nun ein feiner Schimmer. Die Flammen ließen sie wieder los und Norah konnte über den goldenen Boden aus dem Feuer heraustreten. Nun waren ihre Beine wieder frei und sie ging zwei Schritte nach vorne. Das Feuer an ihrem Körper erlosch und ihre wahre Gestalt kam wieder zum Vorschein.

Doch eine seltsame Wandlung hatte stattgefunden: Ihr einfaches schwarzes Gewand, welches am unteren Rand einen blutroten breiten Saum hatte, war nun durch feinste goldene Stickereien veredelt. Diese zeigten wundervolle Flammen- und Drachenornamente. Am Saum ihrer Ärmel erkannte Norah alte Schriftzeichen und um die Hüfte schlang sich ein Gürtel aus reinster *Blütenseide*. Das Sonderbarste war jedoch, dass selbst Norahs Haare und ihre Flügel golden schimmerten, was ihrer Erscheinung das Aussehen einer Königin verlieh.

Norahs Herz schlug vor Freude höher, als sie die Verwandlung bemerkte. Ein grünlicher Rauch hatte sie umhüllt, der sich aus dem Feuer gebildet hatte. Nun lichtete er sich langsam und Norah blickte sich staunend um.

Sie stand in einer großen Halle, deren Boden ganz aus Gold war und die mit hohen Marmorsäulen an den Seiten begrenzt war. Zwischen den Säulen standen lebensgroße Statuen alter Elfenkönige, Königinnen und Fürsten. Die Decke war mit einem riesengroßen Gemälde geschmückt. Es zeigte ebenfalls Elfenkönige, Fürsten und dazu noch Drachen, die in Flammen eingehüllt waren und mit Hilfe eines Kelches flüssiges Feuer aus einer edlen Schale schöpften. Norah kannte diese Schale, denn sie hatte sie schon einmal im Traum gesehen. Sie begriff sofort, dass dieses Bild den Tag zeigte, an dem der Pakt mit den Drachen geschlossen worden war.

Inmitten der Elfenherrscher stand ein Mann, der das Zentrum des Bildes zu sein schien. Zwar war er etwas schlichter gekleidet als die anderen, jedoch strahlte seine Gestalt Güte und Weisheit aus. Norah vermutete, dass es sich hierbei nur um König Naramon handeln konnte. In den alten Büchern der großen Palastbibliothek hatte sie schon in manchen Werken sein Bild gesehen, doch fand man in keinem der Bücher seinen Namen oder wer er tatsächlich gewesen war.

In dem Raum herrschte dasselbe schöne Licht, wie in der Halle, aus der Norah kam. Nur das hinterste Ende war etwas dunkler und man konnte schwer erkennen, was sich dort befand. Aus der Ferne sah es aus, wie die Anhäufung riesiger Felsbrocken und hoher Pflanzen.

Da bemerkte Norah, dass sich dort etwas bewegte. Sie erschrak, denn bisher hatte sie vermutet, alleine an diesem Ort zu sein. War es der Umriss eines Drachens? Nun vernahm sie auch wieder das Schluchzen, das sie in der Kraterhalle gehört hatte.

Langsam nahmen die Schatten Gestalt an und Norah sah, dass es *zwei* Drachen waren, die sich dort bewegten. Sie fühlte einen Stich in ihrem Herzen, denn Drachen waren schon lange nicht mehr die Freunde der Bergelfen. Da hörte sie die Stimme eines der Drachen, der zu ihr sprach:

„Norah, Königin der Bergelfen, sei gegrüßt und tritt näher, damit wir dich willkommen heißen können."

Kapitel 17

Der Tag der Krönung

Norah war wie erstarrt, denn sie sah nun die beiden Drachen, die aus dem Dunkel kamen. Es waren zwei mächtige Feuerwesen, wovon das eine fast weiß und das andere ganz dunkel war. Der helle Drache konnte nur ein Weibchen sein, denn er war schlank und anmutig. Der Dunkle dagegen hatte einen etwas größeren und kräftigeren Körper. Seinen Kopf zierte ein Stachelkranz und die Schwanzspitze war dreigeteilt.

Norah hatte inzwischen ihre Fassung wiedergewonnen.
„Ich begrüße euch ebenfalls!", rief sie, auch wenn ihre Stimme dabei zitterte. „Doch wie kommt es, dass ihr die Sprache der Elfen sprecht? Kein Drache Sajanas ist dessen mächtig."
„Nicht wir sind es, die deine Sprache sprechen", erwiderte der große Drache. „Du bist es, die unsere Sprache versteht. Das Feuer, durch das du gegangen bist, hat dir dabei geholfen, auch wenn du es nicht gemerkt hast. Nun sprichst du unsere Sprache so gut, als ob du nie eine andere gesprochen hättest. Aber komm bitte näher. Es ist schon sehr lange her, dass eine Elfe unser Gast war."

Norah fasste ihren ganzen Mut zusammen und ging Schritt für Schritt auf die Drachen zu. Je näher sie kam, umso mehr erkannte sie die Pracht der beiden Feuerwesen. Die schuppige Haut des Weibchens

Farona

hatte einen wunderschön silbrigen Glanz. Die Haut des dunklen Drachens dagegen schien über und über mit Edelsteinen besetzt zu sein.

Als sie nur noch ein kleines Stück von den Drachen entfernt war, beugte sich das Weibchen plötzlich herab und öffnete das Maul. Eine Flamme schoss Norah entgegen und zischte heiß über sie hinweg. Sie erschrak fürchterlich und wollte schreien.
Norah fühlte sich von den Drachen hintergangen. Sie dachte, dass die Feuerwesen sie angelockt hatten, um sie zu verbrennen. Doch als die Flamme über sie hinweggebraust war, bemerkte die Fürstin, dass sie ihr überhaupt nichts angetan hatte. Die goldenen Ornamente auf ihrem Gewand strahlten stattdessen nur noch mehr.

Panthar

„Hab keine Angst, Königin", meinte der helle Drache. „Du bist nun eine von uns und das Feuer kann dir nichts mehr anhaben. Jede Drachenflamme, mit der du in Berührung kommst, gibt dir neuen Mut und neue Kraft."
Norah fing langsam an zu verstehen. Das Feuer der Drachen konnte nicht nur Stein schmelzen und zerstören, sondern es hatte auch magische Fähigkeiten. Niemand hatte ihr das bisher gelehrt, denn zuhause im Norden galten Drachen, seit dem Ende des Paktes, als Feinde.
„Ich bin keine Königin", meinte sie leise. „Ich bin Fürstin Norah aus dem Norden Sajanas. Meine Mutter war Uriana. Meinen Vater habe ich leider niemals kennengelernt."
Die beiden Drachen schienen etwas zu lächeln. Das Weibchen blickte sie liebevoll an und entgegnete:

„Und wir sind *Panthar* und *Farona*, die letzten Nachkommen der Königsdrachen – jener Drachen, die einst den Pakt mit Naramon und seinen Freunden geschlossen haben."

Norah blickte ehrfürchtig zu Boden. Sie fühlte sich in tiefer Schuld, denn ihr Volk war es gewesen, das einst den Pakt gebrochen und die Drachen vertrieben hatte.

„Es ist wahr, deine Mutter war eine Fürstin", fuhr Panthar fort. „Aber in dir fließt auch das Blut König Naramons. Denn nur den Erben des Königs ist es vergönnt, an diesen Ort zu gelangen, ohne dass sie das Feuer der Flammenfrösche tötet. Aber nun folge uns, denn nicht im Norden, in den finsteren Ahnenhallen des Verrates, ruht deine Vergangenheit. Hier, in dieser heiligen Halle, liegt seit langer Zeit dein wahres Erbe – das des alten Königs der Bergelfen."

Norah konnte nichts mehr entgegnen. Sie war ihrer Gefühle nicht mehr Herr und Tränen liefen ihr über die Wangen. Sie dachte an Uriana und wie falsch und töricht der Plan ihrer Mutter gewesen war, das ganze Elfenreich erobern zu wollen. Und sie dachte an ihre Heimat, die nun von Drachen besetzt war.

Seit ihrer Kindheit hatte man ihr gelehrt, die Drachen als Feinde zu sehen. Doch nun wusste sie, dass es in Wahrheit genau umgekehrt war: die Bergelfen hatten sich zu Feinden der Drachen gemacht, indem sie die Feuerwesen vertrieben hatten.

Norah folgte Panthar und Farona wortlos. Hinter einem der großen Felsen war eine kleine Empore errichtet worden, auf die man über mehrere Stufen gelangen konnte. Die Empore selbst hatte die Form eines fünfstrahligen Sterns und genau in der Mitte befand sich ein schlichter hölzerner Schrein.

Die beiden Drachen standen links und rechts von Norah, auf jeweils einem Strahl des Sterns, während die Fürstin selbst in die Mitte, vor die hölzerne Truhe, getreten war.

„In diesem Schrein liegt die edle Krone König Naramons und der magische Schlangenarmreif seiner Frau, Königin Lidia. Viele Herrscher

Naramons Schrein

nach ihm haben versucht, diesen Schatz zu erobern, jedoch verirrten sie sich meist im Grimmforst oder sind im Feuer verbrannt. Keiner von ihnen hat sich der Nachfolge Naramons als würdig erwiesen.
Jene, die Naramon nahe standen und ihn auch in den Generationen nach seinem Tod verehrten, siehst du hier als Statuen in dieser Halle. Sie haben nie nach dem Schatz getrachtet, da sie wussten, dass es nicht ihre Bestimmung war, sein Erbe anzutreten."
Norah fühlte sich an diesem Ort ganz klein und unbedeutend.
‚Wie viele Herrscher vor mir waren der Nachfolge König Naramons würdiger als ich?', fragte sie sich zweifelnd, denn ihr bisheriges Leben war durch Missgunst und Verrat gezeichnet.
Die Drachen schienen ihre Gedanken zu erraten. Farona sah die Elfe eine ganze Weile mit ihren klugen Augen an und sagte dann mit ruhiger Stimme:
„Du bist durch den Lavafluss gegangen und hast den Trauernebel gesehen. Am Berg der Wahrheit wärst du fast gestorben. Tränentropfen haben dich zurück ins Leben geholt und die Stimme der Wahrheit hat zu dir gesprochen. Grimm, der Wolfself führte dich hierher und du bist im Krater durch das Feuer gegangen. Nie war eine Elfe würdiger Naramons Erbe anzutreten als du, Königin Norah."

Die Elfe wunderte sich, woher die Drachen von ihrer schweren Reise wussten, wagte es aber nicht, danach zu fragen. Vielleicht war es Grimm gewesen, der ihnen alles erzählt hatte, vielleicht aber auch Tuoron und Menefeja.

Panthar öffnete den Schrein. Das Innere der hölzernen Truhe war mit schwarzem Samt ausgelegt, auf dem die Krone und der Schlangenarmreif lagen. Sie strahlten in feinstem Elfensilber und die edlen Steine, mit denen sie geschmückt waren, warfen unzählige kleine Lichtpunkte zurück.

Der edle Schein der Krone traf die Statuen zwischen den Marmorsäulen. Wie von Zauberhand wurde es dunkler im Raum und das sich brechende Licht der Krone tauchte die ganze Halle in einen magischen Glanz.
Die Herrscherfiguren wurden von dem Schein umhüllt und schienen sich darin aufzulösen. Dann sah Norah, wie die Statuen plötzlich anfingen, sich zu bewegen, als ob ihnen Leben eingehaucht worden sei. Sie glichen nun zerbrechlichen hellen Lichtgestalten und kamen langsam und schwebend zu der Stern-Empore, auf der Nora stand. Unterhalb der Treppe stellten sie sich schweigend im Kreis.

„Herrscher Sajanas – Zeugen tausender Jahre – tretet heran, denn nun ist der Tag gekommen, an dem Naramons Erbe angetreten wird", sagte Panthar mit leiser Stimme. „Knie nieder Norah, Fürstin des Nordens, denn es ist dein Schicksal, Königin zu werden und dein Volk in eine neue Zeit zu führen."
Die Elfe tat wie ihr geheißen war und kniete langsam nieder. Auch die stummen Lichtgestalten senkten ihre Häupter.

Farona nahm vorsichtig die Krone und den Armreif aus dem Schrein. Der Glanz der Schmuckstücke schien ihren Körper wie ein Schauer zu durchfließen. Sie setzte die Krone vorsichtig auf Norahs Haupt und legte ihr den Reif um den linken Oberarm.

Naramons Erscheinung

Norah spürte, wie ihr Herz höher schlug, so sehr, dass es beinahe zersprungen wäre. Ihr Haar glänzte im Schein der kostbaren Krone und verlieh ihrer Gestalt eine fast übernatürliche Schönheit.

Eine Weile verharrte sie in dieser Haltung, denn die Eindrücke und Erinnerungen, welche sie überkamen, überwältigten sie.
Ein heller Schein drang durch das Deckengemälde ins Innere der Halle und Norah glaubte darin das Gesicht Naramons zu erkennen, der ihr gütig zulächelte.
„Nun kommt die Zeit von Königin Norah und mit ihr soll das Reich der Bergelfen neu erstrahlen", sagte Panthar. „Stehe jetzt auf, gehe zu den Herrschern früherer Tage hier in diesem Raum und nimm das Erbe deiner Vorfahren an."
Doch Norah verharrte kniend vor den Drachen und rührte sich nicht.
„Nein", sagte sie dann mit ruhiger Stimme. „Es ist an mir, edle Drachen, kniend um Vergebung für das Leid zu bitten, das euch zugefügt wurde. Ich nehme das Erbe Naramons an und werde versuchen, ihm gerecht zu werden. Von nun an soll der Pakt zwischen den Drachen und den Elfen des Nordens erneuert werden. Freundschaft soll unseren gemeinsamen Weg begleiten. Euer Land ist der Norden. Es

war euer Reich schon bevor die ersten Elfen kamen. Ich bitte für mein Volk, uns wieder aufzunehmen."

„So spricht eine wahre Königin", erwiderte Panthar ruhig. Dann reckte er seinen Hals nach vorne und eine gewaltige Flamme brannte über Norah und die Lichtgestalten hinweg. Die Königin harrte ruhig aus, denn sie wusste nun, dass das Feuer der Königsdrachen keine Gefahr mehr für sie bedeutete. Vielmehr spürte sie, wie das Feuer sie und ihre Vorfahren durch ein flammendes Band vereinte. Naramons Güte strömte in ihren Körper, ebenso wie der Mut, die Tapferkeit und die Weisheit anderer Herrscher früherer Zeiten. Gleichzeitig spürte sie, wie die Schatten der Vergangenheit durch das Drachenfeuer aus ihrem Herzen verbannt wurden.

Die Königin, die Drachen und die Lichtgestalten verharrten noch eine Weile. Musik erklang, die so sanft und schwebend war, dass sie von keiner Elfe Sajanas sein konnte. Sie kam aus einer anderen Welt, einem Ort, den Norah noch nicht kannte.
Die Musik drang durch jede Höhle Sajanas bis hoch in den Norden zum Zinnenpalast. Die Drachen, die dort am Schattenfels lagerten, hörten sie und wussten, was die Klänge zu bedeuten hatten. Tausende der Feuerwesen stiegen hoch in den Himmel, vereinten sich über den Wolken und stießen zu Ehren der neuen Königin Flammen aus, die das ganze Land in ein feierliches Rot hüllten.

Als die Statuen schon lange wieder an ihre Plätze zurückgekehrt waren und die Drachen den Schrein verschlossen hatten, gelang es auch Norah langsam zu begreifen, was geschehen war.

Einige Zeit später saß die neu gekrönte Königin bei Panthar und Farona und ließ sich Geschichten aus den Urzeiten Sajanas erzählen. Immer wenn Norah sich dabei ihrer Mutter erinnerte, wurde sie sehr traurig. Jahrelang hatte Uriana durch Neid, Missgunst und Intrigen versucht, ihre Macht zu vergrößern und war daran zugrunde gegangen. Norah hingegen hatte sich gewandelt und vieles, wovon ihre

Mutter geträumt hatte, war ihr nun einfach geschenkt worden. Norah hoffte, dass ihre Mutter diese schicksalhaften Wendungen in der Ahnenwelt der Elfengeister fühlen konnte und bei ihr war.
Die Male an Norahs Schultern hatten sich ebenfalls verändert. Die Wellen- und Flammensymbole waren gewichen. Stattdessen zeichneten sich nun weiche Linien und Bilder auf der weißen Haut der Königin ab, in denen man die Gesichtszüge von Norahs Vorfahren erahnen konnte.

Eine Weile schwiegen die Drachen und Norah spürte, dass sie etwas bedrückte. Sie erinnerte sich wieder an das Schluchzen, welches Grimm und sie vor dem Durchschreiten des Feuers vernommen hatten. Sie sprach Panthar und Farona darauf an und tatsächlich begann das Drachenweibchen zu schluchzen. Tiefe Trauer zeichnete sich in ihrem Gesicht ab.
„Heute ist der Tag der Erneuerung der Freundschaft zwischen den Bergelfen und den Drachen", sagte Panthar. „Doch die Vergangenheit hatte ihren Preis, denn seit langer Zeit wurde kein Königsdrachenbaby mehr geboren. Komm mit, wir möchten dir etwas zeigen."

Norah hatte schon vorher die Höhle bemerkt, welche sich hinter den großen Felsbrocken befand. Sie folgte den beiden Königsdrachen ins Innere. Die Höhle war nicht besonders tief und bald erkannte Norah in dem schwachen Licht, welches von der Halle hereinschien, ein großes Drachennest.
„Hier ist seit langer Zeit unser Zuhause", erklärte Farona. „Nur ganz selten verlassen wir diesen Ort und fast nie bitten wir die Flammenfrösche uns den Weg hinaus ins Drachenherz freizugeben. Denn in diesem Nest liegt das Schicksal der letzten Königsdrachen Sajanas."
Panthar hob Norah behutsam hoch, so dass die Königin ins Innere des Nestes blicken konnte. Darin lag ein großes schlichtes Ei – ein Drachenei, wie es Norah bisher nur aus Büchern kannte.
„Ihr bekommt ein Baby!", freute sich die Königin, doch sah sie sofort an den Mienen der Drachen, dass kein Grund zur Freude bestand.

„Es ist das letzte Königsdrachenei Sajanas", meinte Panthar und die Schwere der Worte war deutlich zu spüren. „Doch das Ei ist für uns verloren. Der Zauber einer bösen Elfe hat es uns genommen. Sie arbeitet in der Unterwelt, dort wo die schleichenden Trolle zuhause sind und die Zwergdrachen brüten. Ihr kennt diese Kreaturen nur noch aus Legenden, doch die Elfenzauberin hielt sie am Leben. Sie war es auch, die die Herzen vieler Könige und Fürsten vergiftete und die Herrscher dazu bewog, den Pakt mit den Drachen zu brechen. Ihr Gift wirkt noch lange nach und sie ist längst nicht besiegt."

„Ilaria", sagte Norah bitter. „Ihr sprecht von Ilaria. Wie konnte ich ihr nur jemals vertrauen. Auch mich hat sie vor nicht allzu langer Zeit beinahe im Lavafluss getötet."

„Uns versucht sie ebenfalls zu vernichten", meinte Panthar. „Denn wir Königsdrachen sind die einzigen Wesen, die der Macht ihrer Zauberbrut widerstehen können. Es heißt, dass ihre Kreaturen schon bald in Scharen das Land überfallen werden. Und dabei fürchtet die Zauberin nur eines: Das Feuer der Königsdrachen, denn unsere Flammen können ihre Brut vernichten."

„Wie lauten die Worte, die sie zu euch gesprochen hat?", wollte Norah wissen. Das, was ihr Panthar und Farona erzählten, bedrückte sie sehr, denn sie spürte, dass es das ganze Elfenreich bedrohte.

„Es ist schrecklich", meinte Farona verbittert. „Und es ist leider unmöglich, den bösen Zauber zu brechen. Ilarias Lachen war finster, als sie diese Worte sagte:

Verloren ist das Königsdrachen-Ei,
gestern, heute und für alle Zeit,
bringt euch nicht die Prinzessin bei,
wie man vom Zauber sich befreit.

Doch nur ihr Tod kann euch erlösen,
von dieser Last und allem Bösen.

Kapitel 18

Die Sonne Sajanas

Der Staub der weißen Wölfe wirbelte hoch in den Himmel. Unten am Boden kämpften Trolle und schwarze Zwergdrachen mit den grauen Wölfen. Doch als die Wölfe sahen, dass Yuro nicht mehr da war, verschwanden sie so schnell, wie sie gekommen waren.
Ilaria reckte ihren Stab in die Höhe und ein fürchterlicher Blitz fuhr herab. Die Zwergdrachen flogen zurück in die schwarzen Wolken und die Trolle verschwanden im Rauch der brennenden Bäume.
Auch Ilaria ritt langsam weiter. Die weißen Wölfe hatten zwar viele der Trolle zu Staub werden lassen, doch auch die Prinzessin und ihre Freunde waren verschwunden. Ilaria war zufrieden, denn ihr böser Zauber schien mächtig zu sein. Schon bald wollte sie mit Hilfe ihrer finsteren Helfer Herrscherin über das ganze Elfenreich werden. Am Berg der Wahrheit, so war ihr Plan, sollte sich das Schicksal zu ihren Gunsten entscheiden.

Aelas Seele schwebte frei unter der Sonne. Sie spürte keinen Körper mehr, kein Leid und auch keinen Schmerz. Hier oben schien sich alles mit der Wärme und dem Licht der Sonne zu verbinden. Sie fühlte weder Trauer noch Not.
Aelas Elfendasein schien Vergangenheit zu sein. Sie war dorthin heimgekehrt, wo sie irgendwann einmal entstanden war. Sie brauchte

keine Worte mehr, kein Blut und keinen Körper, denn sie war eins geworden mit dem *Großen*, das über allem stand.
Sonnenstrahlen strömten von allen Seiten, Sterne leuchteten und selbst die Monde waren am Himmel.
Der Tag wurde zur Nacht und die Nacht zum Tage.

Die Sonne Sajanas war nicht groß wie ein kosmischer Feuerball. Nein, sie war klein, winzig klein, so dass man sie nicht einmal sehen konnte: Ein Punkt, ein Nichts, ein Nirgendwo.
Dafür war das Licht, das diesen Sonnenpunkt umgab, umso mächtiger, allumfassender und wärmer, so dass man aus der Ferne glaubte, eine große runde Scheibe am Himmel zu sehen. Das Licht rührte aus allem Vergangenen, was im Laufe der Ewigkeit entstanden war und von diesem einen Sonnenpunkt angezogen worden war.

Auch die Seelen Aelas, Yuros und Leandras kehrten nun heim an den Ort allen Ursprungs. Doch irgendwo zwischen Mond und Sonne hallte eine Musik, die in den Seelen der drei Freunde zu schwingen begann. War es die Musik aus dem Seenland oder der Gesang guter Freunde? Immer wieder schien sich auch der Klang von Yuros Muschel darunter zu mischen.

Sechs weiße Wölfe standen im Schatten hoher Bäume. Sonnenstrahlen glitten herab. Einzelne winzige Lichtpunkte verirrten sich und fielen wie Sonnenstaub auf die Tiere. Ihre Körper strahlten hell und lösten sich dann im feinen Lichterstaub auf. Doch schien der Staub bald neue Körper zu formen. Die Umrisse dreier Elfen wurden sichtbar und auch drei Tiere konnte man erahnen. Sie schwebten wie nahezu unsichtbare Schatten unter den Bäumen.
Nur ganz langsam wurde ihre Gestalt deutlicher. Haare und Hände bildeten sich und Flügel kamen zum Vorschein. Der Lichterstaub wandelte sich – wurde rot, grün, gelb und strahlte auch in zartem Rosa. Dunkle wilde Wölfe kamen herbeigelaufen und heulten laut, doch hielten sie Abstand zu den Schatten unter den Bäumen.

Der Staub der weißen Wölfe

Es dauerte eine ganze Weile, bis man erkennen konnte, was sich unter dem Baum abspielte. Dann sah man wie Yuro, Leandra, Aela und ihre drei treuen Reittiere Gestalt annahmen. Sie standen wie erstarrt da, doch langsam wurden sie wieder zu den Elfen, die sie vor dem bösen Zauber Ilarias gewesen waren und fingen an, sich zu bewegen.
Die Wölfe heulten laut, als die drei Elfen und ihre Tiere vor ihnen standen. Yuro lächelte, lief zu seinen wilden Gefährten und kraulte ihnen das borstige Fell.

„Danke, meine Freunde", sagte er. „Vielen Dank, dass ihr uns gerettet habt."

Aela blickte sich unsicher um. Man sah der Prinzessin an, dass sie weder genau wusste, was geschehen war, noch wie sie an diesen Ort gekommen war.

„Wo... wo bin ich... hier?", stammelte sie.

Leandra nahm ihre Hand, die sich nun wieder warm und lebendig anfühlte und führte die Prinzessin zu Yuro. Auch die Blumenelfe war noch sprachlos, doch kannte sie den Wolfsreiter gut und wusste um seine Fähigkeiten.

„Es waren die Wölfe, die uns gerettet haben", fing Yuro von selbst an zu erklären. „Wir waren auf der Flucht vor den dunklen Mächten Ilarias. Alles schien verloren, doch weiße Wolfsgeister kamen und haben uns in ihr Reich entführt. Wir selbst waren tot und unsere Seelen auf dem Weg zum Licht. Doch die Muschelpfeife erklingt immer zweimal, einmal hier und einmal auf der anderen Seite dieser Welt. Jasmira, die Herrin des Wasserschlosses, hat sie mir vor langer Zeit einmal geschenkt. Die Musik aus dem Seenland und der Klang der Muschelpfeife haben uns zurückgeholt an diesen Ort. Meine Freunde, die weißen Wolfsgeister, sind nun erlöst. Ewige Zeiten mussten sie durch die Wälder und Höhlen Sajanas irren, denn einst waren sie wild und böse. Nun sind sie befreit und *ihr Wolf* hat sie zu sich gerufen."

Langsam kehrten Aelas Erinnerungen zurück:
das Seenland... die schwarzen Wolken... die weißen Wölfe.
Von dem, was nach dem Berühren des weißen Wolfes mit ihr geschehen war, hatte sie nur noch eine schwache Ahnung – eher ein unbestimmtes Gefühl, welches eine Sehnsucht nach Wärme und Geborgenheit in ihr auslöste. Irgendetwas war geschehen, was sie nicht begreifen konnte. Yuro blickte sie von der Seite an und schien zu erraten, was sie dachte.

„Vergiss das, was du gerade fühlst", meinte er ernst. „Du wirst hier noch gebraucht, denn an deinem Leben hängt das Schicksal des ganzen Elfenreiches."

„Wo sind wir hier?", wollte Leandra wissen. „Ich kenne diesen Ort nicht."

Yuro blickte sich prüfend um.

„Wir sind am Grimmforst", meinte er dann. „Diese hohen Bäume gibt es nur am südlichen Rand des Waldes. Es sind *Traumtannen*. Sie heißen so, da der süße Duft ihrer Nadeln einen besonders tiefen und guten Schlaf beschert."

„Dann sind wir auch sehr nahe am Berg der Wahrheit, oder?", fragte Aela voller Hoffnung, denn sie erinnerte sich, dass dieser das Ziel ihrer Reise war, seit sie das Seenland verlassen hatten.

„Ja, das stimmt", bestätigte Yuro. „Aber der Wald ist riesengroß und von hier aus ist es immer noch ein weiter Weg bis zum Berg. Zudem ist es unmöglich, mit den Tieren durch den Wald zu reiten. Wir müssen uns also gut überlegen, was wir tun. Ich kenne viele unterirdische Höhlengänge, doch auch sie sind gefährlich, da dort Geister und Dämonen lauern."

„Ich denke, wir ruhen uns eine Weile unter den Traumtannen aus", sagte Leandra. „Wenn wir wieder bei Kräften sind, fällt uns vielleicht etwas ein."

Yuro und Aela stimmten ihr zu, denn auch sie waren erschöpft. Sie bereiteten ihr Nachtlager und legten sich dann nieder. Die Freunde erzählten sich noch Geschichten aus ihrer Kindheit und langsam kehrte die Fröhlichkeit wieder zurück, auch wenn Aela die Erinnerung dessen, was mit ihr geschehen war, nicht verlassen wollte.

Es wurde langsam dunkel.

Die Elfen spürten die Müdigkeit, die sie überkam. Da sahen sie, wie sich der Himmel von Norden her blutrot verfärbte.

„Es sieht fast so aus, als ob der Himmel brennt", meinte Yuro. „Ich hoffe, es ist kein neuer böser Zauber Ilarias."

„Ich denke nicht", entgegnete Leandra. „Das Rot sieht eher feierlich und hoheitsvoll aus, geradeso als ob jemand ein stilles Feuerwerk entzündet hätte."

Die Freunde beobachteten das Naturschauspiel noch so lange, bis es

Die Sonne Sajanas

verging und der Himmel dunkel wurde. Dann schliefen sie unter den Traumtannen ein. Oben im Baumwipfel saß unentdeckt eine kleine blaue Mondelfe und schickte den Duft der magischen Bäume auf Aela herab.

Aela sah im Traum das Licht der Sonne Sajanas. Ein unbeschreibliches Glücksgefühl überkam sie, denn sie fühlte sich leicht wie eine Feder. Alle Last war von ihr abgefallen und auf ihren Flügeln spürte sie eine leichte Sommerbrise. Gedanken an etwas Vergangenes kamen ihr in den Sinn – an eine Verwandlung oder einen seltsamen Zauber. Es musste erst vor kurzem geschehen sein, aber sie konnte es nicht mehr greifen und festhalten.
Die Erinnerung daran verflog so schnell, wie sie gekommen war und etwas anderes erfüllte ihr Herz. Sie spürte, dass ihre Schwestern Sarah

und Sinia und ihre Freunde Fee und Falomon nicht weit sein konnten. Sie musste nach ihnen suchen!

Kleine weiße Wolken begleiteten die Prinzessin und sie flog fröhlich durch sie hindurch. Der kühle Wasserstaub erfrischte sie.
Da entdeckte die Prinzessin eine weitere Wolke, allerdings dieses Mal ganz unten am Boden, etwas abseits eines kargen Berghanges. Sie flog etwas tiefer und sah, dass es eine große sandige Staubwolke war und nicht eine der weißen Wölkchen am Himmel, die sie so erfrischt hatten. Die Farbe des Staubes war grau und aus ihrem Innersten schien sie rot zu glühen. Die Wolke wälzte sich wie eine Lawine in rascher Geschwindigkeit am Boden entlang und wurde dabei immer größer. Aela flog vorsichtig näher.

Waren da nicht Elfen zu sehen, die auf Pferden ritten? Sie schienen vor der Wolke zu fliehen! Jetzt glaubte sie, Stimmen zu hören und bei genauem Betrachten, kamen Aela die Reiter bekannt vor.
Die Prinzessin erschrak fürchterlich, als sie erkannte, wer vor der Staubwolke floh. Bei den Reitern handelte es sich um niemand anderes als Sarah, Sinia, Falomon und Fee – ihre besten Freunde und ihre geliebten Schwestern. Sie ritten in rasendem Galopp vor der glühenden Wolke her, die sie zu überrollen drohte.

„Reitet so schnell ihr könnt!", hörte sie Falomon rufen. „Sonst sind wir alle verloren."
„Sollen wir nicht besser fliegen?", rief Sinia zurück. „Die Staubwolke kommt immer näher und bald hat sie uns erreicht!"
„Es ist zu spät!", rief nun Sarah. „Auch wenn wir fliegen, wird sie uns einholen. Schaut nur, sie wird immer größer! Außerdem wären dann unsere treuen Pferde verloren."
„Wir... wir hätten besser im Sommerland bleiben sollen", stammelte Fee mit tränenerstickter Stimme. „Diesem bösen Zauber... sind wir nicht gewachsen."
„Nein, wir müssen Aela helfen!", schrie Sarah mutig, auch wenn sie

selbst große Angst hatte. „Sie ist in großer Gefahr. Ich fühle es genau! Du selbst hast die Bilder am Teich gesehen. Aela hat mich mit eurer Hilfe gerettet und nun werde ich ihr auch zur Seite stehen."

Die Elfen galoppierten mit ihren Pferden über die Ebene am Fuße der Berghänge und schwiegen, denn sie wussten, dass Sarah Recht hatte. Sie durften Aela nicht im Stich lassen.
Die Staubwolke wurde immer größer und bedrohlicher und erinnerte Aela nun an die schwarze Wolke Ilarias, welche Yuro, Leandra und ihr beinahe zum Verhängnis geworden wäre. Tatsächlich glaubte sie nun in dem Staub und in der Glut die Gestalt Ilarias zu erkennen.
„Da vorne – seht ihr!", rief Sinia. „Ein kleiner Fluss! Er fließt hier direkt in den Berg hinein. Es scheint einen unterirdischen Lauf zu geben. Schnell, lasst uns dort Schutz suchen."
Aela sah noch, wie ihre Freunde den Fluss erreichten. Ihre Pferde sprangen genau in dem Moment, als die Wolke über ihnen hereinbrach, ins Wasser. Ein Hilfeschrei war zu hören...

Die Prinzessin schreckte auf.
Der Morgen graute und bald würde die Sonne aufgehen. Neben ihr lagen Yuro und Leandra und schliefen fest. Auch die Tiere waren ganz ruhig, doch der Traum lag wie Blei auf Aelas Herzen. Die Tasche mit dem Proviant und dem Buch der Elfen lag neben dem großen Stamm der Traumtanne, direkt bei Yuros Wolf. Ein Blatt des Buches schien sich gelöst zu haben und ragte etwas aus der Tasche heraus. „Hoffentlich hat die Flucht vor den Trollen und Zwergdrachen das Buch nicht zerstört", dachte die Prinzessin besorgt. Sie hatte, seitdem sie auf wundersame Weise hier an den Rand des Grimmforstes gelangt war, noch nicht nachgeschaut, ob das wertvolle Buch noch heil war.

Die Prinzessin nahm das lose Blatt in die Hand und betrachtete es. Es war die letzte Seite des Buches und Aela meinte sich zu erinnern, dass dieses Blatt immer leer gewesen war. Doch nun zeichnete sich mit zarten Linien ein Bild darauf ab. Auf dem Bogen waren Elfen zu sehen, die mit gesenktem Kopf vor einem Bett standen. Links und rechts davon waren zwei große Drachen abgebildet, die ebenfalls die Köpfe gesenkt hielten als ob sie trauerten. Auf dem Bett lag eine Elfe – jung, schön, mit langen Haaren und geschlossenen Augen. Das Bild hatte einen feinen Silberglanz. Aela erinnerte sich wieder, wie am Tage des Abschieds von ihren Schwestern und Freunden das Elfensilber der Drachenpfote in das Buch getropft war.

Und plötzlich wusste sie, was das lose Blatt zu bedeuten hatte: Es war das letzte Bild des Buches und noch niemand ahnte, was einmal darauf abgebildet sein würde, denn es war der Zukunft Sajanas gewidmet. Deshalb war es seither immer leer gewesen. Doch nun schien das Schicksal vorgezeichnet zu sein und das Bild zeigte eine Trauergemeinschaft, die am Bett einer sterbenden jungen Elfe stand.

Hastig und voller Sorge legte Aela das Blatt in das Buch zurück. Ein ungutes Gefühl überkam sie – das Gefühl, dass etwas Schreckliches passiert war. Der Traum, der sich wie eine Deutung des Bösen in ihren Gedanken festsetzte, und das lose Blatt aus dem Buch der Elfen schienen darauf hinzuweisen, dass das Schicksal sich wandelte.

„Leandra, Yuro!", rief sie voller Furcht. „Wacht auf! Wir dürfen keine Zeit mehr verlieren. Es muss etwas geschehen!"

Kapitel 19

Am Steinmeer

Noch immer starrten die drei Freunde wie gebannt auf das lose Blatt des Elfenbuches. Geweckt von den Schreien Aelas, waren Yuro und Leandra aufgewacht und die Prinzessin hatte ihnen erzählt, was ihr im Traum begegnet war. Ihre Freunde blickten betroffen zu Boden.
Finstere Träume gab es immer wieder und konnten auch bedeutungslos sein, doch das geheimnisvolle Erscheinen der Zeichnung auf der letzten Seite des Buches gab dem Ganzen eine anderer Bedeutung.

Die letzte Seite

„Es gibt nur einen Ort in unserem Reich, an dem ein Fluss in eine Berghöhle fließt", meinte Yuro nachdenklich. „Er liegt etwas südlich von hier, vielleicht einen Tagesritt entfernt. Der Fluss heißt *Larian, der einsame Fluss* und die Hügellandschaft, durch die er fließt, nennt sich *Salarian, das einsame Land*. Meine Wolfsfreunde haben mich schon dorthin geführt, denn es gibt hier viele unterirdische Höhlengänge. Dafür leben keine Elfen dort, denn der Boden ist trotz des Wassers wenig fruchtbar."

Aela nickte versonnen.

„Ja, ich glaube, du hast Recht", erwiderte sie. „Jetzt, wo du die Namen sagst, kommen sie mir auch wieder in den Sinn. Ich war einmal mit meinen Eltern am einsamen Fluss, als ich noch sehr klein war. Die Gegend ist auf ihre Art sehr schön, jedoch wenig bewaldet. Die letzten Jahre fiel auch das einsame Land dem Nebel zum Opfer, so dass die wenigen Elfen, die dort lebten, diesen Ort verlassen haben. Ob meine Schwestern, Fee und Falomon tatsächlich im einsamen Land sind? Ich hatte sie so sehr darum gebeten, zuhause zu bleiben, um den Elfen im Sommerland beizustehen."

„Wir wissen es leider nicht", meinte Leandra. „Vielleicht haben sie sich tatsächlich auf die Suche nach dir gemacht. Sie wollen dich nicht alleine deinem Schicksal überlassen. Nun sind sie möglicherweise selbst in Gefahr! Wir müssen uns entscheiden, ob wir ihnen entgegenreiten oder versuchen, weiter zum Berg der Wahrheit zu kommen."

Ratlos blickten sich die Drei an.

„Seht nur!", rief Yuro plötzlich. „Die Zeichnung! Sie scheint wieder zu verblassen."

Die Freunde sahen voller Verwunderung auf das Blatt, welches Aela auf den mit dünnem Gras bewachsenen Boden gelegt hatte. Tatsächlich schienen sich die Linien zu verformen und die Konturen der abgebildeten Figuren wurden schwächer. Feine silberne Perlen bildeten sich, flossen zusammen und neue größere Tropfen entstanden daraus.

„Eigenartig", meinte Aela, „bevor ich euch am Freudenfluss getroffen habe, war mir meine silberne Drachenpfote abhanden gekommen.

Sie hatte sich ebenso verflüssigt und ihr Silber war in das Buch getropft. Die Pfote hatte Sinia, Fee, Falomon und mir bei der Suche nach meiner entführten Schwester Sarah als Leitlicht gedient und ohne sie wären wir manchmal verloren gewesen."

„Ein Leitlicht", erwiderte Leandra nachdenklich. „Das würde uns natürlich helfen, auch wenn man nie genau weiß, ob sie einen richtig führen."

„Ich habe schon arme Kreaturen getroffen, die von Leitlichtern ins Reich der Dämonen geschickt wurden", gab Yuro zu bedenken. „Manche von ihnen sind niemals zurückgekehrt."

Die silbernen Tropfen flossen weiter ineinander und bildeten kleine glänzende Pfützen auf dem Papier. Aela wollte das Blatt vorsichtig vom Boden heben, aber Yuro hielt sie zurück.
„Warte lieber, was geschieht", meinte er. „Flüssiges Elfensilber, noch dazu wenn es einem geheimnisvollen Zauber unterliegt, sollten man besser nicht berühren."

Wenige Augenblicke später hatten sich die kleinen glänzenden Pfützen alle vereint und das Silber floss vom Rande des Blattes auf den Boden. Aela befürchtete schon, dass es in der Erde versickern würde, doch nichts dergleichen geschah. Ein Rinnsal bildete sich und zog sich über feine Grashalme und geschwungene Farnblätter am Boden entlang, bis hin zu einem flachen Stein.
„Seht nur, der Stein sieht aus, als ob ein zarter Elfenflügel darauf eingraviert wäre", meinte Aela verwundert und auch ihre beiden Freunde staunten.
„Seltsam, dass uns das nicht schon früher aufgefallen ist", erwiderte Leandra. „Lag dieser Stein gestern Abend schon hier? Ich kann mich nicht an ihn erinnern."
Nun sahen die Freunde, wie das flüssige Silber die feinen Ritzen in der Oberfläche des Steins ausfüllte und in die Form des Elfenflügels floss.
„Es scheint mir, als ob hier Magie im Spiel ist", flüsterte Yuro leise. „Man könnte fast meinen, dass ein unsichtbarer Silberschmied ein

Der kleine Elfenflügel

Schmuckstück fertig. Elfensilber lässt sich eigentlich nur in Vollmondnächten bearbeiten, aber hier geht es ganz wie von selbst."
Ein bläulicher Schimmer wurde auf dem Silber sichtbar und ein leises Knacken war zu hören. Der Glanz wurde stärker, wandelte sich von dunklem zu hellem Blau, um sich dann in ein frostiges Weiß zu verfärben.
Dann krachte es laut und der Stein zerbarst in tausend Stücke. Die Elfen erschraken und wichen ein wenig zurück. Doch dann sahen sie, was übrig geblieben war: das Abbild eines kleinen Elfenflügels, das dampfend und von einem weißen Nebel umhüllt im Gras lag.
Eine Weile warteten die Freunde, was nun geschehen würde. Als alles ruhig blieb, bückte sich Aela und griff vorsichtig nach dem kleinen Teil. Dann legte sie das Schmuckstück auf ihre Handfläche und zeigte es Yuro und Leandra.
„Es sieht wundervoll aus", sagte sie erfreut. „Schaut es euch nur an. Es ist ein kleiner Anhänger." Die Drei staunten wie fein die Formen und Linien auf dem Silberflügel waren. Erneut schimmerte er blau und Aela spürte, wie sich das Schmuckstück in ihrer Hand stark abkühlte.
„Sei vorsichtig", meinte Yuro. „Es gibt zwei Arten von Leitlichtern: In den einen brennt das Feuer der Vulkane und in den anderen ist das ewige Eis der Berge verborgen. Dieses hier ist ganz sicher eines der Eislichter."

Aela erinnerte sich an ihre ersten Erfahrungen mit einem Leitlicht. Am Rande des Ahnenwaldes, bei ihrer Begegnung mit Falomon, war das Gewand der Prinzessin in Flammen aufgegangen und hätte Falomon nicht geistesgegenwärtig das Feuer gelöscht, wäre Aela verbrannt. Hoffentlich konnte der kleine silberne Elfenflügel nicht ebenso gefährlich werden.

Noch schmerzte die Eiseskälte nicht, die von ihm ausging.

Leandra nahm die Kette vom Hals, die sie immer bei sich trug, und gab sie Aela.

„Hier, nimm meine Kette", sagte sie dann. „Ich habe sie vor vielen Jahren von Minsaj aus dem Seenland bekommen. Sie ist mein Glücksbringer und hat mich bis jetzt immer beschützt. So kannst du den kleinen Elfenflügel an deiner Tasche befestigen. Aber pass auf, dass er dich nicht berührt, sonst wird dich die Kälte des Eises früher oder später verletzen."

Die Prinzessin nahm die Blumenelfe in die Arme und bedankte sich. Dann fädelte sie vorsichtig den kleinen Flügel auf die Kette und hängte sie an ihre Tasche.

„Nun lasst uns sehen", meinte Yuro gespannt, „wohin uns das Leitlicht mit seinem frostigen Glanz führen wird."

Es war keine riesige Staubwolke, die Sarah, Sinia, Fee und Falomon überrollt hatte, so wie es Aela im Traum erschienen war. Auch wurden die Elfen nicht von kleinen Zwergdrachen und Trollen bedroht. Nein, Ilaria, die böse Elfenzauberin, schien ihre Hände nicht im Spiel gehabt zu haben und dennoch hatte sich das Schicksal gegen die vier Elfen gewandt.

Sie waren aufgebrochen, um Prinzessin Aela zu suchen – ihre Schwester und Freundin und nicht zuletzt die Hoffnung aller Elfen des Sommerlandes. Sarah hatte darauf bestanden die Reise anzutreten, nachdem ihr Fee von den düsteren Bildern des Farnfalters berichtet hatte. Alle stimmten ihr zu, nur Fee wollte ungern das Sommerland wieder verlassen und zögerte etwas. Aber auch sie wollte ihre Freundin auf keinen Fall ihrem Schicksal überlassen und stimmte deshalb schweren Herzens zu.

Die Elfen flogen bei Tag, um die Pferde zu schonen. Abends, in der Stunde der Dämmerung, ruhten sie sich ein wenig aus. Dann ritten sie weiter, sobald es dunkel wurde.

Drei Tage und Nächte waren die Freunde schon auf Reisen und nichts Besonderes hatte sich ereignet. Zwar hatten sie kein klares Ziel vor Augen, doch vertrauten sie darauf, dass sich ihnen der Weg schon weisen würde.

Am vierten Tag verdunkelte sich die Sonne, die sie immer begleitet hatte und große Wolken zogen auf. Dicke Regentropfen fielen herab, die bald zu einem starken Regenguss wurden. Die Landschaft, welche die Freunde umgab, war weitläufig und karg. Die Elfen nannten diese Gegend *das Steinmeer*. Es war der nördlichste Teil des Sommerlandes. Flache Hügel, die den weitläufigen Wellen eines Ozeans glichen, gaben dem Ort seinen Namen.

Auf dem steinigen Untergrund wuchs niederes Gras und Moos. Gelbe Blümchen unterbrachen hin und wieder das Grün des Grases und das Grau der Felsen. Wenige Elfen lebten an diesem Ort und man traf fast nie eine von ihnen an. Denn die Sommerelfen liebten eher die üppigeren Landschaften des Südens, während die Bergelfen die hohen Berge und den Wind des Nordens bevorzugten.

Sarah, Sinia, Fee und Falomon hielten Ausschau nach einem Felsvorsprung, einer kleinen Höhle oder einem Wald, wo sie Schutz vor dem Regen suchen konnten. Doch nichts war zu entdecken.

Alles war schon durchnässt, als Sarah endlich in der Ferne einen großen Baum erspähte. Er stand einsam zwischen den flachen Hügeln und erweckte den Eindruck, als ob er gar nicht hierher gehörte.

‚Unter dem Baum ist es sicher trocken', dachte Sarah und stieg von ihrem Pferd ab. Die Beine des Tieres steckten in tiefem Morast, der sich aus der nassen Erde und kleinen Gesteinsbrocken gebildet hatte. Auf Sarahs Flügel klatschten die Regentropfen und der prasselnde

Regen machte einen ohrenbetäubenden Lärm. Die Elfe deutete nach vorne zu dem Baum, denn sie wollte ihren Freunden zeigen, dass sie dort vielleicht Schutz vor dem Unwetter finden konnten.
Sie lief schnell los, um das trockene Fleckchen Erde zu erreichen. Ihre Zwillingsschwester Sinia spürte jedoch die Gefahr, denn sie kannte diese Bäume. Man nannte sie *Gewitterlinden*. Sie hatten die Fähigkeit, Blitz und Donner geradezu magisch anzuziehen und vielleicht war die Linde der Grund für den starken Regenguss. Sinia hob flehend die Arme und rief ihrer Zwillingsschwester warnend hinterher. Doch Sarah hörte nichts und lief immer weiter.

Plötzlich zuckte ein Blitz vom Himmel.
Es war kein großer starker Blitz, der ein lautes Donnergrollen nach sich zog, sondern ein feiner Blitz mit dünnen grellen Lichtadern. Wie ein leuchtendes Netz, das von einer unsichtbaren Riesenspinne vom Himmel geschleudert wurde, sah er aus.
Machtlos mussten Sinia, Fee und Falomon mitansehen, wie Sarah davon erfasst wurde und sich die heißen grellen Fäden um ihren Körper spannen.
Für einen Moment stand sie ganz still.
Ihr Haar strahlte und ihre Arme, Finger und Flügel streckten sich starr vom Körper weg. Dann, als der Blitz erloschen war und sich jede einzelne Ader mit einem Zischen zurückgezogen hatte, sank Sarah zu Boden und blieb regungslos liegen.
Sinia schrie auf, sprang von ihrem Pferd und lief so schnell sie konnte zu ihrer Schwester. Auch Fee und Falomon liefen los. Der Regen schien dabei immer schwächer zu werden, geradeso als ob er sich mit dem Blitz zurückziehen würde. Als die Freunde Sarah erreicht hatten, fielen nur noch wenige Tropfen vom Himmel.
Sinia warf sich auf ihre Schwester.
„Sarah!", schrie sie verzweifelt. „Sarah! Komm zu dir!" Sinia legte ihr rechtes Ohr auf die Brust ihrer Schwester und horchte. Dann nahm sie ihre Arme und rieb an den Handfesseln. Fee und Falomon sahen ihr dabei betroffen zu und Fee fragte mit flehender Stimme:

Die Gewitterlinde

„Es ist alles in Ordnung, Sinia, oder? Sarah kommt gleich wieder zu sich? Es geht ihr gut?" Doch Sinia blickte sie nur mit geröteten Augen an, schluchzte und schüttelte kaum sichtbar den Kopf.
„Nein", sagte sie nach einer Weile mit leiser und zitternder Stimme. „Sie wird nicht wieder... zu sich kommen. Ihr Herz schlägt nicht mehr und ich fürchte, ...sie ist tot."
Regen tropfte von ihren Haaren und mischte sich mit den Tränen. Falomon und Fee standen wie versteinert, denn sie wollten nicht begreifen, was Sinia da sagte.

Sinia selbst lag nun auf dem regungslosen Körper ihrer Schwester und hatte ihr Gesicht im nassen Gewand vergraben.
Sie schluchzte und ihr Körper bebte.

Eine Weile blieb dieses traurige Bild unverändert, bis endlich Falomon seine Stimme wiederfand.
„Sinia, kannst du denn gar nichts mehr tun?", fragte er verzweifelt. „Du kennst alle Heilkräuter Sajanas. Es muss doch etwas geben, was noch helfen kann."
Sinia richtete sich ganz langsam wieder auf. Sie versuchte einen klaren Gedanken zu fassen.
„Heilkräuter? Nein... nein..." stammelte sie. „Es gibt... kein Mittel gegen den Tod. Seht, Sarahs Gesicht... Man sieht schon *die Sonne Sajanas* darauf." Tatsächlich schien das Gesicht der Elfe von innen heraus zu strahlen und verlieh ihrer Gestalt etwas Überirdisches.
„Ich habe nur... etwas *Seelenkraut*", fuhr Sinia fort. „Ein wenig davon ist in meiner Tasche... nicht viel... nur für den Fall, dass etwas..."
Sie brach erneut in Tränen aus. Falomon und Fee nahmen sie in den Arm und versuchten sie zu beruhigen, auch wenn es ihnen beiden ebenfalls fast den Verstand raubte, was mit Sarah geschehen war.
„Seelenkraut. Du wolltest uns vom Seelenkraut erzählen", meinte Falomon leise.
„Ja", erwiderte Sinia. „Man gibt es... den Toten in die Hände. Es heißt, dass ihre Seelen dann noch für kurze Zeit in unserer Welt verweilen und man länger Abschied nehmen kann. Ein wenig davon habe ich immer dabei."
Mit zitternden Händen nahm sie das Kraut aus ihrer Tasche mit den Heilpflanzen. Vorsichtig griff sie nach der linken Hand ihrer Schwester, legte es hinein und verschloss sie dann wieder. Nichts geschah, nur Falomon glaubte zu beobachten, wie das Strahlen auf Sarahs Gesicht wieder etwas verblasste.
„Wir können sie hier nicht liegen lassen", meinte Falomon nach langem Schweigen. „Lasst uns aus den Ästen des Baumes eine Bahre bauen, so dass wir sie auf ihr Pferd legen können. Dann ist unsere

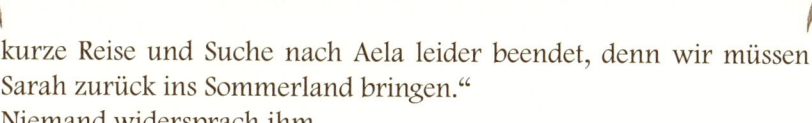

kurze Reise und Suche nach Aela leider beendet, denn wir müssen Sarah zurück ins Sommerland bringen."
Niemand widersprach ihm.

Die Sonne stand inzwischen wieder am Himmel. Falomon flog hinauf in die Gewitterlinde und brach dicke Äste ab, um daraus die Bahre zu bauen. Fee half ihm dabei, auch wenn es ihr sehr schwer fiel. Der Tag kam ihr wie ein Albtraum vor. Sie wartete auf den Moment, an dem alles wieder Wirklichkeit wurde und die bösen Dämonen verschwanden, doch leider schien nichts dergleichen zu geschehen.
Sinia saß am Boden und hatte den Kopf ihrer Schwester im Schoß. Unaufhörlich murmelte sie unverständliche Worte. Falomon sah dies und fürchtete, dass sie den Verstand verlieren könnte, als er weit weg am Horizont eine kleine Gruppe entdeckte. Elfen flogen dort am Himmel, aber auch am Boden waren Tiere zu erkennen. Wer mochte nur in diese Gegend reisen, wo seit langer Zeit kaum mehr Elfen lebten?
„Lass mich nur rasch ein Stück weiterfliegen", meinte er zu Fee. „Ich suche noch ein paar Lianen, um die Äste zu einer Bahre zu binden. Fee, meine Liebe, bleibe du bitte bei Sinia, denn sie braucht dich jetzt."
Fee nickte abwesend und Falomon flog los.

Langsam näherte er sich der Gruppe. Jetzt erkannte er, dass es drei Elfen waren, die ihm entgegenflogen. Am Boden sah er Tiere, aber was es für Tiere waren, erkannte Falomon noch nicht.
Je näher er kam, umso deutlicher wurden die Gestalten. Nun sah er, dass die Tiere ein Pferde, ein Pony und ein Wolf waren. Konnte es wirklich wahr sein? Falomons Herz setzte für einen Schlag aus.
Schnell flog er weiter.
„Aela! Prinzessin! Bist du es wirklich?", rief er.
„Ja, ich bin es!", rief die Prinzessin zurück. „Falomon! Wie sehr freue ich mich, dich zu sehen!"

Kapitel 20

Die Gräben der Gewitterlinde

Es hätte ein Tag der Freude werden können, an dem sich die Elfen trafen. Doch nun wurde es ein Tag tiefer Trauer. Aela, Yuro, Leandra, Falomon und Fee standen im Kreis um die Zwillingsschwestern Sinia und Sarah und fanden keine Worte für das, was geschehen war. Die Prinzessin fiel auf die Knie und weinte bitterlich. Es war noch nicht lange her, seit Sarah aus dem Palast des Nordens geflohen und von ihren Freunden am Drachenfels gerettet worden war. Und nun sollte sie für immer verloren sein! Dieser Schmerz saß so tief, dass es den Elfen beinahe den Verstand raubte.

Sarah

Es dauerte lange, bis sich die Freunde wieder etwas gefasst hatten. Dann erst stellte Aela die Elfen aus dem Sommerland Yuro und Leandra vor. Nur Sinia nahm an nichts mehr Teil und schien sich mit ihren Gedanken in eine ferne Welt zurückgezogen zu haben.

Aela zeigte Falomon und Fee den kleinen Elfenflügel, der sich als wahrer Schatz erwiesen hatte. Das Leitlicht hatte dabei geholfen, den einsamen Fluss und auch die unterirdische Höhle zu finden. Diese lagen etwas weiter nördlich vom Steinmeer, dem Ort ihres Wiedersehens. Doch als Aela, Yuro und Leandra niemanden am Fluss angetroffen hatten, waren sie weitergereist, denn das Leitlicht hatte ihnen weiterhin den Weg gewiesen.

Die Elfen setzten sich auf ihre Decken und berichteten sich gegenseitig, was seit ihrer Trennung geschehen war. Fee staunte, als sie Aelas Erzählungen aus dem Seenland hörte und Aela wunderte sich darüber, wie der kleine Farnfalter die Bilder von Ilarias bösem Zauber bis ins Sommerland getragen hatte.

Dann schwiegen die Elfen wieder, denn das Unheil des Tages strömte erneut in ihre Herzen. Aela sah Falomon, wie er sich trotz seiner Trauer rührend um Fee und Sinia kümmerte und wünschte sich, dass auch sie ihren Kopf an seine Schulter legen könnte.

Auch Yuro und Leandra hielten sich bei der Hand. Sie hatten bisher geschwiegen. Der Wolfsreiter erinnerte sich im Stillen an seine erste und einzige Begegnung mit Sarah, als er sie in den Hallen, tief unter dem Zinnenpalast getroffen und dann zum Drachenfels gebracht hatte. Nun war alles vorbei und wer wusste, ob an dieser Stelle nicht auch schon Aelas Reise zu Ende ging. Wer sie genau anblickte, sah nicht mehr die Kraft in ihren Augen, die Sajana vor dem bösen Zauber Ilarias retten konnte.

„Wir werden Entscheidungen treffen müssen, auch in dieser schweren Stunde", sagte der Wolfsreiter leise. „An diesem Ort ist niemand sicher. Ilarias Macht wächst mit jedem neuen Tag und damit auch die Macht ihrer finsteren Kreaturen."

Falomon nickte und auch Aela blickte ihn ernst an.

„So ist es leider", bestätigte die Prinzessin und eine Träne rann ihr über die Wange. „Doch sagt mir, was ich tun soll. Ich kann meine Schwestern nicht alleine lassen. Ich werde mit ihnen zurück ins Sommerland reisen müssen. Dort ist nun mein Platz, auch wenn meine Aufgabe nicht erfüllt ist."

„Du musst aber auch bedenken, dass dies der Untergang für uns alle sein kann", meinte Lenadra. „Vielleicht ist es schon unsere Trauer, die den Tränenbach in den Freudenfluss strömen lässt. Das wäre nicht nur der Untergang Sajanas, sondern auch des Seenlandes." Aela vergrub ihr Gesicht in den Händen. Was sollte sie nur tun? Sie wünschte sich, dass Sternenland, die Mondelfe, auftauchen würde. Sternenland hatte immer einen guten Rat. Doch hier in diesem flachen kargen Land, etwas südlich des einsamen Flusses, würde sie wohl niemals erscheinen. Mühsam richtete sich Aela wieder auf. Sie betrachtete den hohen Baum, der Sarah zum Verhängnis geworden war.

Auch ihr fiel auf, dass der Baum nicht in diese Gegend passte, wo so wenige Pflanzen wuchsen und weite steinige Ebenen die Landschaft prägten. Leandra schien ihre Gedanken zu erraten.

„Den seltsamen Baum habe ich auch schon bemerkt", sagte die Blumenelfe. „Er wirkt wie ein Fremder an diesem Ort. Was hat ihn nur gedeihen lassen?" Auch die anderen betrachteten ihn zweifelnd, denn jedem war dies schon aufgefallen. Doch keiner wusste eine Antwort.

Es war später Nachmittag geworden. Ein leichter Wind kam auf und es knackte in den Zweigen der Gewitterlinde. Die Sonne näherte sich dem Horizont. Die Äste des Baumes bewegten sich wie dürre Arme und die Form des Laubes schien sich immer aufs Neue zu wandeln, so dass man ständig neue unheimliche Gestalten darin erkennen konnte. Aela erinnerten diese Gestalten an nächtliche Schattenbilder, die ihr als Kind immer Angst bereitet hatten, da sie Geistern glichen.

„Mir gefällt das nicht", meinte Falomon. „Über diesem Ort liegt etwas Unheilvolles. Ich denke, wir sollten sobald wie möglich abreisen, bevor noch ein neues Unglück geschieht. An einem anderen Ort können wir immer noch entscheiden, wohin uns der Weg führt."

Die anderen stimmten ihm zu und machten sich daran, ihre Sachen zu packen. Leandra, Fee und Yuro halfen Falomon Sarahs Bahre auf ihr Pferd zu binden.

Der Wind wurde währenddessen immer stärker und riss nun schon an den Ästen der Gewitterlinde. Blätter und Zweige fielen herab und wurden von dem aufkommenden Sturm über den Boden geschleift. „Lasst uns schnell von hier verschwinden!", rief Yuro den anderen zu und kniff die Augen zum Schutz vor der aufgewirbelten Erde und den kleinen Steinen zusammen. Dann fiel sein Blick auf die Schleifspuren der Äste, die sich wie kleine schwarze Gräben über den Boden zogen. „Ilaria!", schoss es ihm durch den Kopf. „Das sieht ganz nach ihrem Zauber aus."
Im Abendrot glaubte er nun im sich ständig wandelnden Bild der Gewitterlinde die Gestalt der Elfenzauberin zu erkennen, wie sie mit wild gestikulierenden Astarmen ihren bösen Zauber verbreitete.
Die schwarzen Gräben der durch den Wind über den Boden getriebenen Äste wurden immer tiefer und schon bröckelten von den Seiten kleine Steine herab. Auch die anderen Elfen war dies inzwischen aufgefallen und Leandra warf Yuro einen ernsten und besorgten Blick zu.

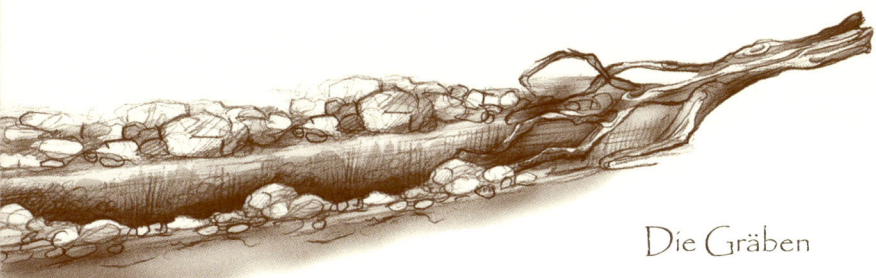

Die Gräben

„Rasch, auf die Pferde!", rief Yuro. „Wir dürfen keine Zeit mehr verlieren! Hier geschehen seltsame Dinge."
Er wollte selbst auf seinem Wolf aufsitzen, doch bevor er in den Sattel

kam, hörte er ein lautes Krachen und sah, wie plötzlich der Boden unter ihm aufbrach. Eine gähnende schwarze Tiefe wurde sichtbar. Yuro sprang zur Seite, um nicht in den Spalt zu stürzen. Doch nun bildeten sich schon weitere Risse, dort, wo gerade noch die kleinen Gräben gewesen waren.

„Kommt mit!", rief nun auch Leandra. „Wir dürfen Sinia nicht alleine lassen. Sie ist hilflos, denn sie kann keinen klaren Gedanken mehr fassen."

Alle liefen schnell zu Sinia, die immer noch Sarahs Kopf im Schoß hielt. Es schien so, als ob sie den Wind und das Aufbrechen der Erde gar nicht bemerkte.

Doch immer mehr gab der Boden unter den Elfen nach.

Schluchten bildeten sich, in deren Tiefen man Wasser rauschen hörten. Rotes feuriges Licht drang nach oben, das von flüssigen glühenden Lavamassen herrührte. Die Gewitterlinde bog sich im Sturm und dicke Äste brachen ab. Dort, wo diese auf dem Boden aufschlugen, bildeten sich sofort neue Risse, die sich dann gleich zu neuen Schluchten ausweiteten.

Die Elfen standen dicht beisammen. Um sie herum ging die Welt unter und es gab kein Entrinnen mehr. Zum Fliegen war es schon zu dunkel und die Gräben viel zu breit für die Pferde, um darüber zu springen.

„Was sollen wir nur tun?", rief Aela verzweifelt. „Es muss etwas geschehen, sonst sind wir alle verloren!" Hastig nahm sie ihre Tasche und fing an, darin zu wühlen. Der kleine Elfenflügel hing an seiner Kette und glänzte in einem kräftigen Blau. Als Aela ihn für einen ganz kurzen Moment mit ihrer rechten Hand berührte, brannte das Eis fürchterlich auf ihrer Haut.

„Was willst du mir nur zeigen?", sagte sie zu dem kleinen Ding. „Dein Licht brennt, also ob es noch einen Weg der Rettung für uns gäbe."

Da fiel ihr Blick auf den kleinen Beutel, der zwischen dem Buch der Elfen und den Wasserblüten lag. Es war der Beutel, den ihr Sternenland bei ihrer letzten Begegnung überlassen hatte.

Sie zog ihn rasch heraus.

Die Elfen duckten sich und breiteten ihre Flügel aus, um sich vor den fallenden Ästen und aufgewirbelten Steinen zu schützen, als Yuros Blick für einen kurzen Moment auf den Beutel in Aelas Hand fiel. „Drachenfeuer!", rief er aufgeregt. „Aela, du hast das Drachenfeuer bei dir!" Auch über Leandras Gesicht huschte ein kurzes Lächeln, als sie Yuros Worte hörte und den Beutel sah.

Gewaltige Risse bildeten sich in der Erde. Steinbrocken und Erdmassen brachen in die Tiefe, wo sie von dem brüllenden Wasser und der glühenden Lava verschluckt wurden. Nebel stieg auf, der durch den Wind verteilt wurde und die Umgebung in einen weißen Schleier hüllte. Fast alle Äste und Blätter hatte der Sturm schon von der Gewitterlinde gerissen und bald waren nur noch die Umrisse des mächtigen kahlen Stammes zu erahnen, dessen Form nun deutlich der Gestalt Ilarias glich.

„Öffne den Beutel!", rief Yuro hastig. „Es ist unsere letzte Hoffnung. Wir haben nur noch einen Augenblick, dann stürzen auch wir in die Tiefe!"
Aela wollte den Beutel öffnen, doch sie zog so stark, dass das Band abriss. Sie versuchte den Knoten zu öffnen, doch ihre Finger zitterten. Sinia und Fee saßen zusammengekauert neben der Bahre mit Sarah und hielten die Hände vors Gesicht. Leandra, Yuro und Falomon versuchten die Tiere beieinander zu halten, doch bäumten sich die Pferde auf und wollten ausbrechen.
Verzweifelt zog Aela an dem Beutel, doch das Leder war hart und ließ sich nicht zerreißen. Sie biss auf den Knoten, um ihn zu lockern. Und endlich, nachdem sie fast schon aufgeben wollte, löste sich der Knoten und der Beutel öffnete sich. Sofort erfasste der Sturm das Pulver, welches sich in dem Beutel befand und wirbelte es in die Höhe.
„Haltet die Hände vor euer Gesicht!", rief Yuro. „Gleich wird es heiß!" Der Wolfsreiter wusste, was mit Drachenfeuer geschah, sobald es vom Wind erfasst wurde.
Das Pulver wirbelte durch die Luft und entzündete sich. Riesige rote

Sternenlands
Drachenfeuer

Flammen bildeten sich über den Köpfen der Elfen und erleuchteten die ganze Umgebung. Dann senkten sich die Flammen herab. Aela befürchtete, dass sie nun verbrennen würde, doch Yuro griff nach ihrer Hand.

„Nehmt euch alle bei der Hand!", rief er den anderen zu. „Aela ist die Herrin des Drachenfeuers. Ihr wurde das magische Pulver geschenkt. Wir müssen uns mit ihr verbinden, um nicht von den Flammen erfasst zu werden. Und nehmt die Tiere mit in den Kreis!"

Die Flammen umschlossen nun die Gruppe der Elfen. Noch im allerletzten Moment hatten Fee und Leandra nach den Händen von Sinia und Sarah gegriffen, bevor die Flammen sich über sie legten.

Aela spürte, wie das Feuer sie umspielte, jedoch ohne sie wirklich zu berühren. Es war wie eine flammende Hülle, in deren Inneren man sich geborgen und beschützt fühlte. Kein Sturm war mehr zu spüren, kein Sand und keine Steine, die in die Augen wirbelten.
Die Feuerhülle war angenehm warm und weich.

Keine Sekunde zu früh hatte die Prinzessin den Zauber des Drachenfeuers entfacht, denn in diesem Moment brach der Boden unter den Elfen und Tieren zusammen und sie wurden in die Tiefe gerissen. Wasser tobte, Erde und Steine brachen herab und Lava floss in Strömen. Aela spürte, wie der Sturz durch das Drachenfeuer aufgefangen wurde und wie sie schon bald im Lavafluss ankamen.
Sie sah die Gesichter ihrer Freunde, die durch den Schein des Feuers rot glühten. Sie sah Sarahs leblose Gestalt und die geschlossenen Augen. Und sie sah immer wieder die Pferde und Yuros Wolf zwischen den Elfen. Dann schloss sie selbst die Augen und überließ sich dem Lavafluss.

Kapitel 21

Neues Leben

Norah schwebte auf einer Wolke des Glücks, seit sie bei den Königsdrachen war. Zwar ging ihr das Schicksal der Feuerwesen sehr zu Herzen und sie machte sich viele Gedanken darüber, wie sie helfen konnte, doch fühlte Norah auch die Stärke und Gelassenheit einer Königin, die ihr Reich und ihre Ehre zurückgewonnen hatte.

Grimm hatte sie am Abend nach der Krönung in der Kraterhalle empfangen, dort, wo sie zuvor auseinandergegangen waren. Als Norah ihm berichtete, was geschehen war, sah man den Anflug eines Lächelns über sein Gesicht huschen.

„Der Norden hat wieder eine junge Königin", sagte er zufrieden. „Das ist gut. Jetzt ist es an dir, deinem Land wieder zu neuem Glanz zu verhelfen, Norah, und die Spuren der Vergangenheit zu verwischen."

„Das werde ich bestimmt tun", erwiderte die Königin. „Drachen und Bergelfen sollen von nun an wieder Seite an Seite leben. Schon bald möchte ich in meine Heimat zurückkehren, wenn nur nicht das Schicksal der Königsdrachen auf dem Spiel stünde. Ihr Ei liegt so verloren in seinem Nest. Ich würde so gerne helfen, denn es tut mir in der Seele weh, dass kein Drachenbaby schlüpft."

„Vielleicht kommt schon bald die Stunde, in der du deinen Worten Taten folgen lassen kannst", meinte Grimm nachdenklich.

„Ich hoffe es", entgegnete Norah. „Die Worte der Stimme der Wahrheit sind noch nicht in mir verklungen. Sie drängen nach Erfüllung."

Grimm und Norah verbrachten die folgenden Tage gemeinsam. Der Wolfself zeigte der jungen Königin seinen Wald und Norah war jeden Tag aufs Neue fasziniert, was es zu entdecken gab. Die Königin erkannte, dass man lange an diesem Ort leben musste, um sich darin zurechtzufinden.

An einem Morgen – die Sonne schien hell und warm über den Baumwipfeln das Waldes – führte Grimm Norah an seinen Lieblingsort im Wald. Hier standen die Bäume weniger dicht und kleine Sträucher mit roten Beeren wuchsen zwischen den Wurzeln. Das Zauberhafte an diesem Ort war jedoch, dass Sonnenstrahlen durch die Baumwipfel auf den Boden schienen, was nur an ganz wenigen Stellen des dichten Waldes möglich war. Die Waldbewohner liebten diesen warmen Fleck und viele kleine Tiere tummelten sich im Schein der Sonne.
„Was du hier siehst, sind *Haubenhörnchen*", meinte der Wolfself und deutete auf viele niedliche Tierchen, die alle eine spitze Nase, zwei buschige Schwänze und kräftige Hinterbeine hatten. Sie waren gerade mal so groß wie die Hand einer Elfe und sammelten eifrig die roten Beeren der Sträucher, welche reif auf den Boden fielen.

Die Haubenhörnchen

„Sie lieben *Sommerwaldbeeren* über alles", meinte Grimm beiläufig. „Versuche die Beeren auch einmal. Sie sind süß."
Norah zupfte ein paar davon ab und aß eine der Beeren. Sie verzog angewidert das Gesicht.
„Das schmeckt furchtbar!", rief sie. „Wie kannst du nur sagen, dass die Beeren gut schmecken! Sie sind sauer und haben einen bitteren Nachgeschmack."
Die Königin hörte ein seltsames knarrendes Geräusch, welches aus Grimms zotteligem Maul kam.
„Lachst du mich aus?", fragte sie etwas erbost. „Ich glaube, du hast mir einen Streich gespielt!"
„Ja, entschuldige bitte", erwiderte der Wolfself. „Ich konnte nicht widerstehen. Die Haubenhörnchen sind wirklich die einzigen Lebewesen, die Sommerwaldbeeren mögen."
Norah versetzte ihm einen kräftigen Stoß in die Rippen, musste dann aber selbst lachen.
„Und hier oben in den Bäumen siehst du zwei große *Rindenvögel*", fuhr Grimm fort. „Man sieht sie kaum, da sie sich perfekt an die Form und Farbe der Baumrinde anpassen können."
Bei ganz genauem Hinsehen erkannte Norah nun auch diese Waldbewohner, die sie ohne den Hinweis des Wolfselfen nie entdeckt hätte.
„Gibt es nicht auch Geister im Grimmforst?", fragte sie etwas unsicher. „Ich meine, ich hätte ihre Augen gesehen, als wir das erste Mal durch den Wald geflogen sind."
„Das stimmt", bestätigte Grimm. „Aber wenn du mit mir zusammen bist, hast du nichts zu befürchten. Ich bin der Herr über den Wald und auch die Schattenwesen gehorchen mir."
Grimms Worte beruhigten Norah, denn finsteren Kreaturen wollte sie auf keinen Fall begegnen.
„Nun zeige ich dir aber, was diesen Ort so besonders macht", fuhr Grimm fort. „Gleich steht die Sonne direkt über uns, dann wirst du es erleben."
Norah beobachtete, wie die Strahlen des Lichts über den Boden wanderten, je nachdem wie der Stand der Sonne war. Anfangs schienen sie

Der uralte Baum im Grimmforst

noch völlig wahllos verteilt. Doch dann fingen sie an, einen Kreis zu bilden. In der Mitte dieses Kreises stand ein ganz besonderer Baum, der deutlich kräftiger war als alle anderen. Seine Äste verzweigten sich tausendfach zur Spitze hin und auf seiner Rinde zeichneten sich tiefe Furchen und Risse ab.

„Dieser Baum ist der älteste in unserem ganzen Reich", erklärte Grimm. „Er steht hier schon seit Anbeginn der Zeit und alle anderen Bäume im Grimmforst sind seine Nachkommen. Unter seiner knorrigen Rinde schlägt das grüne Herz aller Pflanzen Sajanas. Und jeden Mittag erweist ihm die Sonne die Ehre und schickt ihren Strahlenkranz zu ihm herab."

Norah sah nun, wie sich die Lichtpunkte am Boden zu einem geschlossenen Ring formierten. Voller Ehrfurcht blickte sie nach oben in die dichte Verästelung des Baumes. Sie spürte, wie die Natur um sie herum in Einklang kam und wie die Ruhe des Baumes auch ihre Seele berührte. Selbst die Haubenhörnchen hielten für einen Moment inne, als ob sie wüssten, dass auch sie Teil dieses Naturschauspiels waren.

Die Königin war überwältigt von dem, was ihr Grimm zeigte. Dieser Wald barg so viele Wunder, dass ein Elfenleben nicht ausreiche, um sie alle zu sehen.

Doch plötzlich spürte Norah einen heftigen Schmerz in ihrer Brust. Ihr wurde schwindelig und sie taumelte. Gerade noch konnte sie sich an Grimm festhalten, um nicht zu fallen.
„Was ist mit dir los?", fragte der Wolfself besorgt. „Ist dir nicht gut?"
„Ich weiß es nicht, Grimm", entgegnete Norah mit matter Stimme. „Irgendetwas stimmt nicht... Dieser furchtbare Schmerz... ich habe das Gefühl, als ob jemand mir einen Teil meines Herzens herausgerissen hat."
Der Wolfself blickte sie besorgt an.
„Lass uns zur Lichtung zurückfliegen", meinte er. „Dort ruhst du dich ein wenig aus. Vielleicht waren die Ereignisse der letzten Tage zu viel für dich."
„Ich denke nicht", erwiderte Norah. „Es fühlt sich nicht nach Erschöpfung an. Aber mir geht es schon wieder etwas besser."
Sie versuchte zu lächeln, aber der Wolfself erkannte, dass sie nur tapfer sein wollte. Norahs Gefühl, dass man etwas von ihr geraubt hatte – vielleicht einen Teil ihres Herzens – verließ sie nicht mehr.
Die Königin setzte sich auf den Rücken des Wolfselfen und die beiden flogen los. Sie hatte sich schon an Grimms schnelle Flüge durch den dichten Wald gewöhnt, doch heute nahm er mehr Rücksicht auf sie und flog langsamer.

Wenig später erreichten die beiden das Drachenherz, denn der uralte Baum stand nicht weit von der Waldlichtung entfernt. Schon beim Näherkommen sahen Grimm und Norah, dass Panthar und Farona an

der Krateröffnung standen. Sie hatten ihr Nest verlassen und waren auf die grüne Wiese des Drachenherzens gekommen.

Die beiden Königsdrachen schienen sehr aufgeregt zu sein. Norah und Grimm kamen näher und die Königin bemerkte, dass die Feuerwesen um ein neues Nest herumstanden. Dieses hatten sie zweifellos selbst gebaut, denn am Morgen war es noch nicht da gewesen. In diesem Nest lag das Drachenei, welches die beiden Norah am Tag der Krönung gezeigt hatten.

„Panthar! Farona!", rief Grimm ihnen zu. „Ich habe euch schon lange nicht mehr hier unter der Sonne gesehen." Panthar drehte sich zu dem Wolfselfen um und in seinen Augen lag ein merkwürdiger Glanz. „Seht euch das Drachenei an", sagte er und man merkte seiner Stimme an, dass er erregt war. „Es bricht auf! Deshalb sind wir an die Sonne gekommen, denn das Erste, was ein Drachenbaby in seinem Leben erblicken sollte, ist der freie Himmel."

Grimm war überrascht und auch Norah wusste im ersten Moment nicht, was sie sagen sollte. Langsam kamen die beiden näher. Das Ei lag in einem Nest aus Blätterlaub und feinem Gras. Tatsächlich waren erste Risse in der Schale sichtbar und ein leises Kratzen drang aus dem Inneren.

Farona beugte sich über das Nest und streichelte sanft über die Schale. „Norah", flüsterte Grimm. „Diesen Tag wirst du nie vergessen. Nur ganz wenigen Elfen war es bisher vergönnt, bei der Geburt eines Königsdrachens dabei zu sein."

„Ich will aber auf keinen Fall stören", meinte die Königin ebenfalls leise. „Farona und Panthar möchten vielleicht alleine sein."

Panthar hatte die Worte gehört und schien ein wenig zu lächeln.

„Die junge Königin des Nordens stört uns nie", meinte er sanft. „Du bist durch das Feuer der Flammenfrösche gegangen und bist somit ein Feuerwesen wie wir. Komm nur näher."

Grimm, Norah und die beiden Königsdrachen standen um das Nest. Die aufbrechende Eierschale glänzte in der Sonne. Lange Zeit geschah nichts. Nur manchmal war das leise Kratzen aus dem Inneren zu

Das Drachenbaby

hören. Panthar und Farona merkte man an, dass sie ungeduldig wurden und die Sorge, dass etwas passieren könnte, stand ihnen ins Gesicht geschrieben. Dann brach plötzlich ein Teil der Schale ab und eine kleine Pfote wurde sichtbar. Norahs Herz machte einen Sprung und auch die beiden Königsdrachen rückten zusammen. Das kleine Bein arbeitete sich strampelnd heraus.
Dann brach ein zweites großes Stück Schale ab und eine Schwanzspitze wurde sichtbar. So arbeitete sich der kleine Drache mühsam aus dem Ei heraus. Bald wurden auch der Körper und der Kopf sichtbar. Norah bemerkte, dass die Haut des kleinen Feuerwesens ganz glatt war und in der Sonne silbern schimmerte. Die Augen des Drachens waren noch geschlossen und er rieb sich immer wieder mit seinen Pfoten über die Schnauze. Die Flügel lagen gefaltet unter seinem Körper und nur langsam begann er sie auszubreiten, in dem er sich immer wieder

vom Rücken auf den Bauch drehte. Farona hatte Tränen in den Augen und auch Panthar konnte seinen Blick nicht von dem Drachenbaby abwenden. Wie lange hatten sie auf diesen Augenblick gewartet!

Als sich der Kleine dann ganz aus der Schale befreit hatte, kam ein leichter Wind auf. Das Rauschen der Blätter klang für Norah wie eine feierliche Musik. Doch es mischten sich auch andere Klänge darunter. Aus dem Wald vernahm sie leises Wispern und Heulen. Aus der Öffnung des kleinen Kraters in der Mitte der Lichtung drang feierliche Musik nach oben und Norah fragte sich, ob sie von den Herrscherstatuen aus der Drachenhalle kam, denn die Melodie war jener ganz ähnlich, die sie am Tag der Krönung gehört hatte.

Farona leckte den Kleinen vorsichtig ab und nahm ihn dann auf den Arm. Im selben Moment fing das Drachenbaby an zu schreien. Es heulte herzzerreißend. Dicke Tränen kullerten aus seinen Augen und tropften in die Eierschalen.
Tränentropfen kam es Norah in den Sinn, denn sie erinnerte sich in diesem Augenblick an ihren Weg mit Menefeja und Tuoron zur Stimme der Wahrheit. Nur die Tropfen und ihre kleine grüne Feder hatten sie damals gerettet.
Sie nahm ein kleines Fläschchen mit Quellwasser aus ihrer Tasche. Sie schüttete das Wasser aus, denn davon gab es im Grimmforst genug. Dann zögerte sie kurz, denn es war ihr unangenehm, die beiden Königsdrachen in diesem Moment des Glücks anzusprechen. Doch Panthar schien ihr Zögern zu bemerken.
„Was hast du auf dem Herzen, Norah?", fragte er. Man hörte seiner tiefen Stimme an, wie glücklich er war.
„Ich würde gerne die Tränen des Drachenbabys sammeln", sagte Norah und schämte sich immer noch ein wenig für ihr Anliegen.
Panthar lächelte.
„Gerne", meinte er. „Die Tränen von Drachenbabys haben magische Fähigkeiten. Es wäre schade, wenn sie verloren gingen."
Norah nahm die Schale und füllte ganz vorsichtig die Tränen in das

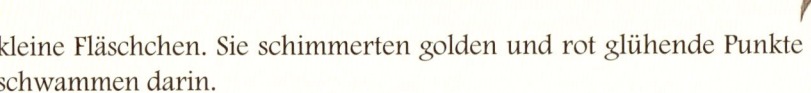

kleine Fläschchen. Sie schimmerten golden und rot glühende Punkte schwammen darin.

„Danke", sagte Norah leise.

Grimm hatte die ganze Zeit regungslos der Geburt zugesehen. Auf seinem Gesicht war nicht zu erkennen, ob er sich nun freute oder nicht. Norah trat an seine Seite. Sie kannte den Wolfselfen inzwischen besser und merkte, dass er etwas auf dem Herzen hatte.

„Was ist mit dir los?", fragte sie ihn. „Du siehst nicht glücklich aus."

Der Wolfself zögerte.

Er schaute die Königin mit seinen alten weisen Augen an und Norah meinte tiefen Kummer darin zu sehen.

„Erinnerst du dich der bösen Worte, welche Ilaria zu den Drachen gesprochen hat?", meinte er dann. „Panthar und Farona haben mir davon erzählt und heute scheint der Tag zu sein, an dem die finstere Verheißung in Erfüllung geht."

Norah erinnerte sich noch genau der Worte und wie ein Blitz durchzuckten sie die letzten Zeilen der Botschaft:

Doch nur ihr Tod kann euch erlösen,
von dieser Last und allem Bösen.

„Grimm, bedeutet dies, dass mit der Geburt des kleinen Drachens, eine Elfenprinzessin gestorben ist?", fragte sie erschrocken. Nun fühlte sie erneut die starken Schmerzen in ihrer Brust und auch die verwandelten Male an ihren Schultern brannten das erste Mal seit dem Tag der Krönung.

„Ich fürchte, so ist es", erwiderte der Wolfself. „Und es scheint, als ob dieser Tod auch etwas mit dir zu tun hat. Nur dadurch sind deine Schmerzen zu erklären. Aber ich ahne, dass noch viel schlimmere Dinge geschehen werden und der Tod der Prinzessin nur der Anfang vom Ende Sajanas ist."

Kapitel 22

Im Schatten des Eismondes

Panthar und Farona waren überglücklich. Der kleine Drache war vom ersten Sonnenstrahl an gesund und munter. Bald hörte er auf zu weinen und krabbelte vergnügt über das weiche Gras der Waldlichtung. Die beiden Königsdrachen gaben ihm den Namen *Nagar,* was in der Drachensprache so viel hieß wie *heilendes Feuer.* Grimm und Norah freuten sich ebenfalls für die beiden, doch hatte sich auf das Herz der Königin seit der Stunde der Geburt ein Schatten gelegt. Ihre Schmerzen und Grimms Vorahnung trübten die Freude über das neugeborene Drachenbaby.
Der Wolfself lief unruhig hin und her und hielt seinen Kopf tief gebeugt, als ob er eine Witterung aufnehmen würde. Norah sah, dass große Sorgen ihn bedrückten, denn noch nie hatte sie ihn so ernst gesehen.

Der Tag war schön und die Sonne schien hell und warm über dem Drachenherz. Farona und Panthar spielten mit ihrem Baby und schon nach kurzer Zeit gelang es dem Kleinen, eine erste winzige Flamme zu spucken. Farona klatschte vor Begeisterung in die Drachenpfoten und strahlte über das ganze Gesicht.

Grimm hielt für einen Moment inne. Er beobachtete die Drachenfamilie und ein Lächeln huschte ihm über das Gesicht. Auch für ihn, der

Nagars erste Flammen

schon so viel gesehen und erlebt hatte, war die Geburt eines Königsdrachens etwas ganz Besonderes. Dann verflog das Lächeln und Grimm wurde wieder ernst. Er lief zu Panthar hinüber und sagte: „Ihr kennt die Worte, welche Ilaria zu euch gesprochen hat. Es muss etwas Schreckliches geschehen sein, denn das Ei, das verloren schien, hat euch dieses wunderbare Baby geschenkt."

Panthar, der eben noch fröhlich mit dem Kleinen gespielt hatte und seinen Blick nicht von dem Drachenbaby abwenden konnte, wurde nun ebenfalls ernst. Seine Augen glänzten nicht mehr vor Freude, sondern für einen Moment lag tiefe Traurigkeit in seinem Blick.

„Wir wissen, was die Zauberin gesprochen hat", erwiderte er. „Und ich fürchte, du hast Recht mit deinen Ahnungen, Grimm. Aber es liegt nicht in unserer Macht, das Schicksal des Elfenreiches zu wenden. Nur die Monde und die Sonne wissen alles, was unter dem Himmel Sajanas geschieht, wir Königsdrachen aber nicht. Nagar wurde geboren und das ist gut, denn er ist die Hoffnung aller Drachen. Mit ihm und Norahs Hilfe kann der Pakt mit den Elfen erneuert werden."

Grimm nickte versonnen.

Panthar hatte Recht, denn das Schicksal der Elfen konnten nur sie selbst bestimmen. Wieder lief er unruhig hin und her und murmelte dabei:

„Es ist wahr... es ist wahr. Die Monde und die Sonne sehen alles. Und sie wissen alles. Ob es wohl möglich wäre?... es könnte doch sein..."

Plötzlich blieb er stehen und drehte sich zu Norah um, die besorgt aus der Ferne die Unruhe des Wolfselfen beobachtet hatte.
„Norah, ich möchte dich etwas fragen", rief ihr Grimm zu. „Es ist nur eine Idee, aber vielleicht die einzige Möglichkeit, die uns bleibt."
Die Königin ging zu ihrem Freund und versuchte ihn zu beruhigen, indem sie einen Arm um seinen Hals legte und meinte dann liebevoll: „Was hast du auf dem Herzen, mein Freund? Gibt es etwas, was ich für dich tun kann?"
Sie fühlte sich ratlos und schwach und überhaupt nicht wie eine Königin. Norah wünschte sich, Grimm wüsste, woher ihre Schmerzen kamen und was es mit der bösen Verheißung der Elfenzauberin auf sich hatte.
„Leider weiß auch ich nicht alles", erwiderte Grimm. „Aber ich lebe schon seit einer Ewigkeit hier und ich spüre, dass mit der Geburt des Drachenbabys auch etwas anderes geschehen ist – etwas, was das Leben aller Elfen Sajanas betrifft. Ilaria ist mächtig und ihr Zauber wirkt wie Gift. Bisher gibt es niemanden, der sich ihr entgegengestellt hat, um ihre Pläne zu durchkreuzen. Siehst du die Monde, Norah? Sie sind ganz klar und sehen aus wie himmlische Augen, die uns beobachten."
Norah blickte nach oben und tatsächlich waren die Monde neben der Sonne so deutlich zu erkennen, wie es die Elfenkönigin noch selten erlebt hatte.
„Weißt du, was eine Mondelfe ist?", fragte Grimm weiter. „Oder hast du jemals eine von ihnen getroffen?"
Norah dachte nach.
„Nein", sagte sie dann. „Ich weiß, dass es Mondelfen gibt, aber ich kenne sie nur aus Erzählungen. Weshalb fragst du?"
„Mondelfen sind die Boten der Nacht", fing Grimm an zu erklären. „Sie kommen, wenn man sie nicht erwartet und hinterlassen kleine Botschaften. Sie kämpfen nie, aber sie sehen alles und lenken die Geschicke auf ihre eigene Art. Wir müssen eine Mondelfe finden, denn

sie kann uns vielleicht sagen, was in unserem Elfenreich passiert ist." Norah verstand, was Grimm meinte. Auch sie hatte schon davon gehört, dass Mondelfen fast alles wussten.

„Wo können wir eine Mondelfe finden?", fragte Norah ihren Freund.
„Das ist schwer zu sagen", antwortete Grimm. „Wenn es Tag ist, ziehen sie sich in die Mondschatten zurück und warten, bis es wieder dunkel wird. In den Mondschatten kann man sie antreffen. Nur sind diese Schatten Orte aus der Fabelwelt Sajanas und für Elfen nahezu unerreichbar."

Panthar und Farona waren inzwischen dazugekommen und hatten Grimms letzte Worte gehört. Panthar wandte sich zu Norah und dem Wolfself und meinte:

„Es gibt eine Möglichkeit in die Fabelwelt der Mondelfen zu gelangen. Aber sie ist sehr gefährlich. Einmal war ich dabei, als eine Elfe diesen Weg gegangen ist. Es ist lange her und ich habe sie seitdem nie wieder gesehen. Kommt mit, ich zeige es euch."

Kurz darauf standen die Drachen, der Wolfself und die Königin am Rande der Krateröffnung inmitten der Lichtung. Norah erinnerte sich noch gut an den Tag, als sie durch das Feuer der Flammenfrösche gegangen war und sich in die Tiefe des Kraters gestürzt hatte.

„Schaut nach oben", meinte Panthar. „Dort am Himmel seht ihr die goldene Sichel des Eismondes. Sie steht im Augenblick genau über der Krateröffnung. Die Fabelwelten Sajanas befinden sich immer auf der Gegenseite des wahrhaftigen Elfenreiches. Also muss man immer das Gegenteil von dem tun, was man meint tun zu müssen, um dorthin zu gelangen. Fliegt nicht in den Himmel, sondern stürzt euch mit dem Rücken voraus in die Krateröffnung, so dass ihr den Eismond im Sturze verschwinden seht. Ihr werdet glauben, euch immer weiter zu entfernen, doch bringt euch gerade das dem Ziel näher. Dann lasst alles mit euch geschehen und gebt acht, dass ihr nicht vom Weg abkommt."

Norah versuchte in Grimms Augen zu blicken, um zu sehen, was er von dem Vorschlag hielt, aber der Wolfself sah nur zu Boden.

Norah am Kraterrand

„Werden wir es tun?", fragte die Königin nach einer Weile unsicher. Grimm zögerte mit seiner Antwort, denn es fiel ihm sichtlich schwer, die richtigen Worte zu finden.

„Leider wirst du alleine zum Eismond reisen müssen, Norah", sagte er dann leise. „Uns Fabelwesen ist es verboten in das Reich anderer Fabelwesen vorzudringen. Wenn wir es tun, verlieren wir unsere magischen Fähigkeiten und sterben."

Die Königin blickte den Wolfself erschrocken an, denn sie wollte auf keinen Fall, das Grimm sein Leben riskierte. Was sollte ohne ihn aus dem Grimmforst werden? Gleichzeitig spürte sie, wie Angst in ihr aufstieg. Wie schon bei den Flammenfröschen, musste sie auch hier den Weg alleine gehen. Sie spürte die Schmerzen in der Brust und ihre Hände zitterten. Einen Moment hielt sie inne und überlegte, ob sie nicht besser hier bleiben sollte. Doch dann fasste sie Mut und sagte:

„Gut, ich werde es versuchen. Wenn es meine Aufgabe ist, die Mondelfen zu suchen, dann will ich mein Möglichstes tun."

Panthar, Farona und Grimm blickten sie bewundernd an, denn die Entscheidung war mutig. Niemand wusste, wie die Reise ausgehen würde. Die Königsdrachen und der Wolfself blieben jedoch stumm, denn Norah sollte in ihrer Entscheidung ganz frei sein.

Die Königin drehte sich langsam um und stand nun mit dem Rücken zur Krateröff-

nung. Vor dem Sturz hatte sie keine Angst, denn das hatte sie schon einmal erlebt. Doch was würde dann geschehen? Langsam ging sie in kleinen Schritten rückwärts, bis sie nur noch mit den Zehenspitzen am Rande stand. Dann atmete sie noch einmal tief durch und schloss für einen Moment die Augen.
Im nächsten Augenblick ließ sie sich nach hinten fallen.

Norah stürzte. Sie spürte, wie der Fallwind an ihren Haaren riss. An den grünen Kraterwänden sah sie die vielen großen Augen der Flammenfrösche, die an ihr vorbeihuschten. Bald, so hoffte sie, würde der Sturz abgebremst werden. Doch immer schneller ging es abwärts und Norah sah nur noch, wie das Grün der Wände an ihr vorbeiraste. Sie versuchte, die Flügel etwas auszubreiten, doch war die Öffnung zu schmal dafür. Norah schrie um Hilfe, aber wer sollte ihr hier zur Seite stehen? Sie taumelte und drehte sich im Fallen nach allen Seiten.

Jetzt sah Norah den Kraterboden näherkommen. Nur noch ein kleines Stück, dann würde sie am Boden aufschlagen. Sie schloss voller Furcht kurz die Agen, öffnete sie aber gleich wieder und sah, wie der Boden kurz vor dem Aufprall auf wundersame Weise nachgab und sich weit öffnete. Plötzlich wurde es dunkel und die Königin spürte, wie sie immer tiefer in die Finsternis stürzte. Nichts war da, woran sie sich festhalten konnte. Die Kraterhalle lag hinter ihr und es ging immer tiefer hinab ins Ungewisse.
Dann sah sie Lichter und Sterne, die an ihr vorbeihuschten, genauso wie vor wenigen Augenblicken noch die Flammenfrösche. Eisiges Blau begleitete die kleinen Lichter. Ganz in der Ferne, so dass Norah es nur erahnen konnte, glaubte sie die Sichel des Eismondes zu erkennen.
Die Königin wunderte sich. Den Mond hatte sie doch eben noch am Himmel gesehen. Wie konnte es sein, dass er nun in diesen tiefen Abgründen zu finden war?
Norah hatte plötzlich das Gefühl, dass sich alles drehte. Ihr wurde schwindelig und sie schloss erneut für einen Moment die Augen, öffnete sie jedoch abermals gleich wieder. Nun bemerkte Norah, dass sie

Der Eismond

gar nicht mehr fiel, sondern von einer unsichtbaren Macht nach oben gezogen wurde. Langsam fing sie an, Panthars Worte zu begreifen. Alles war hier ins Gegenteil gekehrt. Kein sommerlicher Himmel war zu sehen und keine warme Sonne strahlte über ihr. Es war ein klarer Nachthimmel, der sich über ihr öffnete.
Und die Luft wurde immer kälter.
Die Königin spürte, wie sich das eisige Blau auf ihre Flügel und Arme legte und sie lähmte. Bald war es so frostig, dass Norah keinen klaren Gedanken mehr fassen konnte. Immer noch wurde sie von dem geheimnisvollen Sog zur Mondsichel gezogen. Das Letzte, was Norah wahrnahm, waren kleine Eissterne, die an ihr vorbeiflogen. Die Mondsichel lag weit vor ihr und Norah glaubte nicht mehr daran, sie erreichen zu können. Ein kurzer Augenblick noch, dann wurde es so kalt, dass die Königin die Besinnung verlor.

Dunkelheit umgab Norah. Sie hörte ein Wispern und ein Kichern. Ganz aus der Ferne drang eine Stimme an ihr Ohr.
„Hihihi, herzlich Willkommen in meinem Zuhause", sprach diese Stimme zu ihr.
Norah öffnete die Augen.
Alles um sie herum war Blau in Blau und keine klaren Formen waren zu erkennen, an denen sich das Auge festhalten konnte. Die Königin

schwebte in diesem Blau, als ob es kein Oben oder Unten gab und um sie herum tanzten kleine Eissterne. Norah spürte die Kälte nicht mehr. Alles schien an diesem Ort im Blau zu versinken.

„Wo bin ich hier?", fragte sie leise. Für einen Augenblick glaubte sie kleine Gestalten zu erkennen – zart, transparent und ebenfalls blau – die aber von der Umgebung schnell wieder geschluckt wurden und verschwanden. Nur zwei helle Augen blickten sie aufmerksam an. Sie gehörten zu einer kleinen Gestalt mit feinen Flügeln und einem weißen Gewand, das als einziges wie ein heller Fleck aus dem Blau herausstach.

„Hihi, du bist auf der Schattenseite des Eismondes angekommen", antwortete das kleine Wesen, bei dem es sich nur um eine Mondelfe handeln konnte. „Hier ist meine Zuhause. Und du, hihihi, bist Norah, die Königin. Und wir alle haben es gesehen."

„Was hast du gesehen und wer bist du überhaupt?", fragte Norah verwirrt. Es bereitete ihr Unbehagen, dass sie in diesem blauen Nichts keinen Halt fand.

„Hihi, ich bin, wie du siehst, eine Mondelfe, oder nicht, Königin?", sagte die kleine Elfe. „Aber nenne mich wie du willst, hihi. Wir Mondelfen heißen so, wie man uns nennt. Hihi... und ich habe gesehen, wie dir die Krone gegeben wurde."

„Das hast du gesehen?", fragte Norah ungläubig. „Aber es war doch niemand in dem Raum hinter den Flammenfröschen, außer den Königsdrachen."

„Hihihi... ja, aber die Monde sehen alles", erklärte die Elfe und schien belustigt über Norahs Unwissenheit.

„Gut, ich werde dich *Blaue Nacht* nennen", sagte Norah, verunsichert durch die seltsame Gestalt und das Kichern der Mondelfe. „Und ich bin gekommen, weil ich deine Hilfe brauche."

„Blaue Nacht – das ist schön!", erwiderte die kleine Elfe und bekam große Augen. „Hihi... meine Hilfe? Ich dachte Königinnen wissen alles. Ist es nicht so?"

„Es geht um etwas sehr Ernstes", fing Norah an zu erklären und ver-

suchte sich nicht aus der Ruhe bringen zu lassen. „Eigentlich müsstest du alles schon wissen, wenn ihr so vieles seht. Ich spreche von der Geburt des Drachenbabys, von den finsteren Worten der Elfenzauberin Ilaria und dem, was geschehen sein muss. Ich habe große Schmerzen in meiner Brust. Ilaria sprach vom Tod einer Prinzessin, der unabänderlich mit der Geburt des Königsdrachens verbunden ist."

Die Mondelfe wurde mit einem Mal sehr ernst. Ihre Blicke schienen die einer alten weisen Elfenfrau zu werden und das Kichern war verschwunden, als sie sprach:

„Das Drachenbaby ist ein Segen, aber der Tod hat es begleitet. Es geschah am Steinmeer unter der Gewitterlinde. Sarah, die junge Prinzessin – Schwester von Aela und Sinia... mein Drachenfeuer hat die Elfen gerettet, doch für Sarah kam es zu spät. Nun ist alles vorbei. Der böse Zauber, die schleichenden Trolle und schwarzen Zwergdrachen – ihre Macht wächst und bald wird alles vergehen."

Sarah.

Norah fühlte wie der Schmerz in ihrer Brust wuchs und so stark wurde, wie sie es noch nie zuvor gefühlt hatte. Ein tiefes Schuldgefühl überkam sie, denn Uriana, ihre Mutter, hatte die kleine Prinzessin als Baby aus Baromons Königspalast entführt. Ihr ganzes Leben hatte Sarah an Norahs Seite im Zinnenpalast als ihre vermeintliche Schwester verbringen müssen, bis sie eines Tages geflohen war. Nun hatte der Tod sie geholt, wie die Mondelfe berichtete, und es gab keine Möglichkeit mehr, die tiefe Schuld wiedergutzumachen. Ohnmacht und Wut überkamen die Königin und sie schrie ihren Schmerz heraus:

„Nein!! Das darf nicht sein!! Ich möchte zu ihr!"

Sie schluchzte und bittere Tränen liefen ihr über die Wangen.

„Mein Platz ist an ihrer Seite. Sag mir bitte, Blaue Nacht, wo ich die Elfen finde!"

„Die Elfen finden – das ist fast unmöglich", sprach Blaue Nacht. „Die Erde hat sie verschluckt. Glühende Lava und brüllendes Wasser... Nur mein Drachenfeuer hat sie bewahrt. Doch bald vergeht auch das und

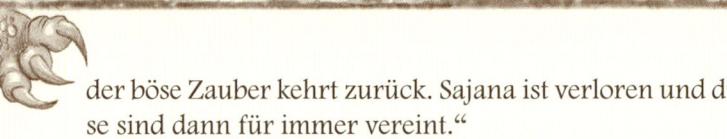

der böse Zauber kehrt zurück. Sajana ist verloren und die beiden Flüsse sind dann für immer vereint."

Norah spürte, wie Zorn in ihr aufstieg. Nein, so lange sie noch am Leben war, würde sie sich mit aller Macht gegen den Untergang des Elfenreiches wehren. So einfach wollte sie es Ilaria und ihren finsteren Untertanen nicht machen.

„Zeige mir den Weg", sagte sie bestimmt zu Blaue Nacht. „Sarahs Tod soll nicht vergebens sein. Ich werde an der Seite ihrer Schwestern und Freunde stehen und mich bis zum letzten Atemzug gegen den bösen Zauber wehren."

Die Mondelfe schien nun wieder klein und kindlich zu werden.

„Hihihi... der Weg. Ich kann ihn dir zeigen. Wenn du möchtest... hihi. Du musst mir nur folgen. Ganz vorne an der Spitze der Eismondsichel sieht man alles. Folge mir... hihihi."

Kapitel 23

Die Wendeltreppe im Leuchtturm

Die Mondelfe streckte Norah ihre kleine Hand entgegen. Doch die Königin fühlte sich immer noch unwohl im Blau des Mondschattens.

„Wie kann ich so die Spitze der Mondsichel finden?", dachte Norah. Überall war alles gleich und sie spürte nicht einmal, ob sie schwebte, flog oder einfach nur still stand. Doch als sie die Hand der Mondelfe ergriff, geschah etwas Seltsames: Das Blau der Mondelfenhaut floss in ihre Haut, wie die Tinte einer Schreibfeder, wenn man sie ins klare Wasser tauchte. Schon bald war Norahs ganzer Arm blau und die Farbe breitete sich weiter aus. Mit dieser Wandlung veränderte sich auch Norahs Wahrnehmung. Mit einem Mal erkannte sie ihre Umgebung, sah Formen, Gegenstände und Pflanzen, die ihr vorher verborgen geblieben waren. Alles schimmerte unverändert Blau, doch reichte die Palette der Farbtöne nun von reinstem Himmelblau bis zu dunklem Meerblau.

Die Königin sah sich um und staunte.

Der Ort, welcher ihr gerade noch wie eine Welt ohne Sinn vorgekommen war, zeigte sich nun in seiner ganzen Pracht. Paradiesisch wuchsen Pflanzen mit großen Blüten und Blättern aus den Schatten heraus, vereinten sich, verwuchsen ineinander und trennten sich dann wieder unter einem bezaubernden Sternenhimmel. Kleine Seen und Teiche waren zu sehen, über denen unzählige Mondelfen schwebten, die

Das Muschelbett

sich auf der glatten Wasseroberfläche spiegelten. Am meisten gefielen Norah jedoch die schwebenden Betten aus großen Muschelschalen. Sie glitten langsam durch die Luft ohne auch nur das geringste Geräusch zu machen und in manchen von ihnen lag eine Mondelfe und schlief.

Mit Blaue Nacht an ihrer Seite fand sich Norah nun gut zurecht und konnte sich wieder frei bewegen. Gemeinsam flogen sie durch den Mondschatten und die Königin staunte über alles Neue, was sie zu sehen bekam.

Einmal kamen die beiden an einem Wasserfall vorbei, der fröhlich von einem kleinen Felsvorsprung plätscherte. Oben auf dem Felsen standen Mondelfen und eine nach der anderen ließ sich in den Wasserfall gleiten. So rutschten sie in den See am Fuße des Felsens und quietschten dabei vor Vergnügen. Als Blaue Nacht und Norah vorbeikamen, hielten sie für einen Moment inne und winkten den beiden zu, um sich dann sofort wieder in den Wasserfall zu stürzen.

Eine ganze Weile waren Norah und Blaue Nacht schon geflogen, als die Königin in der Ferne ein kleines Licht entdeckte.

„Blaue Nacht, was ist das da vorne?", fragte sie die Mondelfe. Im Gegensatz zu dem blauen Schimmer, in den der ganze Mondschatten getaucht war, leuchtete das Licht golden und warm.

„Hihihi, das ist der Leuchtturm an der Spitze der Mondsichel", erklärte die kleine Elfe. „Wir haben ihn vor langer Zeit dort gebaut, damit keine Sternschnuppe an der Spitze hängenbleibt, meine Königin. Das Licht ist unser Ziel, hihi."

Von einem Leuchtturm auf einer Mondspitze hatte Norah noch nie gehört, doch sie hatte es aufgegeben, sich zu wundern. In den Fabelwelten Sajanas schien alles möglich zu sein. Sie flogen weiter und kamen dem Licht immer näher. Bald erkannte Norah, dass es auf der Spitze eines hohen und sehr dünnen Turmes brannte. Der Turm selbst ragte wie eine krumme dünne Nadel vom Ende der Mondsichel.

Kurze Zeit später landeten die beiden auf einer kleinen Terrasse am oberen Ende des Turmes. Das warme Licht rührte von einer Flamme, die in einer gläsernen Kugel brannte und frei über dem Turm schwebte. Nein, Norah stellte sich nicht mehr die Frage, weshalb der Turm überhaupt existierte, wo die Flammenkugel doch seinen Halt gar nicht benötigte. Es war eben so, wie alles im Land der Mondelfen.

„Nun sieh hinab und schaue selbst, was du entdeckst, hihihi... deshalb sind wir hierher geflogen", sagte Blaue Nacht als die beiden sich am äußersten Rand der Terrasse niedergelassen hatten.
Norah blickte in die Tiefe.
Nichts hatte sie auf dem Flug zum Turm gesehen, doch nun, da sie hier saßen, lag plötzlich ganz Sajana wie eine winzige Spielzeuglandschaft zu ihren Füßen. Norah sah den Berg der Wahrheit in der Mitte des Landes. Er war von hier oben nicht viel größer als ein kleiner spitzer Felsbrocken. Flüsse durchzogen die Landschaften wie feine blaue Adern. Im Norden erkannte Norah mit Wehmut die weißen Gipfel der hohen Berge ihrer Heimat.
„Hihihi, nun denke an das, was dir am Herzen liegt", sagte die Mondelfe plötzlich. „Denke daran und schaue ganz genau hin."
Norah überlegte einen Moment. Dann sagte sie:
„Wo ist der Zinnenpalast, meine Heimat? Wir sind so weit oben, dass ich ihn nicht erkennen kann."
Sie versuchte nach dem Gebäude zu spähen. Und wie sie die Worte gesprochen hatte, schienen sich ihre Augen wie die eines Falken zu schärfen. Plötzlich erkannte sie Dinge, die ihr vorher verborgen geblieben waren. Da stand er am Fuße des größten Bergmassives des Nordens: der Zinnenpalast, ihr Zuhause! Drachen waren zu sehen, die auf den spitzen Felsen hausten, aber auch vereinzelt Elfen, die

ihrer Arbeit nachgingen. Norahs Herz setzte einen Schlag aus und unendliche Dankbarkeit durchströmte sie. Ihr Volk, die Bergelfen, waren in ihre Heimat und zum Palast zurückgekehrt und es schien Frieden mit den Drachen zu herrschen.

Nur schwer konnte Norah ihren Blick von diesem Bild abwenden, doch dann kam ihr Sarah wieder in den Sinn und sie wünschte sich, ihre Ziehschwester und deren Freunde zu sehen.

Norahs Blick glitt über die Landschaft. Nichts war von den Elfen zu entdecken. Dann bemerkte sie plötzlich, wie das Bild sich vor ihren Augen veränderte. Sie glaubte unterirdische Höhlen und Labyrinthe zu erkennen, als ob die Erde darüber aus Glas wäre. Lavaströme durchzogen von Norden her das Land und breite unterirdische Flüsse begleiteten sie. Auf einem dieser Flüsse schien ein Feuer zu brennen. Norahs Blick schärfte sich weiter und nun erkannte sie, dass es ein Feuerball war, der zwischen den Lavaflüssen und dem Wasser hin und her geworfen wurde. In dem Feuer erkannte sie Gestalten. Es mochten Elfen oder Tiere sein, vielleicht auch beides.

„Mein Drachenfeuer, hihihi... hast du es gesehen?", fragte Blaue Nacht. „Es hat die Elfen gerettet, hihi. Drachenfeuer-Pulver, das letzte, das ich noch hatte. Aela bekam es... hihi. Aber bald ist es erloschen."

„Sind dort Sarah und ihre Freunde?", fragte Norah betroffen. „Sie versuchte noch genauer hinzusehen, aber mehr als das Feuer und die Andeutung von Elfen und Tieren war nicht zu erkennen.

Der Feuerball schien geradewegs zum Berg der Wahrheit zu treiben. Am Fuße des Berges, unter den tiefen Wurzeln der Bäume des Grimmforstes, sah Norah einen riesengroßen unterirdischer See. Inmitten dieses Gewässers erkannte Norah eine Insel aus glühender Lava.

Für einen Moment schweiften Norahs Gedanken zu Ilaria ab. Im selben Moment wie ihr die böse Zauberin in den Sinn kam, schien der Boden des Elfenreiches aufzubrechen. Schwarze Schluchten wurden sichtbar. Dunkle Gestalten und Dämonen huschten durch Höhlengänge. Der Himmel und die Wolken verfinsterten sich und kleine schwarze Drachen überfielen das Land. Norah wischte sich über die Augen, um den bösen Zauber zu vertreiben.

Jetzt sah sie wieder die anmutigen Hügel, die lieblichen Wiesen und die hohen verschneiten Berge des Elfenreiches.

„Ich muss zu Sarah und den anderen Elfen", sagte sie bestimmt. „Blaue Nacht, sage mir, wie ich dorthin komme. Die Flüsse scheinen den Feuerball zum Berg der Wahrheit zu treiben. Ich habe dort einen großen See gesehen, der den Grimmforst mit klarem Wasser versorgt und eine Lavainsel, die unter dem Berg brennt."

„Hihihi, du möchtest an diesen Ort, Königin?", fragte die Mondelfe und schien belustigt. „Es ist ganz einfach. Steige die Turmtreppen hinab, bis du am Ort deiner Wünsche ankommst, hihi. Verstehst du? Alles ist so einfach."

„Es gibt Treppen in diesem Turm?", fragte Norah ungläubig. „Und sie führen mich zum Ziel?"

Blaue Nacht kicherte nur und nickte.

„Aber der Turm endet doch auf der Spitze der Mondsichel", meinte Norah und blickte von der Terrasse aus in die Tiefe. Die Mondelfe seufzte und sah die Königin schräg von der Seite an.

„Nein, nein, Norah hat nichts verstanden, hihihi", sagte sie dann leise vor sich hin. „Sie hat wirklich nichts verstanden."

Norah ärgerte sich über sich selbst und über die törichten Fragen. Um sich im Fabelland der Mondelfen zurecht zu finden, musste man die Gesetze des Landes verstehen. Alles war hier ins Gegenteil gekehrt, alles war anders als in der wahren Welt Sajanas. Was fern war, wurde nah und was dunkel war, wurde hell.

„Gut, ich habe verstanden", meinte Norah als Blaue Nacht noch einmal seufzte. „Wo sind die Treppen, von denen du sprichst? Sag es mir bitte."

Die Mondelfe lächelte und deutete ohne den Kopf zu wenden einfach über ihre schmalen Schultern nach hinten. Norah blickte sich um und tatsächlich befand sich genau dort eine enge Wendeltreppe, wo gerade noch die Terrasse gewesen war.

Die Königin stand auf. Sie hatte genug gesehen. Zeigten ihr die Bilder, welche sie vom Aussichtsturm aus gesehen hatte, die wahren Ereignisse, dann durfte sie keine Zeit verlieren. Norah wollte so schnell wie möglich dorthin, wo die Elfen im Feuerball hilflos dahintrieben. Ilarias Macht war überall zu spüren, aber sie fühlte die Kraft in sich, dem bösen Zauber zu widerstehen.

Sie nahm die kleine Mondelfe vorsichtig in die Arme und bedankte sich. Blaue Nacht lächelte verlegen und ein letztes Mal war ihr kindliches Kichern zu hören.

„Hihihi, verliere nicht dein Ziel, die Flüsse und deine Freunde aus den Augen", sagte sie noch leise. Dann stand Norah auf und stieg die ersten Treppenstufen hinab.

Alles schien zunächst gut zu gehen.

Die Treppen aus blauem Stein waren zwar eng, aber gut begehbar und Norah kam schnell voran. Doch schon bald merkte sie, wie ihr durch das ständige Imkreisgehen schwindelig wurde und sie versuchte, sich an den Innenwänden des Turmes festzuhalten. Zu ihrem Erstaunen waren diese jedoch nicht aus Steinen gemauert, sondern gaben nach, wenn man sie berührte. Alles war nur eine Illusion, ein Zauber. Das Innere des Turmes war nicht Wirklichkeit, sondern nur ein leere Hülle, ein Bild der Fantasie, das die Treppe umschloss.

Der Königin wurde schwindelig. Sie begriff bald, dass die Wendeltreppe eine unendlich lange Spirale war, die sich in die Tiefe wand und auf der es keinen Halt gab, außer den Stufen selbst.

Nun lief sie langsamer und versuchte, sich in der Mitte der Treppe festzuhalten. Immer wieder machte sie Pausen, wenn es nicht mehr ging. Je tiefer Norah kam, umso mehr löste sich die Illusion des Turmes auf und dunkle Nacht umgab sie.

‚Zum Glück strahlen die Stufen selbst ein wenig blaues Licht ab', dachte Norah. ‚Sonst wäre ich in der Finsternis verloren.' Gleichzeitig bemerkte sie, wie aus ihrer Haut langsam wieder die Farbe der Mondelfe wich und ihre wahre Hautfarbe zurückkehrte.

Norah wusste nicht, wie lange sie schon gegangen war, als sie sich für einen Moment auf eine der Stufen setzte, um auszuruhen. Es mochten Hunderte an Treppen gewesen sein, die sie hinter sich gebracht hatte.

Eines erschwerte den Abstieg besonders: Je tiefer sie kam, umso höher wurden die Stufen. Manchmal fiel sie mehr die Treppen hinunter, als dass sie ging. Wie lange mochte das noch gutgehen? Die Königin hatte nicht das Gefühl, ihrem Ziel näher zu kommen, denn über sich und unter sich sah sie in der Dunkelheit nur eine endlose Spirale.
Sie stand mühsam wieder auf und taumelte weiter, immer tiefer, immer haltloser. Alles drehte sich um sie. Sie spürte, wie der Wahnsinn

Die Wendeltreppe

Besitz von ihr ergriff, der Gedanke, nie mehr von hier fortzukommen und bis zum Ende ihrer Tage in der Spirale gefangen zu sein.
Verzweifelt schloss sie die Augen, um sich neu zu sammeln. Die Bilder, welche sie vom Leuchtturm aus gesehen hatte, kamen ihr wieder in den Sinn – die liebliche Landschaft Sajanas, Ilarias böser Zauber und der Feuerball auf den unterirdischen Flüssen. Sie versuchte, sich an diesen Gedanken festzuhalten und erinnerte sich an die Worte der Mondelfe: *Verliere nicht dein Ziel, die Flüsse und deine Freunde aus den Augen.*

Norah hielt die Augen geschlossen und klammerte sich an den Stufen fest. Und mit den Gedanken an die Mondelfe, erschien auch vor ihrem inneren Auge das Bild einer Spirale. Im Gegensatz zu der Wendeltreppe war es jedoch eher ein Weg, der sich in die Tiefe wandt. Dieser Weg war ganz anders als die blauen Stufen in der Dunkelheit, denn der Pfad war mit Gras bewachsen und an den Rändern wuchsen Blumen und blühende Sträucher. In anmutigen Kurven schlängelte sich der Weg in die Tiefe und warmes Licht strömte von den Seiten ein.
Norah hielt die Augen geschlossen. Sie versuchte, diesen Pfad in ihrer Fantasie festzuhalten und die Stufen der Wendeltreppe zu vergessen. Ganz vorsichtig machte sie die ersten Schritte und lief den sommerlich anmutenden Weg hinab. Sie glaubte, das Gras unter ihren Füßen zu spüren und hörte kleine Vögel singen. Hier war es eine Freude zu gehen und schon bald sah Norah einen blauen See unter sich, der am Ende des Weges spiegelglatt in der Sonne lag.
Sie lief nun schneller und mutiger, denn sie hatte die endlose Wendeltreppe schon fast vergessen. Bald würde sie am Ufer des Sees ankommen. Darauf freute sie sich unendlich.
Gerade in dem Moment, als der Weg zu Ende war und sie ans Ufer des Sees springen wollte, schlug Norah die Augen auf. Der grüne Pfad und der spiegelglatte See verschwanden im selben Moment. Ein Lavameer lag jetzt unter ihr. Die letzten Stufen der blauen Wendeltreppe brachen weg und die Königin stürzte. Glühende Lavamassen brachen über ihr zusammen und verschlangen sie im selben Augenblick.

Kapitel 24

Ein Wiedersehen am Lavafluss

Feuer, das glühte – Feuer, das verbrannte... lange hatte Norah es gefürchtet und die brennenden Male an ihren Schultern schienen ihr Leben zu bestimmen. Doch nun war sie selbst ein Feuerwesen – ein Kind der Vulkane des Nordens und der magischen Flammen der Königsdrachen. Die Feuerwesen hatten Norah von ihrer Furcht geheilt und mit ihren Flammen verzaubert, so dass sie nun selbst Macht über das Feuer hatte.

Der Lavasee war tief und Norah ging darin unter, doch verbrannte sie nicht. Sie sank immer weiter und sah, wie das Rot der geschmolzenen Steinmassen an ihr vorbeizog. Die Königin wurde von einer Strömung erfasst, die sie mit sich zog und sie ließ sich treiben. Norah war froh, die endlose Wendeltreppe hinter sich gelassen zu haben – das Labyrinth, welches sie beinahe zum Wahnsinn getrieben hatte. Und da ihr das Feuer nichts mehr anhaben konnte, gab sie ihrer Erschöpfung nach und ließ alles mit sich geschehen.

Norah spürte, wie sie müde wurde.

Das langsame Fließen der Lava hatte eine beruhigende Wirkung und nach der eisigen Kälte auf der Reise zum Mondschatten und der Finsternis der Wendeltreppe war ihr das sehr angenehm. Norah überlegte noch, wohin der Lavafluss sie treiben würde und wo sie sich gerade befand. Doch bald vermischten sich all ihre Gedanken im Halbschlaf miteinander, bis sie ganz einschlief.

Als Norah wieder erwachte, lag sie am Ufer eines kleinen Flusses. Klares Wasser umspielte ihre Füße. Die Königin richtete sich auf und sah sich um. Es kam ihr wie eine Ewigkeit vor, die sie geschlafen hatte. Nun fühlte sie sich frisch und erholt. Direkt hinter sich sah Norah einen weiteren Fluss. Es war der rot glühende Lavastrom, der sie wohl an diesen Ort gebracht hatte. Sie selbst lag auf einem schmalen, mit hohem Gras bewachsenen Streifen, der zwischen diesen beiden Flüssen lag. An manchen Stellen berührten sich die Ströme und Wasserdampf entwickelte sich, der als feiner Nebel nach oben stieg. Zwischen dem Nebel sah Norah vereinzelt hohe Bäume, Farne und große Blütensträucher.

Der Nebel war so fein, dass er die ganze Umgebung in einen zauberhaften Schleier hüllte, aber auch so dicht, dass Norah nicht sehen konnte, ob sie schon unter freiem Himmel war oder sich noch in einer großen unterirdischen Höhle befand. Dieser Ort hatte etwas Unwirkliches und Ursprüngliches.

„So musste es ausgesehen haben, als Sajana vor ewigen Zeiten einmal entstanden ist", dachte Norah. „Das Feuer der Lava, das Wasser der Bäche und das Grün der ersten Pflanzen."

Sie spürte den Zauber dieses Ortes, der sie beruhigte und der ein großes allumfassendes Glücksgefühl in ihr erzeugte.
Sie lief etwas auf dem grünen Streifen entlang. Der Nebel war manchmal dichter, dann wieder gab er mehr von der Umgebung preis. Einmal glaubte Norah in einiger Entfernung gar die hohen Bäume eines Waldes zu sehen. Norah genoss den Augenblick, gab sich dem Zauber der Umgebung hin und setzte sich wieder an den klaren Fluss. Erst jetzt bemerkte sie die Ruhe an diesem Ort. Kein Vogel sang, kein Heulen eines Waldtieres drang an ihr Ohr und auch nicht das Rauschen des Windes. Nur das leise Plätschern des Wassers war zu hören.

So schön dieser Ort auch war, so schmerzhaft kam Norah Sarah wieder in den Sinn. Sie hatte sich von der Mondsichel aus auf den Weg gemacht, um ihre Ziehschwester zu finden. Etwas Schlimmes musste geschehen sein und sie wollte unbedingt helfen. Hatte sie den falschen Weg gewählt? Blaue Nacht hatte gesagt, dass es ganz einfach sei, an den gewünschten Ort zu gelangen.
‚Vielleicht hätte ich die Augen nicht schließen dürfen', dachte Norah. ‚Vielleicht hätte ich der Wendeltreppe immer weiter folgen müssen, auch wenn ich dem Wahnsinn verfallen wäre.'

Da vernahm die Königin ein leises Geräusch, das irgendwie fremd an diesem stillen Ort war. Es kam aus der Ferne und hörte sich wie das leise Schnauben eines Pferdes oder Ponys an. Schnell war Norah auf den Beinen und lief in die Richtung, aus der sie das Geräusch vermutete. Das hohe Gras kitzelte an ihren Beinen und manchmal spürte sie den feinen frischen Hauch einer Nebelschwade im Gesicht.
Bald erkannte die Königin in einiger Entfernung die unscharfen Konturen eines Pferdes. Sie lief noch schneller und näherte sich dem Tier. Bald sah sie, dass es sich um eine schwarze Stute handelte, ein schönes Tier, wie es nur aus einer edlen Zucht stammen konnte.
Norahs Atem stockte.
Konnte das wirklich wahr sein? Denn nun erkannte sie, dass es ihr eigenes Pferd war, das vor ihr stand – ihre eigene schwarze Stute, die sie

Norahs Stute

vor langer Zeit am Zinnenpalast hatte zurücklassen müssen. Tränen schossen ihr in die Augen und sie fiel dem Pferd um den Hals.

„Meine Schwarze!", rief sie. „Wo kommst du her? Oh, wie freue ich mich, dich zu sehen!"
Auch das Pferd schien sich zu freuen, reckte den Hals und wieherte. Norah war noch ganz fassungslos vor Freude, zögerte aber nicht lange und sprang gleich auf den Rücken ihres Pferdes. Jetzt sah sie, dass das arme Tier Wunden und Kratzer am Hals und am Rücken hatte.
„Wer hat dir das angetan?", fragte Norah entsetzt. „Waren es Dämonen oder Trolle? Was ist nur mit dir geschehen? Und wie hast du mich gefunden?"
Viele Fragen brannten Norah auf der Seele, die ihr niemand beantworten konnte. Aber sie war unendlich froh, ihre Stute wieder gefunden zu haben und streichelte sie am Hals.
„Vielleicht hat dich Blaue Nacht zu mir geschickt, oder Grimm, oder Panthar und Farona", vermutete sie. „Aber wie dem auch sei, es ist gut, dass du da bist."
Das Pferd trabte nun langsam los und Norah atmete tief durch. So ritten die beiden am Fluss entlang.

Aber schon bald wurde das Tier unruhig und warf den Kopf zurück. „Was ist los?", wollte Norah wissen und versuchte die Stute zu beruhigen, jedoch ohne Erfolg. Das Tier ließ sich nicht beruhigen und weigerte sich weiterzugehen.

Da sah Norah im Nebel Gestalten am Ufer des Flusses liegen. Ebenso hatte sie selbst erst vor wenigen Augenblicken dagelegen, bevor sie erwacht war. Die Königin konnte nicht genau erkennen, um wen oder was es sich handelte, deshalb stieg sie von ihrem Pferd und lief langsam und vorsichtig auf die Gestalten zu.

Die Umrisse wurden deutlicher.
Norah sah sieben Elfen und mehrere Tiere am Ufer liegen. Es waren überwiegend Pferde, doch erkannte die Königin auch ein Pony und einen Wolf darunter. Norah spürte, wie ihr Herz höher schlug. Sie lief näher.
„Sarah!", schrie sie. „Sarah!" Denn sie hatte inzwischen eine der Elfen erkannt.
Doch Sarah regte sich nicht.
Dafür schien eine der anderen Elfen langsam wieder zu erwachen. Es war Prinzessin Aela, die zu sich kam. Lange hatte das Drachenfeuer ihre Freunde und sie beschützt, getragen und vor Ilarias bösem Zauber bewahrt. Dann war der Feuerball erloschen und mit dem Erlöschen hatte der Fluss die Prinzessin und ihre Freunde an diesen Ort gespült. Aela hob vorsichtig den Kopf, blinzelte, schien verwirrt und blickte sich um.
„Wo... wo bin ich hier?", stammelte sie. Auch Falomon, Fee, Yuro, Leandra und Sinia erwachten nun langsam. Norah ging auf Aela zu und kniete vor ihr nieder.
„Ich weiß nicht, wo wir hier sind, noch wer ihr alle seid", sagte sie mit gebrochener Stimme. „Aber ich bin froh, dass meine Suche nach Sarah mich hierher geführt hat und ich euch gefunden habe. Willst du mir deinen Namen nennen?"
„Ich bin Prinzessin Aela, Tochter König Baromons", erwiderte Aela

unsicher. „Aber wer bist du? Und woher kennst du meine Schwester Sarah?" Ihre Sinne wurden wieder etwas klarer. Sie sah die dunklen Flügel Norahs und sofort dachte sie an das Bild des Glücks, das sie im Seenland gesehen hatte.
„Ich bin Norah, die Königin des Nordens", erwiderte die Bergelfe zutiefst betroffen als sie von Aelas Namen und ihrer Herkunft hörte. „Auf meinem Leben lastet eine schwere Bürde, denn wenn du Sarahs Schwester bist, dann habe ich dir großes Unrecht angetan."

Die Worte fielen ihr schwer und sie zögerte etwas, bis sie fortfuhr: „Meine Mutter Uriana war es, die Sarah einst aus dem Palast ihres Vaters entführte. Die Gier nach Macht hatte sie getrieben. Doch sie musste dafür mit ihrem Leben bezahlen."
Norah sah wie Aela zurückwich, deshalb sprach sie gleich weiter:
„Ich stehe tief in deiner Schuld und ich kann nur um Vergebung bitten für das, was deiner Familie angetan wurde. Es liegt in deiner Macht, ein Urteil über mich zu fällen, denn mein Leben gehört dir, da meine Mutter einst Sarahs Leben genommen hat."
Aela zögerte.
Sie wusste nicht, ob sie der Bergelfe Glauben schenken konnte. All die Jahre der Trauer und der Tod ihres Vaters kamen ihr wieder in den Sinn. Sinia, die bisher geschwiegen hatte, kam an ihre Seite.
„Ich denke nicht, dass wir dir vergeben können", meinte sie mit leiser aber auch bedrohlicher Stimme. „Ich bin Sinia, Sarahs Zwillingsschwester. Ihr habt uns großes Leid zugefügt, denn unser Reich ist versunken und verloren. Dieser Augenblick kann nicht vergessen machen, was in vielen Jahren geschehen ist, denn der Schmerz sitzt tief."
Falomon, Fee, Yuro und Leandra vernahmen ebenfalls die Worte. Sie sahen die Bergelfe vor Prinzessin Aela knien und spürten, dass es ein besonderer Augenblick war, der die beiden Elfen zusammengeführt hatte.
„Sinia hat Recht. Das Leid ist groß", sagte Aela und eine Träne lief über ihre Wange. „Aber selbst wenn dir deine Schuld vergeben werden sollte, so ist es zu spät, denn Sarah ist tot. Sie starb im Blitz einer

Gewitterlinde, in jenem verlassenen Land, das wir Steinmeer nennen. Und auch wir sind nur im letzten Augenblick dem bösen Zauber Ilarias entkommen. Sonst wären meine Freunde und ich alle gestorben."
„Ilaria wollte auch mich töten", sagte Norah leise. „Vielleicht wäre es für uns alle besser gewesen, es wäre ihr gelungen."
Die Königin war traurig.
Traurig über Sarahs Tod und traurig darüber, dass ihre Worte zu spät kamen. Doch sie verstand Aela gut. Sie dachte an Grimm und was er tun würde und spürte wieder die Schmerzen in ihrer Brust. Die Stimme der Wahrheit kam ihr in den Sinn. Vieles davon hatte sich erfüllt, doch manches blieb rätselhaft:

*Ein Leben zu retten, bevor es vergeht,
wenn ihr beide euch das erste Mal seht.*

So hatte es geklungen und so hallte es in Norahs Herz wider. Wer würde sich das erste Mal sehen? Aela und sie? Und welches Leben galt es zu retten? Viele Fragen waren unbeantwortet und der Sinn der Worte blieb ungelöst.
Eine Leben zu retten... war nicht sie selbst schon einmal gerettet worden, als sie am Berg der Wahrheit bei den Duftkristallen schon dem Tode ganz nahe war?
Die Königin fuhr aus ihrer Trauer hoch.
Tränentropfen kam es Norah plötzlich in den Sinn! Sie griff hastig nach ihrer Tasche, denn dort hatte sie die kostbare Flüssigkeit in dem kleinen Fläschchen sorgfältig aufbewahrt.
„Lasst mich bitte zu Sarah!", rief sie den Elfen zu. Noch war keine Zeit gewesen, sich einander vorzustellen, aber die Königin spürte, dass Aelas Freunde ganz besondere Elfen sein mussten.
„Was willst du bei ihr?", fragte Sinia voller Misstrauen. „Ich möchte nicht, dass du ihren Frieden störst."
„Bitte, vertraut mir nur dieses eine Mal!", rief Norah verzweifelt. „Es ist keine Zeit zu verlieren." Sinia wollte Norah aufhalten, doch Aela nahm sie am Arm und hielt sie zurück.

„Lass sie gewähren", meinte sie zu ihrer Schwester. „Was kann sie anrichten? Sarah ist schon tot."
Sinia gab widerwillig nach und Norah bahnte sich ihren Weg zu Sarah. Alle standen um die Tote herum, die regungslos am Boden lag. Ihre Haut war weiß und ihre Haare schön, als ob ihr die Flucht in den Flammen des Drachenfeuers nichts hatte anhaben können.
„Seht, das Strahlen des Himmels kehrt in ihr Gesicht zurück", flüsterte Sinia mit traurig verklärtem Blick. „Nun kehrt sie nach Hause zurück, zur Sonne Sajanas. Die Wirkung des Seelenkrautes ist nun zu Ende."
„Nein, Sarah!", rief Norah verzweifelt. „Du darfst nicht gehen." Rasch nahm sie das Fläschchen zur Hand und träufelte ein wenig der Tränentropfen in Sarahs Mund. Dann griff sie in ihre Rocktasche und fühlte den Flaum der kleinen Feder. Sie nahm sie heraus und legte sie Sarah in die linke Hand, die auf ihrem Herzen lag.
Die Elfen standen im Kreis und hielten sich bei den Händen. Sie sprachen kein Wort und lange Zeit geschah nichts. Norah hoffte und bangte, doch jede Hilfe schien zu spät zu kommen. Da verzog sich der Nebel über den Elfen plötzlich und ein Wolkenloch gab den Himmel frei. Die Sonne war hell und warm und schickte ihre Strahlen herab. Diese fielen auf Sarahs Gesicht und Aela glaubte zu erkennen,

Norahs Hand

wie die Strahlen der Sonne für einen Moment Sarahs Gesicht umspielten und streichelten. Dann verschwand die Sonne wieder hinter dem Nebel und alles schien wie zuvor. Die Elfen senkten die Köpfe. Norah spürte einen unglaublichen Schmerz in ihrer Brust, dann ein Stechen, als ob ein Messer in ihren Körper eindrang. Plötzlich löste sich der Schmerz und Norah konnte wieder frei atmen.

Ihr Blick fiel auf Sarah und sie sah, wie sich die Brust der Elfe kaum merklich auf und ab bewegte. Es war nur die Ahnung eines Atmens, aber zweifellos ein Atmen.

Aela und Sinia fielen auf die Knie.

Sie griffen nach den Händen ihrer Schwester und fühlten, wie sie wärmer wurden. Tränen überströmten ihre Gesichter, denn Sarah war wieder am Leben. Sie war noch nicht erwacht, sondern schlief ruhig, als ob sie sich von einer großen Erschöpfung erholen müsste. Dabei war ihr Gesicht ganz entspannt.

Die Elfen fielen sich in die Arme. Sie weinten und lachten zugleich, denn sie konnten ihr Glück nicht fassen.

Norah stand nur daneben und beobachtete das Ganze.

Auch ihr war eine große Last vom Herzen gefallen und die Schmerzen hatten sich gelöst. Die Königin konnte ihre Gefühle kaum beherrschen. Sie wusste aber, dass dies nicht ihr Moment war, sondern jener Aelas, Sinias und ihrer Freude. Sie entfernte sich unbemerkt.

Als Aela nach einer ganzen Weile überströmenden Glücks wieder einen klaren Gedanken fassen konnte, sah sie zu Norah hinüber. Einsam stand die Bergelfe unter einem Baum und harrte aus, bis die Freunde sich wieder beruhigt hatten. Die Prinzessin nahm Sinia bei der Hand, die noch nicht begreifen konnte, was geschehen war. Sie gingen zu Norah hinüber.

„Was auch immer du getan hast, Norah", sprach Aela und lächelte dabei, „heute ist der Tag an dem all deine Schuld vergessen ist, denn du hast Sarah das Leben gerettet. Ohne dich wäre sie für immer verloren gewesen und nur dir ist es zu verdanken, dass sie wieder bei uns ist."

Sie küsste die Hände der Königin.

Norah spürte, wie sie ein unbeschreibliches Glücksgefühl überkam. Sie zitterte am ganzen Leib. Nun war sie am Ende ihres Weges. Es war ihr gelungen, die Schuld der Vergangenheit wiedergutzumachen. Eine Leichtigkeit, wie sie Norah noch nie zuvor gespürte hatte, ergriff Besitz von ihr.

„Heute ist auch der Tag, an dem die Bergelfen und die Sommerelfen wieder Freunde werden", fuhr die Prinzessin fort. „Mein Vater Baromon ist nicht mehr unter uns und auch deine Mutter Uriana ist tot.

Aela und Norah.

Unsere Namen sollen in die Geschichtsbücher Sajanas eingehen als die beiden Elfenmädchen, die Frieden in das Land gebracht haben." Dann umarmte sie die Bergelfe.

Kapitel 25

Frieden

Es dauerte noch einige Zeit, bis Sarah wieder erwachte. Während die Elfen warteten, saßen sie im Gras und redeten miteinander. Es gab viel zu erzählen und immer wieder lachten sie dabei. Noch nie im Leben hatten sie sich so frei und unbeschwert gefühlt. Norah konnte das Glück, welches ihr seit dem Zusammentreffen mit Grimm widerfahren war, noch gar nicht begreifen. Aela spürte neue Kraft in sich. Mit ihren Freunden wollte sie das verlorene Königreich ihres Vaters wieder erstehen lassen. Leandra, Yuro, Fee und Falomon sahen die Freude der Königin und die Zuversicht der Prinzessin und freuten sich, dass sie ein Teil dieses großen Abenteuers waren und den beiden helfen konnten. Nur wenn die Sprache auf Ilaria kam, wurden die Elfen wieder ernst.

„Die Macht der bösen Zauberin ist noch nicht gebrochen", bemerkte Yuro. „Wir sind Ilaria nur mit Glück entkommen. Die Bergelfen und die Sommerelfen sind wieder vereint, aber ob unsere gemeinsame Kraft genügt, um Ilaria zu besiegen, weiß niemand."
„Wir müssen mutig und entschlossen sein", stimmte ihm Leandra zu. „Ilaria bedient sich dunkler Magie, die wir nicht beherrschen. Und sie hat Trolle und Zwergdrachen an ihrer Seite, die ihr bis ins Verderben folgen. Das macht sie so gefährlich."

Ilaria

„Sajana darf nicht der Finsternis dieser Zauberin zum Opfer fallen", sagte Norah trotzig. „Es gibt sicher einen Weg, sie aufzuhalten. Nur müssen wir ihn bald finden, sonst könnte es zu spät sein."

Als die Elfen sahen, dass Sarah wieder zur Besinnung kam, ging Norah zu ihrer Stute und ritt etwas am Fluss entlang. Gerne wäre sie dabei gewesen, doch wollte sie die geschwächte Sarah auf keinen Fall durch ihre Anwesenheit erschrecken. Schließlich hatten sie sich seit den Tagen von Sarahs Flucht aus dem Zinnenpalast nicht mehr gesehen. Aela und Sinia hatten Norah versprochen, die Erwachende ganz langsam auf das Wiedersehen vorzubereiten, denn für Sarah war die Königin immer noch die dunkle und böse Fürstin des Nordens.

Dann öffnete Sarah die Augen.
Sie blinzelte, richtete sich langsam auf und sah sich unsicher um. Ihr Blick schien in eine weite Ferne gerichtet, als ob sie nach etwas suchte.

Dann bemerkte sie Aela und Sinia und ein kaum sichtbares Lächeln huschte ihr über das Gesicht. Auch ihre beiden Schwestern lächelten. Sinia wollte voller Freude ihre Zwillingsschwester umarmen, aber Aela hielt sie zurück. Sarah sollte langsam wieder zu sich kommen, denn Aela ahnte, in welcher fernen Welt sich ihre Seele die letzten Tage befunden hatte.

Sarah schwieg lange, nachdem sie erwacht war. Sie saß im Gras – Aela und Sinia an ihrer Seite – und suchte nach einer Erklärung für das, was ihr widerfahren war. Ihre Schwestern hatten ihr von den Ereignissen am Steinmeer berichtet, nachdem sie sich zuvor lange und wortlos in den Armen gehalten hatten. Doch Sarah erinnerte sich an nichts mehr – weder an den starken Regen, noch an den Blitz der Gewitterlinde.
„Ich glaube, ich war... *zuhause*", war das Erste was Sarah sagte. „Ich befand mich an einem Ort voller Frieden und Licht. Es ist nur eine Ahnung, aber sie ist tief in mir drin."
Aela nahm sie bei der Hand.
„Ich weiß, was du fühlst. Auch ich bin mit Yuro und Leandra schon diesen Weg gegangen, als wir auf der Flucht vor den Trollen und Zwergdrachen waren. Aber nun bist du wieder hier und ich bin unendlich froh darüber." Sarah lächelte, nahm Aelas Hand und legte den Kopf an Sinias Schulter.
„Was hätte ich nur ohne dich getan, meine geliebte Zwillingsschwester?", sagte Sinia seufzend. „Eine zweite und endgültige Trennung hätte ich nicht ertragen."

Dann erst erzählten die beiden Sarah von ihrer Rettung durch Norahs Tränentropfen. Die Elfe hörte regungslos zu, doch bei der Nennung von Norahs Namen stand ihr der Schrecken ins Gesicht geschrieben. Aela und Sinia mussten ihr lange und gut zureden, um sie zu überzeugen, dass Norah einen schwierigen und gefährlichen Weg der Wandlung durchgemacht hatte.
„Gib Norah die Gelegenheit, dir ihr wahres Wesen zu zeigen", bat Aela. „Auch wir haben ihre Entschuldigung im ersten Moment abge-

lehnt, da wir ihr nicht geglaubt haben. Aber dann hat sie dich gerettet und wir sahen, wieviel Gutes in ihr steckt."

Sarah war unsicher und dachte eine Weile nach. Sie wusste, dass sie Aela und Sinia vertrauen konnte, aber die Erinnerung an all die schweren Jahre im Zinnenpalast lastete schwer auf ihr.

„Gut. Weil ihr es seid", sagte sie dann leise und zögernd. „Ich werde es versuchen." Aela und Sinia merkten ihr an, wie sehr sie dabei mit sich kämpfte. „Schließlich bin ich ihr zu Dank verpflichtet", fuhr Sarah fort. „Auch wenn ich mir gar nicht so sicher bin, ob ich mich freuen soll, wieder von *zuhause* fortgegangen zu sein." Aela wusste genau, was ihre Schwester meinte und streichelte ihr über das Haar.

Norah kam schon bald mit ihrem Pferd zurück. Auch sie spürte das Herz höher schlagen, als sie Sarah zwischen Aela und Sinia stehen sah. Gleichzeitig waren die Schmerzen in ihrer Brust seit Sarahs Wiedererwachen verschwunden. Sie seufzte tief, denn sie fühlte großes Glück darüber, dass es ihr gelungen war, die Elfe wieder ins Leben zurückzuholen.

Einige Augenblicke später standen sich die beiden gegenüber. Langsam hatte sich Norah Sarah genähert, denn ein Neubeginn nach all den gemeinsamen Jahren im Zinnenpalast erforderte viel Kraft. Die Königin bemerkte in diesem Moment mit Bedauern, dass sie sich trotz des gemeinsamen Lebens im Zinnenpalast niemals wirklich kennengelernt hatten.

Sarah sah Norah in die Augen.

Sie fühlte, wie sie darin versank. Früher war der Blick der Bergelfe kühl und unnahbar gewesen, nun sah Sarah Wärme und Liebe, aber auch Leid und Schmerz darin. Sie spürte sofort, dass viele Dinge geschehen sein mussten, die eine solche Wandlung bewirkt hatten.

Vor ihr stand eine andere Elfe als jene, die sie gekannt hatte, auch wenn das Äußere noch ähnlich war. Norah war wahrhaftig eine Königin geworden und das Finstere ihrer Zeit als Fürstin des Nordens schien für immer gebannt zu sein.

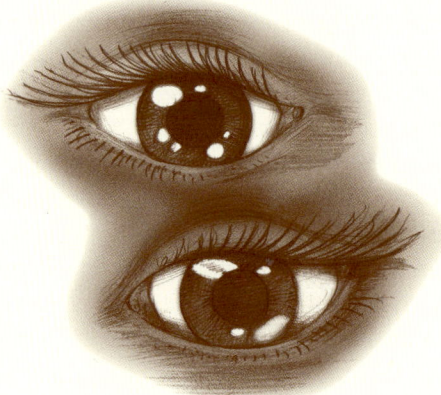

Auch Norah sah in Sarahs Augen eine große Veränderung. Aus der jungen, unsicheren und schweigsamen Entführten war eine mutige und aufrichtige Elfe geworden – die Tochter eines echten Elfenkönigs und somit wie Aela und Sinia eine Prinzessin der Sommerelfen. Norah bewunderte Sarahs starke äußerliche Wandlung, denn das Schwarz und Braun ihrer Flügel, sowie die Blässe ihrer Haut waren schon seit dem Tag der Rettung am Drachenfels den anmutigen und frischen Farben der Sommerelfen gewichen.
Die Blicke der beiden Elfen flossen ineinander. Nun, da sich die beiden das erste Mal im Leben in ihrer wahren Gestalt gegenüberstanden, schien alles Fremde zu vergehen. Mauern, die lange unüberwindbar schienen und sie immer getrennt hatten, stürzten ein. Norah lächelte. Und auch Sarah lächelte die Königin an. Dann nahmen sich die beiden bei den Händen.

Als ob es ein Zeichen gewesen wäre, löste sich in diesem Moment der Nebel auf, der den Blick über die Landschaft verhüllt hatte, und gab die Sicht frei. Die Elfen waren alle an Sarahs und Norahs Seite getreten und staunten, denn nun sahen sie, an welchem Ort sie sich befanden. Sie standen auf einer weitläufigen Hochebene, etwas unterhalb des Berges der Wahrheit. Der Lavafluss entsprang einer kleinen Höhle an der zum Berg gewandten Seite der Ebene, während der klare Fluss aus einer Quelle am vorderen Rand sprudelte. Der Wald, den Norah schon kurz nach ihrem Erwachen im Nebel erspäht hatte, war kein anderer als der Grimmforst. Die Königin fragte sich, was Grimm wohl gerade machte, denn seit ihrer Reise zum Mondschatten hatten sich die beiden nicht mehr gesehen.

Von der Hochebene aus konnte man hinab ins Tal blicken, wo sich die Bäume des Grimmforstes in nördlicher Richtung bis fast zum Horizont erstreckten. Auf der südlichen Seite sahen die Elfen eine grüne Landschaft, mit Bäumen, Flüssen und flachen lieblichen Hügeln. Dazwischen sah man den Gipfel eines kleinen spitzen Berges, den die Elfen *Zwergenhut* nannten. Er war der *kleine Bruder* des Berges der Wahrheit, auch wenn in ihm keine magische Stimme verborgen war.

Der Zwergenhut

Lange saßen die Elfen im Gras, nahe des klaren Flusses und genossen den Ausblick. Jeder hing seinen Gedanken nach und es wurde wenig gesprochen. Aela wusste nun, was ihr das schöne Bild des Glücks im Seenland gezeigt hatte. Es war genau dieser Moment, den sie gerade gemeinsam erlebten. Sarah und Norah standen Hand in Hand am heiligen Berg der Elfen. Ruhe war eingekehrt, denn die Königin des Nordens hatte mit Prinzessin Aela, Sarah, Sinia und ihren Freunden Frieden geschlossen. Kein Streben nach Macht und kein Neid sollte diese Freundschaft mehr zerstören.

Das Bild des Glücks hatte Aela einen Tag gezeigt, an dem alle Elfenvölker sich hier am Fuße des Berges trafen und ein Fest feierten. Zwar wussten die Elfen Sajanas noch nichts von der neu entstandenen Freundschaft, doch verstand Aela dieses Bild als Symbol dessen, was geschehen war und noch geschehen würde. Schon bald wollte sie ein wahres Fest feiern – ein Fest wie es das Elfenreich noch nie gesehen hatte.

Auch Norah kamen viele Dinge in den Sinn.

Sie erinnerte sich an das, was ihr in den letzten Tagen alles widerfahren war und wie sich ihr ganzes Leben verändert hatte. Lange dachte sie über ihr früheres Leben nach, über ihre Mutter und die kleine Sarah, die nun eine mutige Elfenprinzessin war.

Es dämmerte und der Himmel verfärbte sich rot. Norah kam das Herz aus Wolken wieder in den Sinn, welches ihr an einem anderen Ort am Berg erschienen war – am Tag als sie Grimm, den Wolfselfen, kennengelernt hatte. Und sie dachte an die Stimme der Wahrheit und was sie ihr prophezeit hatte. Alles war in Erfüllung gegangen, nur ein Rätsel blieb weiter ungelöst:

*Das Licht und der Schatten sind wieder vereint,
wenn tief in den Höhlen ein Baby weint.*

Licht und Schatten standen für die Elfenvölker des Südens und des Nordens. Aela und sie hatten die Stämme wiedervereint und sich Frieden und Freundschaft versprochen. Aber ein weinendes Baby hatte Norah nicht gehört. Oder doch? Norah lauschte. Nun, da sie sich darauf besann, meinte sie tatsächlich ein leises Wimmern aus dem Inneren des Berges zu hören. Dieses Weinen kam ihr bekannt vor, denn es war zweifellos der kleine Königsdrache Nagar, den sie hörte. Es war dasselbe unverwechselbare Wimmern und Weinen, wie Norah es schon kurz nach seiner Geburt vernommen hatte.

„Seht nur!", rief plötzlich Yuro erschrocken. „Die Trolle kommen wieder! Die Sonne geht unter und im Schatten der Bäume am Fuße des Zwergenhutes schleichen sie sich heran."
Auch die anderen erkannten sofort, was Yuro meinte. Im Tal waren Horden von Trollen zu sehen. Sie kamen aus den Berghöhlen und waren mit einem Mal da, als ob sie sich aus den Schatten der anbrechenden Nacht gelöst hätten.
„Zwergdrachen!", schrie Leandra. „Sie kommen aus der Dämmerung! Der Himmel ist voll von ihnen. Was sollen wir nur tun?"
Ein Lachen war zu hören. Es klang böse und voller Hass.
Norah war die Erste, die Ilaria erblickte. Sie stand hoch oben, auf einem Felsbrocken wenig unterhalb des Berggipfels, und reckte ihren Stab in die Höhe. Ihre Erscheinung war geisterhaft, denn ein schwarzes Tuch, welches im aufkommenden Wind wehte, verhüllte sie und ihr Pferd. Ihr Lachen drang zu den Elfen herab und das Echo hallte von allen Seiten wider.
„Wie hat sie das nur gemacht?", rief Aela voller Angst und Verwunderung. „Der Berg ist heilig und keiner kann unbeschadet und ohne die Begleitung der Wächterelfen bis zum Gipfel gelangen! Wenn sie die Stimme der Wahrheit unterworfen hat, dann sind wir verloren!"
„Kommt, rasch!", rief nun Norah. „Wir müssen fliehen! Dort hinten, am Ende der Hochebene, beginnt der Grimmforst. Der Wald ist unsere einzige Rettung."

Die Elfen packten ihre Reittiere, schwangen sich auf und galoppierten in Richtung des nahegelegenen Waldrandes.

Kapitel 26

Sternennacht

Bald war der Himmel schwarz vor Drachen. Die Trolle und Dämonen rannten und stolperten in unglaublicher Geschwindigkeit die Berghänge hinauf. Sie waren ungeschickt und unbeholfen, aber schon aufgrund ihrer Anzahl sehr gefährlich. Ilaria stand auf dem Felsen wie die finstere Dirigentin eines teuflischen Orchesters. Immer wieder reckte sie ihren Stab in die Höhe und gab damit den Unholden ihre Anweisungen.
Erste Blitze fuhren herab und schlugen in Bäume ein. Dann näherten sich auch die Zwergdrachen dem Himmel über der Hochebene und spuckten erste Flammen.

Die Elfen flohen auf ihren Pferden, Ponys und Wölfen. Alle Acht hatten schon Ilarias bösen Zauber erfahren und wussten, dass ihr Leben in Gefahr war.
„Da vorne ist der Wald!", rief Norah. „Reitet so schnell ihr nur könnt! Zwischen den dicht stehenden Bäumen finden wir vielleicht Schutz."
Ein Zwergdrache stieß vom Himmel herab und spuckte eine Flamme. Norah spürte einen leichten Schmerz an ihrem linken Oberarm, doch konnte ihr das Drachenfeuer nichts anhaben, denn sie war selbst ein Feuerwesen. Wütend gab sie ihrer Stute den Befehl, sich aufzubäumen, packte den nächsten Zwergdrachen im Vorbeiflug am Schwanz

Norah und der Zwergdrache

und riss ihn zu Boden. Nein, sie wollte sich nicht ihrem Schicksal ergeben. Dessen war sie sich sicher. Dann ritt sie den anderen hinterher. Die Elfen waren bald von allen Seiten eingeschlossen. Trolle, die aus Höhlen krochen und auf den Berg hasteten, hatten sie erreicht und immer mehr Zwergdrachen stießen vom Himmel herab. Die Elfen setzten sich tapfer zur Wehr, doch ständig wuchs die Zahl der finsteren Kreaturen.

Yuro griff nach seiner Muschelpfeife und wie schon bei der ersten Flucht war ein durchdringender Pfiff zu hören. Leandra, die Blumenelfe, reckte die Arme in die Höhe und beschwor die Natur. Starker Wind kam auf und stemmte sich gegen Ilarias verzauberte Sturmböen. Regen peitschte den Trollen ins Gesicht, doch schien es ihnen nicht viel anzuhaben.

Bald hatte Yuros Pfeifen die Wolfsherden herbeigerufen. Sie kamen hechelnd und zähnefletschend aus dem Grimmforst und griffen die Trolle an. Nur weiße Wölfe waren nicht dabei, denn die Letzten ihrer Art hatten sich für Alea, Yuro und Leandra geopfert.

„Wenn nichts geschieht, sind wir verloren!", schrie Aela. „Es sind zu viele Trolle und Zwergdrachen! Auch die Wölfe und Leandras Naturgewalten können uns nicht retten!"

Falomon war mit seinem Pferd dicht an ihrer Seite und versuchte sie zu schützen. Auch Sinia, Sarah und selbst Fee kämpften verbissen und mit bloßen Händen gegen die Unholde. Ilarias böses Lachen hallte erneut vom Berg herab.

Ein grüner Schein, den Ilaria gezaubert hatte und der sie selbst wie eine transparente Hülle umgab, schützte sie und wehrte alle Naturgewalten ab.

Die acht Elfen waren bald hilflos der Übermacht der Trolle, Dämonen und Zwergdrachen ausgeliefert. Ihre Flucht war zu Ende. Mutig setzten sie sich weiter zur Wehr und auch die Wölfe halfen.

Aber gegen den Zauber Ilarias war nichts auszurichten.

„Ich will sie lebend!", rief Ilaria voller Spott. „Die Prinzessinen, die Königin und alle ihre Freunde sollen mir dienen, sobald mich die Elfenvölker Sajanas als Herrscherin anerkannt haben."

Sie reckte den Stab in die Höhe und erneut fuhr ein Blitz herab.

„Niemals werde ich dir dienen!", schrie Norah zurück. „Lieber will ich sterben!"

Sie versuchte erneut, die Reihen der Trolle zu durchbrechen.

„Auch mich wirst du nicht unterwerfen!", rief Aela und versuchte Norah beizustehen. Ilaria lachte böse, denn es war für die Elfen aussichtslos, noch weiter an Flucht zu denken. Falomon hob sich aus dem Sattel und versuchte zu fliegen. Unzählige Zwergdrachen stürzten sich auf ihn, so dass er sich gleich wieder ergeben und in den Sattel fallen lassen musste.

Sarah hatte bisher geschwiegen.

Sie war wie ihre Schwestern und Freunde vor Ilarias bösem Zauber geflohen, hatte ebenfalls gekämpft und sich zur Wehr gesetzt, doch war sie dabei stumm geblieben. Die Lage, in der sie sich nun befand, kam ihr unwirklich, ja, fast lächerlich vor, denn vor kurzem erst war sie vom Tode erwacht. Nun stand sie mit ihren Freunden schon wieder mit dem Rücken zur Wand und kämpfte um ihr Leben.

‚Was habe ich zu verlieren, was ich nicht ohnehin vor nicht allzu langer Zeit schon verloren hatte?', dachte Sarah. Dann rief sie zu der bösen Zauberin gewandt:

„Ilaria!"

Die Trolle grapschten nach ihr, um sie vom Pferd zu ziehen.

„Zwei Mal hast du schon versucht, mich zu töten – einmal am Drachenfels und ein weiteres Mal, als du dich der Gewitterlinde bemächtigt hast. Was gibt dir die Gewissheit, dass du meine Schwestern, meine Freunde und mich jemals besiegen wirst? Unsere Freundschaft und Liebe wird immer stärker sein, als dein Hass!"

Mit diesen Worten packte Sarah zwei der schleichenden Trolle, die nach ihr grapschten, bei den Hörnern und stieß sie mit aller Kraft zurück.

„Keiner von uns wird dir jemals dienen!", fuhr Sarah fort. „Lebend bekommst du uns nie, und wenn wir sterben müssen, so werden sich neue mutige Elfen im Sommerland und am Fuße der Berge des Nordens erheben und gegen deinen bösen Zauber kämpfen."

Einen Moment war Ruhe, geradeso als ob die Zeit für einen Augenblick stillstehen würde. Die Trolle und Dämonen waren wie erstarrt und warteten auf Ilarias Befehl. Die Zauberin wankte etwas, denn Sarahs mutige Worte hatten sie im Innersten getroffen. Seit Torak zu Stein erstarrt war, hatte sie keinen Vertrauten mehr und musste sich einzig und alleine auf die Hilfe der Trolle und Zwergdrachen verlassen. Auf dieses Zögern hatte Sarah gewartet. Ihr Pferd stieg in die Höhe und sie galoppierte voran, hinein in die Schar der finsteren Unholde. Auch die anderen Elfen hatten verstanden. Sie wollten lieber sterben, als sich gefangen nehmen zu lassen, und folgten Sarahs Vorbild.

In diesem Moment gellte ein durchdringender Schrei über die Ebene. Es war der Ruf eines Drachens, der von allen Seiten widerhallte.

Jedoch konnte es keiner der kleinen Zwergdrachen sein, der einen solchen Laut erzeugte, denn es war ein so gewaltiger, fast königlicher Schrei, dass es den Elfen, Trollen und Zwergdrachen durch Mark und Bein fuhr. Gefolgt wurde der Schrei vom lauten Heulen eines Wolfes. Auch dieses Heulen stammte nicht von einem der kämpfenden Wölfe, denn es klang viel tiefer und mächtiger.

„Panthar! Grimm!", rief Norah voller Freude. „Ihr kommt genau im rechten Moment!" Und zu den Elfen gewandt: „Das sind Grimm, mein guter Freund und Herr über den Grimmforst, und Panthar, der Königsdrache!"

Hoffnung kehrte zu den Elfen zurück. Die Trolle erschraken und wichen zurück. Panthar breitete seine Flügel aus und flog hoch in den Himmel. Eine gewaltige Flamme kam aus seinem Maul und fegte über die Zwergdrachen hinweg.

Panthars Feuer

Das Feuer der Königsdrachen vernichtet alles Böse, erinnerte sich Norah an die Macht der Flammen, als sie sah, wie die Zwergdrachen vom Himmel fielen.

Hinter Grimm formierten sich die Wölfe. Jetzt, da der Meister aller Wölfe und Herr des Grimmforstes da war, wurden es immer mehr der grauen wilden Tiere. In großen Scharen fielen sie über die Trolle her und Yuros Herz jubelte vor Freude.

Obwohl die Wälder und die Wölfe seine Freunde waren und er zu ihnen gehörte, als wäre er einer von ihnen, hatte er noch nie Grimm, den Wolfselfen gesehen. Viele Geschichten hatte der Wolfsreiter schon über Grimm gehört und es war immer sein großer Wunsch gewesen, ihn einmal zu treffen. Nun durfte er sogar an seiner Seite gegen Ilarias böse Zaubermächte kämpfen.

Panthars Wut war groß und sein Feuer brannte erbarmungslos zwischen den giftigen Zwergdrachen. Er wollte seinem kleinen Sohn Nagar eine Zukunft schenken, die ihm Freude und Glück bescheren sollte – ein Land, das blühte und in Frieden herrschte. In dieses Wunschbild des Königsdrachens passte der böse Zauber Ilarias nicht hinein.

Als sich die Trolle aus den dunklen Höhlen unter dem Zwergenhut geschlichen und auf den Weg zum Berg der Wahrheit gemacht hatten, war er rasch zu Grimm geflogen. Beide hatten die bösen Gestalten gewittert und ihr dumpfes Gebrüll gehört. Nagar war in Faronas Armen in Tränen ausgebrochen, denn auch der Geruchssinn des kleinen Königsdrachens war schon sehr fein. Panthar und Grimm hatten die Gefahr sofort erkannt und waren den Spuren der Trolle gefolgt. Diese hatten sie dann auf die Hochebene zu den Elfen geführt, wo nun der Kampf entbrannte.

Auch Ilaria kämpfte verzweifelt, denn ihre Macht schien sie zu verlassen. Immer wieder schickte sie Blitze vom Himmel und versuchte ihre finsteren Kreaturen neu zu formieren. Doch die Übermacht der Wölfe und Panthars Feuer waren zu stark. Auch die Elfen halfen mit, so gut sie konnten. Norah trotzte dem Feuer der Zwergdrachen und stellte sich ihnen in den Weg, wenn sie angegriffen wurde. Aela hatte Falomon, Fee und ihre Schwestern an ihrer Seite und die Elfen wehrten sich gegen die Trolle.

Yuro ritt mit Grimm und den grauen Wölfen, die sich wild auf die Trolle stürzten und sich in ihnen verbissen. Leandra beschwor erneut die Naturgewalten und Panthar half ihr dabei mit seinem magischen Feuer, dessen Flammen immer wieder heiß auf die Schar der Zwergdrachen niederbrannte.

Bald flohen die kleinen Biester und auch die Trolle fingen unter lautem Gebrüll an, sich zurückzuziehen.

Die Flucht der Trolle

Ilaria fluchte und ihre Worte hallten wie Donnergrollen am Berg wider. Sie versuchte, mit ihrem Stab zu dirigieren, doch die schwarzen Gestalten befolgten ihre Befehle nicht mehr. Alle Trolle waren auf der Flucht, rannten, stürzten übereinander und rappelten sich wieder auf.

Die Elfen reckten die Arme in die Höhe, denn der Sieg über die böse Zauberin war vollbracht. Nur Panthar kämpfte immer weiter und jagte die letzten schwarzen Zwergdrachen, die noch am Himmel waren. Keiner von den Biestern sollte ihm entkommen.

Norah blickte hinauf zu dem Fels, auf dem Ilaria stand. Sie wollte ihr etwas zurufen, doch die Zauberin war mit einem Mal verschwunden, als ob die Erde sie verschluckt hätte.
Mit Ilaria verschwand auch der ganze böse Zauber, der die Elfen bedroht hatte. Panthars Schrei war noch einmal zu hören, dann waren auch der letzte Troll und die letzten verbliebenen Zwergdrachen verschwunden.

Norah stieg von ihrer Stute, lief zu Grimm und fiel ihm um den borstigen Hals. Panthar war inzwischen bei den beiden gelandet und die Königin bedankte sich mit Tränen in den Augen bei dem Königsdrachen. Aela, Sarah, Sinia, Falomon, Fee, Yuro und Leandra kamen auf ihren Reittieren herbei. Der Schreck war ihnen anzusehen, doch hatten sie Ilaria und ihren bösen Zauber mit Hilfe von Grimm und Panthar besiegt. Sie sanken vor dem Wolfself und dem Königsdrachen erschöpft, aber glücklich, zu Boden.

Es wurde langsam Nacht im Elfenland. Die Monde Sajanas standen hell am Himmel und die Luft war warm. Die Elfen lagen auf ihren Decken im Gras und erzählten sich gegenseitig von ihren Abenteuern. Panthar war zu seiner Familie zurückgekehrt und auch Grimm verabschiedete sich von Norah und ihren Freunden.
„Werde ich dich jemals wiedersehen?", fragte die Königin den Wolfself bevor er ging. „Ich habe dir viel zu verdanken."
Sie gab ihm einen zarten Kuss auf die alte und geschundene Schnauze und Grimm wurde verlegen.
„Ich hoffe, es wird der Tag kommen, an dem wir uns erneut begegnen", sagte er leise und Norah glaubte ein leichtes Beben in seiner Stimme zu hören. „Leb wohl, Königin."
Der Wolfself nickte ihr noch einmal kurz zu, dann ging er seinen Weg. Falomon hielt Fees Hand. Die Elfe legte ihren Kopf an seine Schulter und die beiden schauten schweigend in die Sterne, bis sie einschliefen. Leandra und Yuro waren schon vorher eingeschlafen. Die Anstrengung der letzten Tage hatte sie überwältigt. Sarah und Sinia lagen

etwas abseits. Norah und Aela hörten sie noch lange leise tuscheln, doch irgendwann schliefen auch die Zwillingsschwestern ein.

Aela und Norah – die Prinzessin und die Königin – gemeinsam wollten sie nun ihren Weg gehen und dem Reich zu neuem Glanz verhelfen. Sie spürten, wie sie im Schicksal vereint waren. Aber gleichzeitig fühlten sie trotz der großen Aufgaben, die bevorstanden, eine angenehme und wohltuende Müdigkeit.
Wie lange war es her, dass sie so sorglos einschlafen konnten? Aela und Norah wechselten noch ein paar Worte, blickten in den Himmel und wollten sich zur Ruhe legen, als sie plötzlich ein leises Rascheln hinter sich hörten. Überrascht blickten sich die beiden um, denn es war kein kleines Tier, wie sie vermuteten.

„Sternenland!", rief Aela mit unterdrückter Stimme, gleichzeitig wie Norah ebenfalls leise „Blaue Nacht!" rief, denn vor den beiden stand niemand anders als die Mondelfe.
„Hihihi", kicherte das blaue Wesen. „Ja wer bin ich denn nun? Hihi... zwei Namen können wir nicht haben, wir Mondelfen, aber nennt mich so, wie ihr wollt... hihihi."
Aela und Norah mussten beide schmunzeln.
„Gut", sagte die Prinzessin, „dann nennen wir dich einfach *Sternen...*"
„*...nacht*", vollendete die Königin.
„*Sternennacht!* Oja, das gefällt mir gut!", war die Mondelfe begeistert. „Das ist wirklich schön, hihi."
„Aber was führt dich denn zu uns?", wollte Aela wissen und Norah fügte hinzu:
„Ich hoffe, ich muss nicht wieder eine Wendeltreppe hinabsteigen." Mit Schaudern erinnerte sie sich an das Abenteuer beim Verlassen der Mondspitze.
„Nein, nein", beschwichtigte sie Sternennacht. „Keine Treppen... hihi. Ich soll dir nur das hier geben, Prinzessin Aela."
Sie zog ein leeres Blatt Papier aus der Tasche und reichte es der Prinzessin.

Das leere Blatt Papier

„Eine leeres Blatt Papier? Aber, was soll ich denn damit anfangen?", fragte Aela verwundert.
Die Mondelfe wurde etwas ernster.
„Es ist ein Geschenk", sagte Sternennacht dann. „Ich soll es dir von einer Elfe geben, hihi, wie war doch ihr Name? Es ist ein besonderes Papier, denn es ist handgeschöpft im... Seenland."
„Im Seenland?", fragte Aela ungläubig. Sie erinnerte sich an die schönen Stunden, die sie dort verbracht hatte. „Hast du mit Jasmira gesprochen?"
„Ich nicht, nein, nein, hihihi", erwiderte die Mondelfe. „Aber, ja, ich glaube das war ihr Name."
„Aber wer hat dir dann das Blatt gegeben?", fragte die Prinzessin genauer nach.
„Oh, ich weiß es nicht mehr."
Die Mondelfe kratzte sich am Kopf.
„Möglicherweise ein König Bora... mon, oder so ähnlich, hihihi. Vielleicht aber auch Nora... mon."
„Baromon heißt er. Das ist mein Vater", entgegnete Aela erstaunt. „Hast du ihn im Reich der Ahnen getroffen?"
„Oder hieß er vielleicht Naramon?", fragte Norah, die bisher geschwiegen hatte. Sie verstand nicht alles, was Sternennacht und Aela sprachen, doch versuchte sie den beiden zu folgen, so gut es ging.
„Naramon war einer der ersten Könige unseres Reiches und ich trage seine Krone, denn ich bin seine letzte Erbin."
„Baromon, ja, das war der Namen", erinnerte sich die Mondelfe.

„Er war mit Naramon dort, wo auch ich war, hihihi. Sie waren im Seenland, ich meine im Ahnenwald. Und sie sind eins, denn sie entstammen einer Königslinie, hihihi... so sagten sie es mir."

„Was sagst du?", fragte Norah ungläubig. Die Worte der Mondelfe verwirrten sie sehr. „Wenn Baromon ein Nachkomme Naramons ist, dann...", sie stockte.

„Dann bedeutet dies, dass in meinen und Norahs Adern dasselbe Blut fließt!", vollendete Aela den Satz. „Und es würde bedeuten, dass Sarah und Norah zwar nicht leibliche Schwestern sind, aber dennoch aus derselben Königslinie stammen!"

Norah zitterte am ganzen Leib bei dem Gedanken, dass die entführte Sarah in Wahrheit schon immer Teil ihrer Familie gewesen war.

„Ja, hihihi, das mag schon sein", erwiderte Sternennacht und wurde dabei etwas violett im Gesicht. „Aber lasst mich mit den Stammbäumen in Ruhe, hihihi... Mondelfen haben Stammbäume so lang wie... ich weiß nicht. Es geht doch um das hier!" Sie hielt den beiden Elfen das leere Blatt vor die Nase.

„Das ist das letzte Blatt im Buch der Elfen", sagte die Mondelfe erregt und schien fast schon zu schimpfen. „Ihr habt es verloren und vergessen! Es ist verbrannt und verdorben! Also nehmt dieses Blatt und schreibt die Geschichte neu, hihihi."

Das Lächeln kehrte auf das kleine blaue Gesicht zurück.

Aela verstand nun, was die Mondelfe meinte, denn das letzte Blatt des Buches der Elfen war im Kampf gegen Ilarias Zauber verloren gegangen. Nun musste das Ende neu geschrieben werden.

Aela griff nach dem Bogen Seenland-Papier.
Im selben Moment, als die Prinzessin das Blatt in die Hand nahm, war die Mondelfe mit einem Mal wie vom Erdboden verschluckt. Die beiden Elfen blickten sich verwundert um, aber weit und breit war nichts mehr von Sternennacht zu sehen.

Aela sah Norah in die Augen und beide mussten lachen.
Dann steckte die Prinzessin das Papier in ihre Tasche.

Nachwort

Moorkönig

Ich schrieb Tage und Nächte an der Geschichte Sajanas. Fast kam es mir so vor, als ob es nicht meine Gedanken waren, die ich zu Papier brachte, sondern eine fremde Macht mich lenkte. Worte und Handlungen kamen mir in den Sinn, als ob sie tatsächlich stattgefunden hätten. Nachts wachte ich oft schwitzend auf und fühlte mich von schleichenden Trollen und finsteren Kreaturen verfolgt. Leider besuchte mich die Mondelfe nicht mehr, die mir vor einigen Wochen (oder waren es schon Monate?) erschienen war und mich über die wahren Namen des Elfenlandes aufgeklärt hatte. Dafür sah ich den Urkrautigen und seinen einfältigen Helfer, den Weißhaarigen, häufig in meinen nächtlichen Ausflügen.
Ich hatte die Geschichte in der zurückliegenden Nacht zu Ende geschrieben. In dieser Nacht begegneten mir die beiden wieder im Traum. Sie sahen nervös aus.
Der lange Weißhaarige war abgemagert, seine Augen waren trüb und sein Mund zitterte. Der Urkrautige dagegen war noch dicker geworden, kratzte sich wie immer an seinem Bauch und starrte angestrengt und schwitzend zu Boden. Dieses Mal befanden wir uns nicht in der unterirdischen Höhle *Schönes Feld*, jenem Ort, der seinem Namen keine Ehre machte, sondern auf einem freien Feld, unter einem klaren Nachthimmel.

„Wie konnte das nur passieren, Langer?", keifte der Urkrautige den Weißhaarigen an. „Es war doch alles so gut vorbereitet! Die Macht der Zauberin hat uns geleitet, aber dann..." Er brach ab, war wütend und bohrte sich in der Nase.

„Ich weiß auch nicht, wie es passieren konnte", wimmerte der Lange mit den weißen Haaren. „Das Ei ist schuld! Niemals hätte der kleine Drache schlüpfen dürfen."

„Das ist wahr", bestätigte der dicke Troll erbost. „Das war der Anfang vom Ende. Aber noch ist nicht alles vorbei." Trotzig stampfte er mit dem linken krummen Bein auf. „Komm mit, Langer, ich will dir etwas zeigen."

Die beiden liefen ein Stück weiter, bis sie zu einem Fleck kamen, wo sich unter einem hohen Baum ein schlammiges Erdloch auftat. Der dicke Troll und sein weißhaariger Helfer stiegen in den Matsch. Dann fingen sie an, sich in die Tiefe des feuchten Erdreiches zu wühlen – in jene Abgründe, aus denen sie auch nach oben gekrochen waren.

Ich hatte genug gesehen, warf mich hin und her und schrie um Hilfe, bis ich endlich...

... wieder erwachte. Ich atmete schwer. Die Geschichte war zu Ende, das Elfenland gerettet und der Nebel gewichen. Zweifellos strömte der Freudenfluss wieder stärker durch die liebliche Elfenlandschaft Sajanas und der Tränenbach war nur noch ein schmales Bächlein. Aber was waren die Pläne des dicken Trolls Urkrautiger und wie konnte ihm der Weißhaarige dabei helfen?

Ich spürte, wie meine Hand zu meiner Schreibfeder auf dem Nachttisch griff – ganz von alleine und ohne dass es mein Wille war. Ein weißes Stück Papier lag auf dem Tisch und das letzte unbeschriebene Blatt des Buches der Elfen kam mir in den Sinn. Meine Hand legte sich mit der Feder langsam auf das Papier und schrieb das Wort

Moorkönig

darauf. Ein eiskalter Schauer überkam mich und ich ließ die Feder fallen.
Was hatte das Wort zu bedeuten?
Ich lief hinaus auf die Terrasse in meinen Garten und legte mich dort auf einen Liegestuhl. Es war eine schöne Nacht und das bleiche Gesicht des Vollmondes schien mich zu beobachten. Lange starrte ich noch in den Himmel. Ich fragte mich, ob irgendwo da draußen auch Sternennacht, die Mondelfe war und mich beschützte. Doch so sehr ich auch meine Augen anstrengte, ich konnte sie nirgendwo entdecken.

Endlich – es dämmerte schon fast – schlief ich doch noch ein und träumte von einem Spaziergang mit meiner Familie auf einer Blumenwiese und von einem Picknick unter einem Apfelbaum.

Ende
des zweiten Teils
der Elfensaga